Dieser Band enthält eine Sammlung amüsanter, phantasievoller und auch nachdenklicher Geschichten, zwanzig Variationen zum Thema »Superweib«. Die Heldinnen dieser Storys sind vital und kämpferisch, frech und fröhlich, klug und selbstbewußt und lassen sich von niemandem etwas vormachen. Schon gar nicht von Machos, Paschas oder Schlaumeiern, die meinen, nur sie wüßten, wo's langgeht. Die Frauen, denen wir hier begegnen, finden schon selbst ihren Weg, ihnen muß *mann* nicht unter die Arme greifen. Und sie wissen genau: Wer sich nicht wehrt, kommt an den Herd.

Ingeborg Mues, Jahrgang 1938, Studium der Germanistik, Romanistik und Philosophie, ist Verlagslektorin. Sie lebt in Frankfurt am Main.

Wer sich nicht wehrt, kommt an den Herd

Zwanzig amüsante
Kurzgeschichten von
Hera Lind
und anderen Superweibern

Herausgegeben von
Ingeborg Mues

Fischer Taschenbuch Verlag

Die Frau in der Gesellschaft
Herausgegeben von Ingeborg Mues

3. Auflage: Januar 1999

Originalausgabe
Veröffentlicht im Fischer Taschenbuch Verlag GmbH,
Frankfurt am Main, Dezember 1998

© Fischer Taschenbuch Verlag GmbH, Frankfurt am Main 1998
Gesamtherstellung: Clausen & Bosse, Leck
Printed in Germany
ISBN 3-596-13857-4

Inhalt

Ingeborg Mues
Vorbemerkung
9

Hera Lind
*Ein Mercedes
war immer dabei*
11

Sophie Andresky
Judith räumt auf
33

Gudrun Breutzmann
Die Verwandlung
44

Karin Esters
Die Verschwörung
56

Rainer Freese
Wartest du immer noch?
62

Dieter Hentzschel
Heiß auf den Job
65

Sandra Icke
Familientreffen
84

Günter Jagodzinska
Der Kuß im Dunkeln
90

Regina Klenner
Ein neues Leben
96

Tatjana Koop
Die etwas andere Fußball-Wette
105

Marianne Lechner
Göttergattendämmerung
112

Ruth W. Lingenfelser
Ein ganz besonderes Superweib
117

Wiebke Lorenz
*Detektei Varney Kessler – Operationen
bei Nacht und Nebel*
121

Christiane Maria Mühlfeld
und Jutta Siekmann
Der Rechenfehler
128

Elke Müller
Rosarot und Himmelblau
139

Carmen Münch
Ein Traum in Rot
147

Gabi Schaller
Annas Mauser
151

Julica Schreiber
»Kaffee bitte, Schätzchen!«
174

Christine Schwall
*28 Tage, 672 Stunden oder
40320 Minuten*
177

Dilek Yogurtcu
Wer sich nicht wehrt …
185

Die Autorinnen und Autoren
188

Ingeborg Mues

Vorbemerkung

Anläßlich des Videofilmstarts von Hera Linds ›Das Superweib‹ veranstaltete die Videofirma VCL Communications einen Kurzgeschichtenwettbewerb rund um das Thema *Superweib*. Unter den mehr als 2000 Einsenderinnen und Einsendern wählte die Jury 20 aus, deren Storys ihr am besten gefielen. Hier sind sie also, die Geschichten, die das Rennen machten.

Die Teilnehmerinnen und Teilnehmer waren zwischen 17 und 70, für die meisten war es das erste Mal, daß sie eine Geschichte niederschrieben, einige hatten schon früher den einen oder anderen Text verfaßt oder sogar schon an Schreibwettbewerben teilgenommen, doch nur sehr wenige hatten schon einmal etwas veröffentlicht. Rund 80 Prozent der Bewerber waren übrigens Frauen.

Dem entspricht auch ungefähr der Anteil von Autorinnen und Autoren in diesem Band, denn unter den 20 ›Superweibern‹, deren Kurzgeschichten veröffentlicht werden, sind auch drei Männer. Das Thema, um das es in der Ausschreibung ging, ist den Herren der Schöpfung also offenbar – und glücklicherweise – nicht fremd. Deshalb: Willkommen im Club!

Das bunte Spektrum reicht von amüsanten Storys, in denen Männer nicht gerade gut wegkommen, was sie in jedem Einzelfall jedoch allemal verdient haben, über phantasievoll-romantische Texte, die von Liebe und anderen Kleinigkeiten handeln, bis zu nachdenklichen Geschichten über Frauen, die allen Widrigkeiten oder einengenden Traditionen zum Trotz unbeirrt ihren Weg gehen.

Eingeleitet wird der Band mit einer Erzählung von Hera Lind, deren Heldin sich von einer kleinen Gesangsstudentin zur gefeierten Filmregisseurin mausert: ein Superweib, das sich nicht unterkriegen läßt, schon gar nicht von Machos, Mackern und Möchtegernhelden. Denn: Wer sich nicht wehrt, kommt an den Herd. Genauso ist es.

Hera Lind
Ein Mercedes war immer dabei

Nebenan lag ein verwuselter rothaariger Kopf auf der Matratze und schnarchte. Die leere Rotweinflasche lag auf dem abgetretenen Teppich, der volle Aschenbecher quoll daneben von Kippen über. Es war ein blecherner Aschenbecher, potthäßlich, irgendwo geklaut. Holger jedenfalls schlief seinen üblichen Studentenrausch aus, in gerippter Unterwäsche vermutlich, wie immer. Und seine morgendliche Übellaunigkeit war durch nichts zu steigern. Noch nicht mal dadurch, daß ich mich jetzt einsingen würde. Natürlich war das grausam. Sonntags morgens um zehn nach sieben Tonleitern zu singen. Das IST grausam. Für jeden. Erst recht für einen mit sich und der Welt unzufriedenen Studenten, der schätzungsweise bis drei gesumpft und über den Sinn des Lebens gegrübelt hat. Aber das Singen war nun mal mein Job. Heute war meine erste h-Moll-Messe. DIE h-Moll-Messe von Bach. Ich durfte die Solistin sein. Zum erstenmal. In Willich bei Krefeld. Meine erste große Sache. Mit Onkel Herbert am Pult! Punkt neun fällt die erste Eins. Gesangsstudenten sind diszipliniert. Nicht rauchen, nicht saufen, nicht sumpfen, um zehn Uhr schlafen gehen, damit die Stimme am nächsten Morgen anspringt. Ich ging vorsichtig zum Klavier und tippte mir ein »d« an. Mhm-mhm-mhm, machte ich ganz, ganz leise und kratzig, und mein schlechtes Gewissen saß mir wie ein Kloß im Hals. Holger auf seiner Matratze drehte sich geräuschvoll um.

Ich öffnete die Tür einen Spaltbreit.

Es roch nach miefigem Mann im Bett, nach kalter Asche und nach Schweiß.

Ob ich ihn um Erlaubnis bitten sollte, jetzt wenigstens zehn Minuten singen zu dürfen? Doch der beleidigte Rotschopf unter der braungemusterten Frotteebettwäsche war noch nicht zu sprechen. Leise schloß ich die Tür wieder. Ich nahm all meinen Mut zusammen und versuchte eine Tonleiter. Es klang knarzig und belegt. Oh, ihr Nachbarn im Zwölfparteienhaus, all ihr Arbeiter und Rentner, die ihr sonntags morgens gerne mal ein bißchen länger pennt – ich weiß, daß ihr mich alle haßt. Aber ich muß jetzt mal ein paar peinliche Geräusche machen. Es ist mein Job, das Singen. Ich leb davon. Und der rothaarige, übellaunige Sinnsucher übrigens auch. Und es ist das erste Mal! Ich DARF heute die h-Moll-Messe singen! Onkel Herbert hat's erlaubt!!

Ich war weit davon entfernt, eine selbstbewußte Sängerin zu sein. In Demut und Reue summte ich ein bißchen vor mich hin. Dann erstarb mein schaurig Säuseln.

Hatte da jemand von unten an die Decke geklopft? Drehte da jemand das Radio laut? Die Rotweinflasche rollte scheppernd über den Boden. Holger arbeitete sich aus seiner Höhle. Sein zerschlafener Schopf erschien unwillig im Türspalt.

»Sag mal, hast du sie noch alle?«

Ich schwieg dröge vor mich hin. Bestimmt sah ich lächerlich aus in meinem schwarzen Samtkleid. Irgendwie paßte das optisch nicht zu seinem Schiesser-Feinripp.

»Mitten in der Nacht hier losjaulen? Wenn ich dich erwürge, war das Notwehr.«

»Ich hab so lange gewartet, wie es ging«, verteidigte ich mich. »Aber jetzt muß ich einfach anfangen! In zwanzig Minuten muß ich spätestens fahren!«

»Sing dich im Auto ein oder im Wald oder sonstwo«, zischte Holger böse. »Aber hier singst du keinen Ton mehr. Sonst vergesse ich mich.«

Er verschwand in seinem muffigen Schlafgemach. Ich sank frustriert auf den Klavierhocker. In mir machte sich Panik breit. Es war völlig unmöglich, uneingesungen die h-Moll-Messe von Bach abzulassen, vor sämtlichen Obrigkeiten und Bürgermeistern und Stadträten und Weihbischöfen im lila Käppi und wer noch alles unter den Hochamt-Gläubigen in den Bänken hocken würde. Heute!

Am hochheiligen Weihe- und Würde-Tag des begnadetsten und wichtigsten aller Hochschulprofessoren! MEIN Onkel Herbert debütierte in einer Kleinstadt bei Krefeld! Der Traum sämtlicher Musikstudentinnen, das Vorbild aller Stabschwinger, die jemals in seinen Dunstkreis geraten durften. Zweihundert Mann Chor würden strammstehen, fünfzig Mann Orchester würden nach seinem Schlag spielen, und ich, die kleine, bescheidene Landpomeranze im fünften Semester Gesang, die noch nicht mal eine Zwischenprüfung hatte, ich durfte seine Solistin sein! Ich hatte die große Agnus-Dei-Arie! Ich! Er protegierte mich! Und ich mußte in Top-Form sein! Das war ich ihm schuldig! Zumal heute sein fünfundvierzigster Geburtstag war! Onkel Herrlichbert stand in der Blüte seines Lebens, das heißt, er war im sogenannten »besten Mannesalter«.

Es war nicht gerade der Friedensnobelpreis, den er vom Deutschen Musikrat überreicht bekam. Aber so was Ähnliches. Weit über das Rheinland und die Grenzen des Krefelder Kulturkreises hinaus würde dieses Ereignis die Kunstwelt beeindrucken. Professor Herrlichbert Juck dirigierte Bach und bekam dafür einen Orden.

Und nun war ich nicht mal eingesungen.

Holger, dachte ich. Wenn du mich liebtest, kämst du mit. Du hättest nicht die halbe Nacht gesoffen, sondern du führtest mich jetzt dahin und drücktest mir die Daumen.

Mit zitternden Fingern packte ich meine Noten und meine Stimmgabel zusammen, raffte mein bodenlanges Abendkleid und verließ die Wohnung. Im Treppenhaus hatte ich das Gefühl, durch jeden Türspion mit Blicken erschossen zu werden.

Unten an der Straße stand unser alter klappriger Mercedes mit den vielen alternativen Aufklebern. Ich hatte ihn für 5000 Mark von Onkel Herrlichbert erstanden. Ein echter Freundschaftspreis. Der Mercedes hieß Johann. Sein erstes Auto nennt man immer noch irgendwie, später läßt das nach, ich weiß. Ich legte den Klavierauszug und die Autokarte auf den Beifahrersitz und fuhr los. Lieber Gott, betete ich. Bitte mach, daß ich das finde. Johann summte majestätisch über die morgenleere Autobahn. Kein Mensch war um diese Zeit unterwegs. Ich fühlte mich unwohl. Im Auto kann man zwar auch ein bißchen trällern, aber es ist nicht dasselbe wie Einsingen. Die Haltung stimmt nicht, die

Töne auch nicht. Außerdem sieht das albern aus, eine Frau im Abendkleid am Steuer eines altehrwürdigen, leider ungepflegten dreckigen Mercedes mit komischen Aufklebern, die Tonleitern und fromme Phrasen singt. Ich kam mir lächerlich vor.

Nach ungefähr dreißig Kilometern fing Johann an zu stocken. Wir waren fast da! Ich war gut in der Zeit! Willst du wohl deine Herrin nach Willich fahren, Johann! In einer Stunde fällt die erste Eins! Onkel Herbert macht mich alle! Onkel Herbert konnte mit Blicken töten.

Das Auto bockte und schlingerte. Der Motor gab ganz ungewohnte Geräusche von sich, wie wenn er sich verschluckt hätte. Ein paar graue Abgasfürze entfuhren dem blechernen Gedärm und verflüchtigten sich auf der Autobahn. Benzin! Sollte Holger etwa nicht vollgetankt haben? Mein hastiger Blick auf die Benzinuhr bestätigte das Unfaßbare: Holger hatte mir ein ungetanktes Auto vor die Tür gestellt. Und ich hatte mich auf ihn verlassen. Es war das Modell »Ich vertraue meinem Partner« – der Härtetest für jede Beziehung eben.

Ich betete. O Herr, laß nun nicht auch noch jenen Kelch leer sein! Bitte laß noch ein bißchen Benzin im Tank sein! Du strafst mich doch heute schon grausam genug! Ein röchelnder, rothaariger Übellauner, mit dem ich Tisch und Matratze teile, ist doch schon Prüfung genug! Und dann Onkel Herrlichbert, der Despot, der Gnadenlose.

Johann! Bitte! Schön weiterrollen! Nur noch dieses eine Mal! Johann Sebastian zuliebe, Johann. Und natürlich zur Ehre Gottes.

Da. Ein Rasthofschild. Noch fünf Kilometer. Messer, Gabel, Tasse, WC. Letzteres brauchte ich jetzt dringend. Wir rollten noch. Unwillig tuckerte der unartige Mercedes-Rüpel mit vierzig Sachen durch den grauen Morgen. Mir war schlecht. Ich fragte mich zum hundertstenmal, warum ich mir das angetan hatte. Onkel Herrlichbert hatte mir gnädig den kleinen Finger gereicht, und ich hatte ihn dankbar geleckt wie ein devotes Tier. Und was hatte ich davon? Nur Übelkeit, Einsamkeit und nackte Versagensangst. Und am Schluß gab's vielleicht ein bißchen Beifall. Wenn überhaupt. Und mit viel Glück ein gönnerhaftes

Lächeln von Onkel Herrlichbert. Falls man nicht elend versagt hatte. Und ich fühlte, daß ich heute versagen würde.

Da. Der Rasthof. Tausend Meter. Tausend qualvolle, bockige, tuckernde Abgasfürze. Röhrende Großmäuligkeit eines ungezogenen, stinkenden und rülpsenden Mercedes mit Pickeln und Schrammen. Dabei war ich selbst daran schuld. Warum gab ich dem guten Stück auch nichts zu fressen.

Mein Herz schlug so heftig, daß das Samtkleid vibrierte. Meine Zunge schmeckte nach Schuhsohle. Nie würde ich einen Ton herauskriegen, gleich, um neun, wenn die erste Eins fiel. Onkel Herrlichbert würde den Taktstock über mein Haupt schlagen, und ich würde ohnmächtig zusammensinken. Ich war eben nicht geschaffen für eine Gesangskarriere. Viel zu klein, zu schüchtern, zu blöd.

Wir erreichten den Rasthof mit Mühe und Not. In meinem Halse – die Stimme – war tot. Ich wankte im bodenlangen Abendkleid in das Kabuff des morgenmuffeligen Tankwartes hinein. Die Uhr über der Kasse zeigte halb neun. Mein Gott! Halb neun! Um diese Zeit wollte ich da sein! Einsingen, Stellprobe und Panik-WC und was man so macht kurz vor einem feierlichen Hochamt, wenn alle ganz ernste, strenge Mienen aufgesetzt haben. Onkel Herrlichbert vor allem. Der konnte einen Huster im Publikum mit Blicken erdolchen. Wegen der Würde und der Göttlichkeit seiner Musik. Alle Menschen waren nichtig und klein, wenn Onkel Herrlichbert einen Chor und ein Orchester hypnotisierte. Ich wußte das, ich kannte das. Ich liebte das. Ich war eine von denen, die Onkel Herrlichbert anbeteten und fürchteten. Liebten und haßten.

»Bitte schnell volltanken«, stammelte ich bleich.

»Geht niche«, sagte der Tankwart im Blaumann über seiner Wurststulle. »Erst neun Uhr aufmache.«

»Wie, Sie machen erst um neun auf!« schrie ich empört. »Ich will tanken! JETZT!«

Ich starrte den Tankwart an. Der Tankwart starrte mich an.

Bodenlanges schwarzes Samtkleid unter bleichem Bang-Gesicht. In einer Autobahnraststätte. Morgens um halb neun in Deutschland.

»Bitte!« stammelte ich. »Ich muß ein Konzert singen!«

»Ich nix dafür könne, was Sie müsse«, stammelte der Blaumann. »Ich hab nix Schlüssel.«

»Aber Sie wissen, wo der Schlüssel ist!« rief ich weinerlich.

»Schlüssel her! Mein Tank ist leer! Ich will nach Willich, und bist du nicht willich, so brauch ich Gewalte!«

»Schlüssel hat Chefe, und Chefe komme neun Uhre«, sagte freundlich der Blaumann. »Is nix mehr lang!«

»Das IST es ja! Um neun Uhre muß ich in Willich sein!! Kapiere!!«

»Willich gar nix weite. Wenn du Frollein durch Walde laufe, zehn Minute da.«

Das würde ihm so passen. Frollein durch Wald laufe.

Ich trat unschlüssig von einem Bein aufs andere.

»Nix helfe, Frolleine«, sagte er bedauernd. Er musterte mich abschätzig. »Wenn mit Kleide laufe zwanzig Minutte.«

»Fahren Sie mich!« flehte ich. »Sie kriegen hundert Mark von mir! Alles, was Sie wollen!« stammelte die Königstochter. Meine Ringe, meine Ketten, meine güldene Stimmgabel!

»Ich nix helfe«, quakte der Frosch aus seinem Tümpel. »Get niche, ich nur Fahrrad gekomme und bleibe müsse, bis Chefe komme.«

»Kann ich Ihr Rad haben?«

»Meine Rate?« Ungläubiges Staunen verbeitete sich auf des Blaumannes Antlitz.

»Ja, Mann! Ihr Rad! Leihen Sie es mir! Bitte! Ich flehe Sie an!« Alle Farbe war aus meinem Gesicht gewichen. Ich machte mir fast in die Hose vor Angst. Meine Stimme war im Keller. Ich fühlte eine Ohnmacht nahen. Onkel Herrlichbert sollte auf meiner Beerdigung dirigieren. Jesu, meine Freude. In e-Moll.

Der ausländische Blaumann hatte ein Herz für hysterische deutsche Frauen im Abendkleid. Er führte mich hinter die Bude, an der sein Fahrrad lehnte. Es war ein altes, rostiges Herrenfahrrad mit hoher Stange. Ich klemmte meinen Klavierauszug auf den klapprigen Gepäckträger, raffte meine Röcke bis zur Unterkante Oberschenkel und schwang mich auf den morschen Drahtesel. Der Blaumann starrte stieläugig auf meine Beine.

»Ist ganze leichte, Frollein«, sagte er. »Sie jetzt fahre diese Forstwege ungefähr drei Kilometa imma geradeaus. Dann komme an eine Waldwege mit Schranke, da stehte Schilde ›Beträte eigen Gefahr‹ drane. Da rein biege. Vorsichte, Weg ist matschige. Dann zwei Kilometa Berge rauf, da müsse schiebe, Rate hatte keine Gangschaltung. Nich erschrecke, im Näbbel stehe Kühe. Die tun nixe. Nur gucke und muh mache. Wenn Sie obe, dann vier Kilometa steil runterfahre, aufpasse, Bremse kaputte. Ortsschilte Williche un dann Kirche frage.«

»Danke«, schrie ich und warf mich in die Pedale.

Acht Uhr vierzig. Zwanzig vor neun. In der Sakristei standen sie jetzt schon alle und summten und stimmten und wanderten vor dem Klo hin und her, und die Meßdiener hantierten mit dem Weihrauchgefäß und mit den Kerzen rum, und der Tenor knödelte in einer Ecke vor sich hin, und der Baß brummte, und der Sopran trällerte nervös ... nur ich. Ich war nicht nur nicht da, sondern ich radelte zur Abwechselung mal ein bißchen im Sprühregen über einen nebligen Forstweg. Auf einem fremden Herrenrad, das knarrte und kein Deutsch sprach.

Weit und breit kein Mensch, kein Hund, keine Kuh. Nur Wolkenfetzen am Februarhimmel.

Irgendwo dort hinter den sieben Bergen hörte ich es läuten. War es das Geläut von Willich? Oder Krefeld gar? Oder doch eher Münchheide, Schweinheim oder Herzbroich? Oder fuhr ich schon völlig falsch? Ich keuchte und strampelte. Jetzt müßte eigentlich dieser verdammte Waldweg kommen, dachte ich, der matschige, verbotene. Der mit den Kühen.

Punkt neun fällt die erste Eins. Na gut, zuerst dröhnt noch die Orgel ihr feierliches Vorspiel, dann nehmen die Obrigkeiten im langen Gewande erst mal alle umständlich Platz, dann gibt's noch ein paar einführende Worte und ein Eingangsgebet, aber dann! Dann bin ich unweigerlich dran! Kyrie! Erbarme dich! Los, jetzt! Erbarmen! Ich trat in die Pedale, daß mir die Schuhsohlen qualmten.

Da. Ein Waldweg. Ohne Schranke zwar und auch kein Schild »Beträte eigen Gefahr«, aber er ging bergauf. Das mußte er sein. Ich stieg zitternd vom Rad, und in meinen schwarzen Lackschühchen schob ich es lehmaufwärts. Das Geläut kam jetzt aus der anderen Richtung. Bestimmt hatte der Wind gedreht. Oder entfernte ich mich von meinem Golgatha? Lieber Gott, dachte ich. Laß mich jetzt aufwachen. Das ist kein schöner Traum. Das ist ein blöder Traum. Los, ich will jetzt aufwachen. Bitte.

Außer meinem keuchenden Atem hörte ich nichts. Das Läuten hatte aufgehört! Da! Ein Rascheln! Ich zuckte zusammen! Was war das? Tatsächlich. Die Kühe. Muh und muh und staun und glotz. Ein Mensch im Abendkleid. Rennt mit einem alten Herrenfahrrad durch den Morgennebel.

Da näherte sich was von hinten! Ein Atmen, ein Keuchen! Ein Matschen von Schritten im Sumpf! Bestimmt ein wütender Stier. Jetzt war eh alles egal. Ich sah schon Fetzen von meinem schwarzen Samtkleid über dem Stacheldraht hängen und im Winde flattern.

Der keuchende Atem hinter mir gehörte zu einem Jogger. Ein nasser, schwitzender, lehmbeköttelter Jogger war es, der mit Kapuze und nackten haarigen Beinen seines Weges trabte.

Er streifte mich mit einem desinteressierten Seitenblick und wollte weiterjoggen.

Wahrscheinlich hielt er mich für eine ausgebrochene Irre.

»Hallo, bleiben Sie stehen!«

Der Jogger joggte.

»Bitte! Ich hab mich verlaufen!«

Der Jogger trabte auf der Stelle. Alle Jogger hassen es, wenn jemand sie am Joggen hindert, ich weiß. Sie können gar nicht mehr aufhören, selbst wenn sie wollten. Sie sind wie diese Duracel-Häschen, die einfach immer weiterlaufen, selbst wenn man mit dem Hammer draufhaut. Ich schlitterte mit meinem Herrenfahrrad durch den Matsch und strauchelte. Der Jogger warf mir einen verächtlichen Blick zu, während ihm die Schweißperlen und was sonst noch an flüssigen Ausscheidungen aus eines Joggers Nase läuft durch das Gesicht rannen. Selbst in der guten, gesunden morgendlichen Waldluft konnte ich seine Knoblauch- und Alkoholfahne riechen.

Egal. Dieser Ausbund an Eleganz und Männlichkeit mußte mich an diesem Morgen aus der Finsternis retten. In zwölf Minuten fiel die erste Eins. Onkel Herrlichbert würde den Taktstock runtersauen lassen, ob ich auf meinem Platz stand oder nicht. Jetzt wußte ich, wie sich die Königstochter gefühlt haben mußte, als sie den häßlichen, glitschigen Frosch küßte, nur um ihre goldene Kugel wiederzubekommen.

Der Jogger trabte auf der Stelle.

»Ich muß in zwölf Minuten in Willich sein«, stammelte ich kurzatmig. »In Sankt Johannes. Da ist heute ein feierliches Hochamt mit Chor und Orchester! Und ich muß singen! Solo! Verstehen Sie! Iche wichtige! Ohne mich nix funktioniere!«

»Und warum rennen Sie dann in Richtung Schiefbahn?« fragte der Jogger.

Ich betrachtete schuldbewußt meine knöchelhoch besifften Schuhe. »Ich wußte, daß ich auf der Schiefbahn bin«, versuchte ich zu scherzen.

Der Jogger schien Gefallen an mir zu finden.

»Ich hab mein Auto da unten stehen«, sagte er. »Ich fahr Sie.«

»Das hab ich gewußt«, stöhnte ich erleichtert. Einer, der Deutsch sprach, und einer, der ein Auto hatte, und einer, der den Ernst der Lage erkannte. Das Leben war wieder lebenswert.

Der Jogger nahm den Lenker und wendete das Fahrrad.

»Rutschen Sie mal.« Der Jogger schwang sich auf den Sattel des alten Drahtesels.

Ich ließ mich nach vorn auf die Stange gleiten. Das war zwar kalt und hart und kein bißchen romantisch, aber ich hatte das Gefühl, für Onkel Herrlichbert mein Steißbein opfern zu müssen. Schließlich hatte er heute Geburtstag und bekam einen Orden.

»Wieviel Minuten haben wir?« fragte der Jogger knoblauchintensiv dicht an meinem Ohr.

»Knapp zehn«, schrie ich, und dann holperten wir los, den Berg runter und vorbei an den blöde glotzenden Kühen hinter Stacheldraht. Hier hörte man auch wieder das Geläut! Ihr Christen alle, nah und fern! In Sankt Johannes ist heute was los! Ich komme! Ich werde da sein, mit blauen Flecken am Hintern und Rotz am Ohr, mit Dreck am Kleid und Kuhscheiße an den Füßen, aber ich werde singen!

Ich krallte mich an die Lenkstange. Neben meinen Händen krallten sich die haarigen Tatzen des stinkenden Urviechs, das da ganz gräßlich in mein Ohr keuchte. Es war wie der Hexenritt von Humperdinck. Plötzlich standen wir vor einem Knusperhäuschen, nein, es war eine Hütte für Wanderer, so ein zusammengehauenes Gebäude, in dem sich tagsüber die wanderfrohen Knickerbocker versammeln und ihren Abfall sorgfältig aus dem Rucksack klauben, bevor sie breitfüßig weiterschreiten. Neben der Hütte stand ein weißer Mercedes, blank geputzt und chromblitzend und nagelneu! Aschenputtels Augen glänzten. Der keuchende Jogger half mir vom Rad und ließ das Türschloß seines luxuriösen Gefährts mit Hilfe eines elektronischen Spielzeugs aufschnappen. Der Mercedes wedelte dankbar mit dem Schwanz, signalisierte »Ja, Herr, die Türen sind geöffnet« mit dem Warnblinklicht, und wir sprangen hinein. Ich fiel in einen ledernen Liegesitz. Der Wagen holperte über Wurzelwerk und Geröll, und mein Chauffeur spendierte mir einen Hexenritt der tiefergelegten, aber gefederten Art und darüber hinaus den Anblick seiner durchaus erfreulich muskulösen nackten Beine, die behaart waren und lehmbespritzt. Mit Grauen erkannte ich einen Playboyhasen-Aufkleber auf dem Handschuhfach. Daneben standen die liebevollen Worte »Halt die Schnauze, Liebling«. Ich hielt die Schnauze.

Die Uhr am Armaturenbrett zeigte acht Minuten vor neun. Wir rasten an jenem Stacheldraht vorbei, hinter dem die Kühe glotzten und an dem ich schon im Geiste mein Abendkleid in Fetzen hatte hängen sehen.

Wenn mich das stinkende Urviech jetzt zur Feier des Tages ein bißchen vergewaltigen würde, dachte ich, würde Onkel Herrlichbert das mitnichten als Entschuldigung gelten lassen.

Der behaarte Sportler fuhr den Wagen voll aus. Ich wurde in die Ledersitze gepreßt. Wir waren jetzt wieder auf dem Forstweg.

»Sie singen gleich?« fragte das Urviech.

»Ich werd's versuchen«, stammelte ich. »Leider bin ich gar nicht eingesungen.«

»Dann singen Sie sich ein«, munterte mich der Kamikaze-

Fahrer auf. Er warf mir einen neugierigen Seitenblick zu, bevor er in den fünften Gang schaltete. Vielleicht war es auch der sechste. Keine Ahnung, was dieser Schlitten noch so alles zu bieten hatte.

»Hier steht aber, ich soll die Schnauze halten«, sagte ich schüchtern.

»Der Aufkleber ist noch von meinem Vorgänger«, sagte der Mann. »Auch der Playboyhase natürlich. So was würd ich mir nie in meinen Wagen kleben.«

»Wie beruhigend«, sagte ich. »Warum knibbeln Sie's nicht ab?«

»Keine Zeit«, sagte der Jogger. »Also? Singen Sie jetzt? Sie haben noch genau vier Minuten Zeit.«

»Und dann sind wir da?«

»Dann sind wir da!«

Der Mercedes schnellte über eine Eisenbahnüberführung. Ich fürchtete, er würde mit dem Bauch aufsetzen und sich die Eingeweide aufscharren, und ich wär daran schuld.

»Vorsicht, Ihr kostbares Gefährt!«

»Ihre Zeit ist kostbarer!«

Wir flogen aus dem Wald hinaus. Da war das Ortsschild. Willich! Menschen strömten in Richtung Kirche! Ich war unter Lebenden! Die Zivilisation hatte mich wieder!

»Mim-mim-mim!« intonierte ich noch anstandshalber, und dann bogen wir um die Ecke und hielten mit quietschenden Bremsen vor dem Kirchenportal. Die Leute drängelten sich hinein.

»Danke!« Ich drückte dem schweißverklebten Waldtier einen Kuß auf die Backe. Sie war kratzig und schmeckte nach Schweiß.

Er hatte mich gerettet! Es war zwei vor neun!

Ich klaubte meinen Klavierauszug vom Rücksitz und stürzte mich ins Gewühl.

»Darf ich mal? Danke. Bitte mal vorbeilassen! Vielen Dank.«

Mit Armen und Beinen kämpfte ich mich nach vorn. Da saßen sie schon alle, die schwarzgekleideten Musiker, mit würdigen Mienen und feierlichem Blick. Die Sänger zupften noch am Stimmband, mim-mim-mim, die Geiger zupften noch an ihren

Saiten, pling-plong-plang, und der Oboist küßte noch sein verschlafenes Morgengerät, das unwillig quäkte. Dann öffnete sich die Sakristeitür, und der erste Meßdiener bediente ein Glöckchen, und dann erhoben sich fünfhundert Menschen von ihren Bänken, die Orgel brauste feierlich auf, und die Geistlichkeit schritt herein.

Onkel Herrlichbert stand am Pult, den Taktstock in der Hand, und beachtete mich nicht. Mir zitterten noch so die Knie, daß ich meinte, er müßte mein Kleid schlottern sehen. Doch er würdigte mich keines Blickes. Ich hergelaufene Waldratte! Ungewaschen, unpünktlich, lehmbespritzt. Und mit einem Kerl im Schlepp, der jeder Beschreibung spottete. Kerl im Schlepp?

Meine Augen weiteten sich angstvoll. Hinter all den weihrauchduftenden Obrigkeiten im bodenlangen Gewande kam mein Jogger durch das Kirchenschiff gelatscht – staksbeinig und dicke Dreckspuren hinterlassend – ganz offensichtlich auf der Suche nach einem freien Plätzchen. In kurzen, schweißverklebten Turnhosen und einem Kapuzen-Shirt Marke »Geld her oder ich schieße!«.

Ich warf Onkel Herrlichbert einen »Ich-kann-nix-dafür-Blick« zu, aber Onkel Herrlichbert strafte mich mit Verachtung. Sein Kinn war spitz wie immer, wenn er jemandem grollte. Sein hochheiliger Würdetag! Beschmutzt und entweiht durch mein Zuspätkommen!

Die Messe nahm ihren Lauf. Ich sang ganz tapfer und halbwegs beseelt. Immer wieder tauchten die gräßlichen Momente dieses Morgens vor meinem inneren Auge auf. Der beleidigte, rothaarige Wuschelkopf auf der Matratze, der röhrende Mercedes, der ausländische Tankwart im Blaumann, das wackelige Herrenrad, der Waldweg, der Stacheldraht. Was hatte ich alles auf mich genommen, nur um Onkel Herrlichbert an seinem Ehrentag zu ehren!

Onkel Herrlichbert dirigierte mit seinen üblichen militärisch-zackigen Bewegungen. Sein Gesicht war wie immer verzerrt vor Spannung. Wir kuschten alle wie die Hühner. Wehe, im Publikum hustete einer. Dann drehte Onkel Herrlichbert sich um und schoß scharfe Dolchesblicke.

Heute traf es besonders meinen armen Jogger. Onkel Herrlichbert durchbohrte ihn während des Dirigierens. Hinweg! Das ist MEIN Festhochamt! Wie kannst du es wagen! Mit NACKTEN, haarigen Schenkeln! Ins HOCHheilige Hochamt! Verschwitzt und verdreckt! Wenn hier einer schwitzen darf, so bin ich das, Onkel Herrlichbert, der ich vor Genialität und Musikalität schwitze! Nicht aber du, Waldschwein, hergelaufenes! Mach, daß du aus diesen heiligen Hallen kommst! Oder soll ich dir Beine machen?

Onkel Herrlichbert steigerte sich in Rage. Seine Blicke stachen so lange auf meinen armen, unwissenden Jogger ein, bis dieser schließlich gebückt das Kirchenschiff verließ. Schade. Ich starrte dem schweißverklebten Kapuzen-Shirt nach. Jetzt hatte ich mich noch nicht mal richtig bedanken können. Außerdem würde ich das verdammte Fahrrad nie wiederfinden! Ich mußte doch dem Tankknecht seinen Drahtesel zurückbringen!

Welch ein fürchterlicher Tag! Das Jüngste Gericht konnte nicht schlimmer sein.

Nach dem feierlichen Akt bekam Onkel Herrlichbert vom Weihbischof persönlich seinen goldenen Orden angesteckt. Ich hoffte auf einen versöhnlichen Blick. Gebet einander ein Zeichen des Friedens. Aber für Onkel Herrlichbert war ich gestorben. Keines Blickes mehr würdig.

Ich traute mich nicht mehr zu dem Empfang, wo es Häppchen gab und ein Sektchen und ein Scherzchen vom Bischof. Sicher würde Onkel Herrlichbert jetzt eine bescheidene Rede halten. Ich und die Musik und die Genialität schlechthin. Oh, holde Kunst. In wieviel grauen Stunden.

Da hatte ich nun mal nichts verloren.

Sollte ich jetzt einfach gehen? Aber wohin? Mein Jogger war weg. Sein weißer Mercedes auch. Ich stand fröstelnd in meinem dreckigen Abendkleid und wollte weinen. Mir war schlecht vor Hunger. Die Messe hatte fast zwei Stunden gedauert!

Da näherte sich Onkel Herrlichbert! Er hatte die Festgesellschaft verlassen, um nach dem verlorenen Schäfchen zu schauen! Jetzt würde er ein versöhnliches Wort an mich richten, mich wie den verlorenen Sohn gütig in die Arme schließen und ein großes, rauschendes Fest geben! Alle Knechte und Mägde würden angehalten, mich wieder in ihre Kreise aufzunehmen, mir frische Kleider zu reichen und ein Glas kühles, sauberes Wasser, damit ich mir die Zehen waschen konnte! Man würde mich mit Spezereien überschütten, mit Gold und Weihrauch.

»Oh, Onkel Herrlichbert«, stammelte ich gerührt, »es tut mir so leid, daß ich zu spät gekommen bin! Ich habe mich im Wald verirrt, und da hat mich ein Jogger aufgelesen ...«

Weiter kam ich nicht.

Onkel Herrlichbert zog mich am Arm und schrie mich an: »Du dumme, dämliche, dreiste Gans, du wagst es, an einem solchen Tag in diesem Aufzug zu erscheinen, mich öffentlich bloßzustellen und meinen Ehrentag im wahrsten Sinne des Wortes in den Dreck zu ziehen? Da gebe ich dir einmal die Chance, solistisch zu singen, einmal! Und du dankst es mir so! Das war das letzte Mal! Ich hab dich aus der Gosse gezogen, wer warst du denn, bevor du in meine Kreise kamst? Du hättest Karriere machen können, ich hätte nur mit dem Finger schnippen müssen, und alle Türen der Welt hätten dir offengestanden! Doch das hast du dir für immer verscherzt! Ich habe dir eine Chance gegeben, aber als Sängerin taugst du nichts!«

»Onkel«, flehte ich. »Hör mir doch zu! Ich wollte dich nicht brüskieren, mein Auto ist stehengeblieben! Mein Freund hat nicht getankt!«

»Und jetzt auch noch die Schuld auf andere schieben!« schrie Onkel Herrlichbert.

Im Hause gegenüber öffnete sich ein Fenster. »Schreien Sie doch die Kleine nicht so an!« rief jemand.

»Sie halten sich da raus!« brüllte Onkel Herrlichbert zurück, und dann wütete er: Wie ich es wagen könnte, ihn als Gönner und Förderer zu mißbrauchen und mich seiner derart unwürdig zu erweisen. Wie schlampig ich ausgesehen hätte. Jede Chortrulla sei superelegant gewesen im Vergleich zu mir.

Jemand trat über unseren Köpfen auf seinen Balkon. »Ruhe! Es ist Mittagszeit! Schreien Sie hier nicht so rum!«

Onkel Herrlichbert zerrte mich zu seinem Wagen. Es war ein blaßgelber Mercedes.

»Los, steig ein. Muß ja nicht jeder hören, was ich dir zu sagen habe.«

Ich hockte da, ein Häufchen Elend, die Noten von der h-Moll-Messe auf den Knien. Mit aller Gewalt verbot ich mir zu weinen. Obwohl ich wußte, daß Onkel Herrlichbert so lange zu schreien pflegte, bis jemand weinte. Wenn er das geschafft hatte, ließ er gern von seinem Opfer ab. Er war schon immer so gewesen. Und viele Kommilitoninnen haßten ihn von Herzen dafür. Plötzlich war mir alles egal. Ich wußte auf einmal, daß ich ihm eines voraus hatte. Nur eines. Aber das hatte ich.

Ich hatte die Zukunft noch vor mir. Er nicht. Er verbrachte seinen fünfundvierzigsten Geburtstag in einer kleinen, kleinen Stadt. Und bekam einen kleinen, kleinen Orden. Und saß in seinem blaßgelben Mercedes und schrie seine Nichte an. Auch wenn gerade ein paar hundert Kirchgänger seinen Schlag bewundert hatten: Sein Lebenswerk war doch eher bescheiden.

Ich straffte die Schultern. Jetzt hatte er genug geschrien. Plötzlich hatte ich ganz viel Kraft. Ich wußte gar nicht, woher. Aber David wollte sich nicht länger von Goliath unterdrücken lassen. Ich hatte heute unter Aufbietung all meiner Kräfte seine Feier bereichert. Ich hatte gut gesungen. Und für das, was ich hinter mir hatte, erst recht.

»Onkel Herbert«, sagte ich mit fester Stimme. »Du hast zwar heute Geburtstag. Du bist in der Mitte deines Lebens. Aber ich schwöre dir, daß der Tag kommen wird, wo du alt bist. Und das wird der Tag sein, an dem ich ganz oben bin.«

Ich öffnete die Autotür und stieg aus.

Onkel Herrlichbert starrte mich an. Ihm fehlten buchstäblich die Worte. Das hatte ihm noch nie jemand gesagt. Daß seine Herrlichkeit vergänglich sei.

Ich betrachtete ihn ungerührt. Zum erstenmal bebte ich nicht vor Ehrfurcht.

Sein spitzes Kinn war wie immer feucht von Spucketröpfchen. Immer wenn er sich erregte, hatte er Spucketröpfchen auf dem Kinn.

»Du hast dich stets für den Nabel der Welt gehalten«, stieß ich hervor. »Aber das bist du nicht.«

Ich schmiß die Autotür mit einer solchen Wucht zu, daß der Mercedes wackelte. Dann wanderte ich mit erhobenem Haupt auf meinen Stöckelschuhen davon.

Nach einer halben Stunde fand ich die Hütte, an der das Fahrrad lehnte. Auf dem Waldboden waren noch frische Reifenspuren. Es waren breite Reifen. Bestimmt gehörten sie zum tiefergelegten Mercedes meines Knoblauchritters im Kapuzenhemd.

Auf dem Gepäckträger klemmte ein Zettel. Es war eine Visitenkarte. »Dr. Thomas Andermann – Facharzt für innere Medizin.« Und darunter die Privatadresse und die der Praxis.

Aha, dachte ich. Ein Facharzt also. Und der joggt sich hier sonntags morgens den Alkohol aus der Birne. Ich drehte die Karte um. Richtig, da war doch noch eine Botschaft. Es war eine Skizze, eine Wegbeschreibung von der Waldhütte zur Autobahnraststätte. Sonst nichts.

An diesem Nachmittag tat ich noch drei Dinge, die mein Leben verändern sollten. Erstens tankte ich meinen armen, alten, vernachlässigten Johann auf und gab ihm Öl zu fressen und spendierte ihm eine Runde Waschanlage. Zweitens trennte ich mich von dem rothaarigen Schmuddelmann, der immer noch schnarchend auf meiner Matratze lag. Und drittens rief ich den Jogger an.

Der fünfundsechzigste Geburtstag von Onkel Herrlichbert ist gerade gewesen.

Onkel Herrlichbert hat sein Abschiedskonzert gegeben. Eine h-Moll-Messe. In Willich. Ich habe es mir nicht nehmen lassen, dabeizusein. Auch wenn ich nicht eingeladen war.

Mein letzter Kinofilm hat fünf Millionen Besucher gehabt. Ich habe es geschafft. Ich bin ganz oben. Aber das wird mir nur an solchen Tagen bewußt, an denen Onkel Herrlichbert in einer Dorfkirche Bach dirigiert.

Unser Zweitwagen ist ein Mercedes der A-Klasse. Der ist so neu, daß es ihn offiziell noch gar nicht gibt. Aber wenn man Kinofilme macht, in denen A-Klasse-Mercedesse vorkommen, dann kann es schon mal passieren, daß so ein Modell doch schon ein paar Tage vor der offiziellen Geburt über die Autobahn saust.

Es ist ein merkwürdiges Gefühl, wieder durch diese gottverlassene Gegend zu brausen. Auf den Tag genau ist es zwanzig Jahre her, daß hier mein alter Johann seinen Geist aufgab. Wieder sprühregnet es, wieder sind die Bäume kahl und nackt, wieder starren die Autobahnplanken vor Dreck. Mein Mercedes hat keinen Namen. Jedenfalls nicht offiziell. Ich nenne ihn »die flinke Frikadelle«. Er ist schwarz. Weil ich aus dem Alter raus bin, wo das Auto rot sein muß. Und erst recht aus dem Alter, wo komische Aufkleber auf der Heckscheibe kleben. Der Wagen glänzt und riecht nach neu. Und der Benzinanzeiger zeigt auf danke satt.

Gestern abend war ich noch in München. Pressetermin »Am Anfang einer neuen Ära«. So heißt mein Film. Es waren vierhundert Fotografen da. Das Blitzlichtgewitter nahm kein Ende. »Am Anfang einer neuen Ära« ist in aller Munde. Sämtliche Zeitschriften und Talkshows sind voll davon. Eigentlich müßte ich heute morgen meinen Glücksrausch ausschlafen. Aber ich habe Bock auf Willich und h-Moll-Messe und Kirchenbank. Auf Weihrauch und auf Onkel Herrlichberts Taktstock.

Obwohl mein Tank voll ist, biege ich wieder auf den Rasthof ab. Diesmal hat er sogar geöffnet! Ich umrunde die Bude, um zu sehen, ob ein altes Herrenfahrrad daran lehnt. Nein. Macht nix. Ich biege auf den Forstweg ab.

Sind das dieselben Kühe, die mich da rundäugig und sanftmütig anglotzen? Oder deren Kindeskinder? Der Stacheldraht ist auch nicht mehr derselbe. Jetzt ist es ein Elektrozaun. Ich finde den Waldweg, den ich vor zwanzig Jahren übersehen habe. »Benutzung auf eigene Gefahr« steht daran und »Einfahrt verboten«.

Ich suche nach dem anderen Weg. Den, wo mir der Jogger begegnete. Falsch. Er begegnete mir ja nicht. Er überholte mich. Mit Kapuze und nackten, behaarten Wildschweinwaden. Und hielt mich für eine entlaufene Irre.

Ich finde den Weg nicht mehr. Entweder er ist zugewachsen, oder ich bin auch heute noch ein schlechter Pfadfinder.

»Am Anfang einer neuen Ära« handelt auch von einer Frau, die zuerst den Weg nicht findet. Ich wende. Der Wagen hat einen erfreulich geringen Wendekreis. Er hoppelt auch nicht so unanständig übers Wurzelwerk wie anno Tobak der tiefergelegte Anmacherschlitten mit dem Playboyhasen auf dem Handschuhfach.

Gerade als ich zum zweitenmal an den glotzenden Kühen vorbeibrausen will, begegnet mir ein Jogger. Er hat einen von diesen neonfarbenen Jogginganzügen an und statt der Kapuze ein verkehrt rum aufgesetztes Käppi. In der Hand hat er eine Stoppuhr. Im Ohr hat er einen schwarzen Knopf. Alle Jogger sind heutzutage vollautomatisch. Ich halte an und lasse ihn vorbei. Es ist nicht der Jogger von damals. Es ist ein rothaariger Jogger. Und er hält mich bestimmt für eine ausgebrochene Irre, daß ich hier sonntags morgens um neun am Elektrozaun wende. In einem Mondfahrzeug, das es offiziell noch gar nicht gibt.

Der Jogger hält auch an und trabt auf der Stelle. Der Jogger an sich bleibt ja nicht einfach stehen, wenn er aufhört zu joggen. Er trabt auf der Stelle. Wie ein aufgezogener Duracel-Hase. Der Jogger starrt mein Auto an.

Freundlich lasse ich die Scheibe runterfahren.

»Isn das?« fragt der Jogger und keucht mir seinen Knoblauchatem entgegen.

»Eine Frikadelle auf Rädern«, antworte ich froh.

»Ist der neu?«

»Nein, mit Persil gewaschen!«

Der Jogger trabt und keucht und staunt und schwitzt. Ich fahre freundlich neben ihm her, damit ihm nicht kalt wird.

Plötzlich kommt mir eine feine weibliche Idee.

»Wollen Sie einsteigen? Ich tu Ihnen nichts.«

Die männliche Neugier und der Trieb, in einem Auto zu sitzen, das es offiziell noch gar nicht gibt, ist größer als des Joggers Bewegungsdrang. Er klettert zu mir rauf und läßt sich auf den Beifahrersitz fallen.

»Der kommt doch erst im September«, keucht er statt eines Guten-Morgen-Grußes.

»Bei manchen Frauen kommt mancher eben etwas früher«, kontere ich zweideutig zurück. Der Jogger kapiert nicht.

»Wo hamse den her?« fragt er, und die Schweißtropfen und was sonst so aus eines Joggers Nase läuft rinnen ihm vom Kinn. Ich reiche ihm gnädig ein Kleenex. Seit ich Kinder habe, habe ich immer Kleenex bei mir.

»Den hab ich bei einem Kurzgeschichten-Wettbewerb gewonnen«, sage ich keck.

Stimmt natürlich nicht. Kein Mensch gewinnt für eine Kurzgeschichte einen nagelneuen Mercedes der A-Klasse. Aber soll ich ihm sagen: »Ich mache Filme und bin eine der bekanntesten Frauen Deutschlands, und diesen Wagen hat mir Mercedes als Dank für die Werbung in meinem Film zur Verfügung gestellt?« Dann hält der mich wirklich für eine entlaufene Irre und steigt aus. Und das wollen wir doch vermeiden. Schließlich hab ich noch was mit dem Jogger vor.

»Wovon handelt denn die Kurzgeschichte?« fragt der Mann, nachdem er sich die Nase geputzt hat.

»Von einem Jogger, einem Mercedes der A-Klasse und einem Dirigenten der B-Klasse«, sage ich. »Und sie heißt: ›Am Anfang einer neuen Ära‹.«

Er sieht mich argwöhnisch an.

»Passen Sie auf«, sage ich. »Ich will Ihnen ein Angebot machen. Sie kommen jetzt mit mir nach Sankt Johannes in Willich und hocken sich in Ihren Turnhöschen in die erste Reihe. Dafür dürfen Sie dann mit diesem Auto eine einstündige Spritztour machen.«

Er starrt mich an.

Ich grinse froh zurück. »Na? Was ist? Trauen Sie sich nicht?«

»Und wer garantiert Ihnen, daß ich Ihnen Ihr A-Klasse-Modell nicht klaue?«

»Die Tatsache, daß dies das einzige A-Klasse-Modell ist, das heute in ganz Europa durch die Gegend rollt«, sage ich. »Und daß jeder darauf starrt wie auf ein zweiköpfiges Kalb.«

Er grinst und zieht die Nase hoch. »Gewonnen.«

»O. k.«, sage ich. »Hand drauf.«

Er schlägt ein. Wir fahren vor der Kirche vor.

Die Leute drängeln sich. Es ist zehn vor neun.

Die örtliche Presse ist da, ein, zwei Fotografen. Kein Vergleich mit meiner gestrigen Filmpremiere natürlich. Aber dies hier ist Willich. Dies hier ist Onkel Herrlichberts Welt. Ich steige aus, der Jogger ebenfalls. Alle Blicke sind auf uns gerichtet. Und das aus dreifachem Grunde. Erstens fahren wir das erste Mercedes-A-Klasse-Modell der Welt. In WILLICH!! Zweitens gehen wir in Turnhosen in die Kirche. Und drittens bin ich zufällig die Regisseurin des Films, von dem alle Welt zur Zeit redet. Kann schon sein, daß man mich selbst in Willich erkennt. Sorry, Onkel Herrlichbert. Aber es gibt noch andere Götter neben dir. Und diese bittere Erkenntnis schenk ich dir heute zum Fünfundsechzigsten. Besser spät als nie.

Der Jogger und ich schreiten gemeinsam in die erste Bank.

Der Chor steht schon da und harret seines Meisters. Hundert Mann willige Williger. Alle sind sie gekommen, die je unter seiner Knute gestanden haben. Alle, alle. Ich ja auch. Auch wenn ich nicht eingeladen war.

Onkel Herrlichbert tritt auf. Alt ist er geworden, alt und grau. Aber er hat immer noch diese kalte Energie im Blick, diese Art von »Wehe-es-hustet-einer«, dieses »Ich und dann ganz lange keiner und dann Johann Sebastian Bach und dann wieder ich«.

Sämtliche drei Pressefotografen knien mir zu Füßen und lichten mich ab. Ich lächle huldvoll. Der vierte Fotograf ist draußen und lichtet meinen Mercedes der A-Klasse ab. »Am Anfang einer neuen Ära«, denke ich. Den Dirigenten der B-Klasse lichtet niemand ab. Soll ich es jetzt drauf ankommen lassen? Wird Onkel Herrlichbert in seinem Jähzorn auch diesmal dem Jogger die Tür weisen?

Ich denke wieder an damals und wie ich rannte und keuchte und durch den Sumpf irrte, bis mir die Lungenflügel stachen, wie lehmbeschmiert mein Kleid war und wie knöcheltief ich im Morast watete, nur um Onkel Herrlichbert die Ehre zu geben.

Und wie er mich damals zur Schnecke gemacht hat.

Die Messe beginnt. Wieder Obrigkeiten und Weihrauch und Orgelbrausen und Festtagsrede. Onkel Herrlichbert gibt heute seinen Abschied. Zum letztenmal hebt der Marabu den Taktstock. Und? Wird er den Jogger aus der Kirche scheuchen?

Nein. Er wird nicht. Es wäre ein Skandal. Alle haben uns zusammen abgelichtet. Morgen werden wir in der Zeitung stehen. Onkel Herrlichbert tut gut daran, uns und die Presse tunlichst nicht zu brüskieren.

Ich friemele meinen Autoschlüssel aus der Handtasche und drücke ihn dem Jogger in die Hand.

»Viel Spaß«, flüstere ich, »es reicht, wenn Sie in zwei Stunden wiederkommen!«

Später gibt es einen Empfang mit Sekt und Schnittchen und ein paar Festreden.

Der Bürgermeister selber hat mich am Arm in seine feierlich geschmückten Gemächer geleitet und davon gesprochen, welche Ehre es für ihn sei, solch prominente Frau in seinem Ort begrüßen zu dürfen.

Oben steht schon Thomas und wartet auf mich.

»Na, war's schön?«

»Wunderschön«, schwärme ich. Das hier ist meine Welt. Hier komm ich her. Das mit dem Filmgeschäft ist bombastisch, aber kein Filmball der Welt, keine Premierenfeier, keine Goldene-Kamera-Verleihung ist beeindruckender für mich als die Aufführung einer gut musizierten h-Moll-Messe. Und diese hier war gut musiziert. Onkel Herrlichbert ist ein guter Musiker. Schade, daß er geht. Er ist nicht zu ersetzen. Generationen werden noch von ihm sprechen.

Ich fühle mich versöhnt mit ihm.

Thomas und ich gehen zu ihm hin. Da steht er, der alte Herr, umringt von seinen Jüngern, und läßt sich feiern. Ich gönn es ihm. Ich bin ihm nicht mehr böse.

Ich seh mich wieder in seinem Wagen sitzen, ich hör mich wieder sagen: »Ich schwöre dir, daß der Tag kommen wird, wo du alt bist. Und das wird der Tag sein, an dem ich ganz oben bin.«

Wir umarmen uns, Onkel Herrlichbert und ich.

Ob er sich an damals erinnert?

Nach der Feier sammeln Thomas und ich unsere vier Kinder ein, die auf dem Kirchenvorplatz herumtoben.

»Wo ist dein Wagen?«
»Ich hab ihn verliehen«, sage ich. »An einen Jogger.«
»Na, macht nichts«, sagt Thomas. »Wir haben ja noch einen.«
Und dann steigen wir alle sechs in unseren Van.

Sophie Andresky
Judith räumt auf

Judith hätte merken müssen, daß etwas nicht stimmte, als Holger nach Hause kam. Er hantierte mit dem Schlüssel geräuschvoll im Schloß herum, bis er endlich den richtigen Dreh raushatte, dann tappte er in die dunkle Diele und stellte seine Aktentasche auf den Sekretär neben der Tür. Die Vase mit der Karnevalsdekoration fiel hinunter auf den schlafenden Hund. Er rappelte sich erschrocken auf und kam ihrem Mann zwischen die Füße, der auch prompt über ihn stolperte. Der Hund jaulte kurz. Alles wie gehabt.

Aber: Holger fluchte nicht.

Genau da hätte sie mißtrauisch werden müssen.

Normalerweise würde er jetzt nämlich mit der flachen Hand den Lichtschalter erschlagen und in das breite Platt seines Heimatkaffs fallen. Sie selbst würde von dem Kauderwelsch nur so viel verstehen, daß es ihre Schuld sei, daß er jeden Abend über den Hund (er sagte »Möpp«) fiel und sich alle Knochen brach. Dabei war er es doch, der sich in den Kopf gesetzt hatte, Strom zu sparen, indem er das Licht im Haus bis auf Maulwurfniveau reduzierte. Seine Vorstellung von der idealen Familie war wohl die, daß alle mit Bergbaulampen über dem Kopf durch die finstere Wohnung taperten, die sie mit Hilfe einer Handkurbel betrieben.

Statt der Du-bist-an-allem-schuld-Arie tastete er nach dem Lichtschalter und rief laut und mit einem Tonfall, als stehe er gerade in Flammen: »Ich bin daha!« Darauf wäre sie nach dem Getöse nun wirklich nicht gekommen, aber sie wollte ihn nicht schon in den ersten Feierabendminuten verärgern und rief: »Ich bin hiier« aus dem Wohnzimmer zurück und dachte bei sich: »Hier vor dem Fernseher, wo ich mir begeistert eine Daily-Soap nach der anderen reinziehe, statt für dich wie ein gutes Frauchen am Herd zu stehen und die Bratkartoffelrezepte deiner Mutter zu parodieren.« Dann kam er herein, schaltete vorher noch das Licht in der Diele wieder aus und setzte sich zu ihr auf das Sofa. »Wie war's«, sagte sie. »Hm«, sagte er. »Streß gehabt«, sagte sie. »Hm«, sagte er. »Hunger«, sagte sie. »Hm«, sagte er. »Es ist Heringssalat im Kühlschrank«, sagte sie. Er sagte nichts, sie ging in die Küche, brachte ihm das Plastiktöpfchen und eine Gabel. Er kaute und schmatzte, ein erschöpfter Mammutjäger, der heim in die Höhle gekommen ist, die Keule noch auf der Schulter, um Frau und Sippe zu zeigen, wieviel Wild er heute erlegt und heimgeschleppt hatte, Vulkanausbrüchen und Stammesfehden zum Trotz. Sein Viertagebart und die Kopfbehaarung, die im Nacken übergangslos in den Rückenpelz überging, gehörten auch zu den Dingen, die Judith wahnsinnig machen konnten. Er nannte das wohl »männlich«, Judith nannte es »Neandertaler«, aber darüber sprachen sie jetzt natürlich nicht, zum Heringssalat gehören leichte Themen.

»Was ist sonst«, sagte sie. »Werd vielleicht gekündigt«, sagte er und warf die mayonnaisenverschmierte Gabel auf den Wohnzimmertisch. »Ganz raus ist es noch nicht, aber so geht das auch nicht weiter.« »Idee«, sagte sie. »Sparen«, sagte er, »sonst nix.« Sie stöhnte und sah sich bereits mit dem handkurbelbetriebenen Bergarbeiterhelm Wäsche am Fluß wringen. Aber dann tat er ihr doch leid, wie er da saß, und sie setzte sich neben ihn und legte ihre Hand auf die abgeschabten Knie seiner speckigen Kordhose. »Wird schon«, sagte sie, »das geht. Ich geh ja auch halbtags.«

Und was alles ging.

Judith hätte nie gedacht, wie kreativ ihr Mann noch werden könnte.

Die Getränke, die Tageszeitung, das Schauspielabo und die Putzfrau wurden abbestellt. Den Hund und sie konnte er nicht abbestellen, also verordnete er ihr eine Diät und Überstunden im Büro und dem Hund Aldifutter. Daß der das Aldifutter nachts wieder auskotzen würde auf die Wohnzimmerteppiche (immer auf die Wohnzimmerteppiche), die dann wieder teuer gereinigt werden müßten, war beiden irgendwie klar, aber ihren

Mann konnten, einmal in Schwung gebracht, solche Kleinigkeiten nicht mehr bremsen. Den Videorecorder, den Wäschetrockner, die Mikrowelle und die elektrischen Uhren stöpselte er aus, um Strom zu sparen.

Abends saßen sie, er anfangs unrasiert und später mit Schnittstellen um den Mund und sie mit einer Frisur wie eine Kreuzung aus Wischmop und elektrisiertem Pudel (weil sie Fön und Lockenstab nicht mehr benutzen durfte) auf dem Sofa und löffelten Ravioli mit Angebotsbrot vom Bäcker. Judith fand das alles trotzdem irgendwie nett. Not schweißt zusammen, vor allem wenn sie vorrübergehend ist. Sein Elan, seine Begeisterung bei einer neuen Sparidee, seine Entschlossenheit, mit der er sich und sie vor dem Ruin retten wollte, machten ihn glatt ein paar Jahre jünger. Vielleicht war das aber auch nur die schmeichelnde Beleuchtung, weil sie mittlerweile zu Teelichtern statt Deckenstrahlern übergegangen waren.

Leider konnten sie die neue Nähe nicht auf Sex ausdehnen, denn außer im Wohnzimmer hatte er überall in der Wohnung die Heizkörper ausgestellt, im Schlafzimmer erreichte das Thermometer arktische Temperaturen, und für alles, was man auf der schmalen Couch im Wohnzimmer hätte treiben können, waren sie beide zu ungelenkig.

Die dicken Teppiche standen wegen »Hundealarms« zusammengerollt an der Wand, die fielen also auch flach, aber sie hatte Sex auf dem Boden sowieso nichts mehr abgewinnen können, nachdem sie einmal am Anfang ihrer Ehe vom Hund dabei überrascht worden waren und der angefangen hatte, sich an ihrem Mann zu reiben, während er auf ihr lag, so daß ihr Mann wild mit den Armen ruderte, um den Hund loszuwerden, und dabei Sachen schrie wie »Weg, du Möpp«. Dabei fegte ihr die wild wedelnde und nicht besonders stimulierend riechende Rute dieser Waldundwiesenmischung durchs Gesicht, und Judith bekam schließlich eine Ohrfeige von ihrem Mann ab, die eigentlich den Hund hatte treffen sollen, worauf sie beide das Gleichgewicht verloren und zur Seite gefallen waren. Daß ihr Mann daraufhin fast eine Woche Potenzstörungen hatte und sie sich jeden Abend an unaussprechlichen Stellen mit Aphrodisiaka wie

Melkfett und Wundsalbe behandelte, versuchte sie seitdem zu verdrängen.

So saßen sie jetzt also in Wolldecken eingemummelt auf dem Sofa, denn auch die Heizung im Wohnzimmer war um einiges heruntergedreht worden, und sahen sich die Wand an, denn der Fernseher verbrauchte ja Strom.

Der Hund kam herein, drängelte sich zwischen ihren Füßen und dem Couchtisch hindurch und legte seinen Kopf halb auf ihr, halb auf sein Knie. »Hach, das ist ja fast schon wieder romantisch«, dachte sie gerade in dem Moment, als der Hund tief Luft holte und das Aldifutter schleimig und brockig auf ihre Knie kotzte.

Diese Idylle hielt einige Wochen an. Manchmal fand sie Holgers Strategie nur krank und schrie ihn an, wieso sie überhaupt wie Wühlmäuse leben mußten, solange er noch gar nicht arbeitslos war, aber er argumentierte dann sachlich und vernünftig und rechnete ihr vor, wie lange sie mit dem gesparten Geld auskämen und wie hart es noch werden würde im Vergleich zu jetzt, wo sie wenigstens noch ein Dach über dem Kopf hätten. Dann gab es aber auch wieder Tage, an denen er unverhofft zuvorkommend war, ihr einen blühenden Zweig aus dem Vorgarten mitbrachte, ihre aufgewärmten Konservengerichte lobte oder seine Stinkesocken ohne Aufforderung vom Schlafzimmerboden aufklaubte und in die Wäschetruhe trug, was sie am meisten schätzte.

Es war wieder ein Abend wie der, an dem alles angefangen hatte. Ihr Mann stocherte mit dem falschen Schlüssel im Haustürschloß, stolperte in die dunkle Diele, warf mit seiner Aktentasche die Vase mit der Osterdekoration um und trat auf den Hund, bevor er dann »Wääsch, du Möpp« zischte, was soviel bedeutete wie »Hund, würdest du bitte beiseite treten«, und laut und hysterisch »Ich bin hiier« rief, während sie ihm mit einem imaginären Feuerlöscher entgegeneilte, um seinen Mantel oder was sonst auch immer brennen sollte zu löschen. (Manchmal fragte sie sich, wie hoch seine Stimme wohl umschlagen würde, wenn er tatsächlich mal zufällig an der Haustür in Flammen stehen sollte.)

Er druckste eine Weile herum, dann sagte er: »Der Frieder, weißt du, der, der in der Halle arbeitet, der fährt nach Neuseeland, weil die Pia ist nämlich krank, seine Freundin, weißt du, deshalb hat er jetzt ein zweites Ticket übrig, von der Pia, das kostet nichts, weil die ist schon gebucht, und Neuseeland, du weißt doch, in ein paar Jahren bin ich endgültig zu alt für so was, und gerade Neuseeland.« Nach und nach brachte sie aus ihm raus, daß sein Arbeitskollege Frieder zusammen mit seiner Freundin Pia eine Reise nach Neuseeland gebucht hatte, Pia jetzt aber krank geworden war, nichts Ernstes zwar, aber mitfahren konnte sie nicht, zurückzutreten von der Reise ging auch nicht mehr, weil es schon in zehn Tagen losgehen sollte. Und deshalb hatte Frieder wohl vorgeschlagen, anstelle seiner Freundin ihn mitzunehmen, und was das Wichtigste war: einzuladen, da die Reise schon bezahlt war. Zunächst war sie eingeschnappt. Daß er bei all dem idiotischen Gespare überhaupt an Urlaub dachte, okay, aber daß er ohne sie fahren wollte, das war das Letzte. »Aber nach Neuseeland wolltest du doch eh nie«, sagte er, und damit hatte er sogar recht. Es ging hier aber nicht um Neuseeland, es ging ums Prinzip. »Setz dich doch mit dem Klappstuhl vor ein Reisebüro, wenn du Fernweh hast, oder, besser noch, vor eine Fototapete«, raunzte sie ihn noch immer in der düsteren Diele stehend an. »Oder leg dich auf die Sonnenbank, da wirst du auch braun. Oder zieh dir ein Video rein. Mein Gott, du bist doch nicht der Camel-Man aus der Werbung!«

Aber dann tat er etwas, mit dem sie nicht gerechnet hatte. Er kniete sich vor sie auf den letzten Teppich, der noch in der Wohnung ausgerollt lag (Schadensbegrenzung nannte er es, irgendwohin mußte der Hund schließlich kotzen, und besser auf den Ikeateppich, den man in der Maschine waschen konnte und bei dessen Muster das ohnehin nicht auffiel, als auf eine geerbte Brücke von Bratkartoffelmutti), umfaßte sie mit beiden Armen und drückte sein Gesicht an ihren Körper. Sie zog ihren Bauch instinktiv ein und versuchte, möglichst schlank zu stehen, aber das war in T-Shirt und Leggings vergebene Mühe. Und er murmelte etwas von totaler Erschöpfung und daß sie bestimmt einen gemeinsamen Urlaub nachholen würden, und er wollte ja auch nicht ohne sie fahren, schon gar nicht jetzt, aber geschenkt bekomme man diese Reise doch nie wieder, und er habe immer schon so gerne nach Neuseeland gewollt, und außerdem gebe es da Koalas, sie wisse doch, diese niedlichen, plüschigen kleinen Knuddelviecher mit den großen Puschelfüßen und den goldigen Knopfnasen. Sie wußte zwar nicht ganz, was das mit ihrer Diskussion zu tun hatte, aber trotzdem gaben die Wuschelbärchen den Ausschlag.

Judith wurde weich und gab nach.

Holger rief Frieder an und sagte zu und rief mehrmals in den Hörer, was für eine tolle, verständnisvolle Frau er doch hatte, und nannte sie »Judyli«. »Na ja«, dachte sie, »dann mach ich es mir eben alleine nett in den drei Wochen, in denen er weg ist, und als erstes schraube ich die Lampe im Kühlschrank wieder ein.«

Fast hätte sie es nicht mehr geglaubt, aber irgendwann waren dann die Papiere zusammen und das Ticket umgeschrieben, die Koffer gepackt, die Brote für das Lunchpaket geschmiert und alle Liebenswürdigkeiten, Ermahnungen, Fragen und Sticheleien ausgetauscht. Für alle Fälle hatte er ihr einige Bögen Briefpapier unterschrieben, »falls wir im Urwald steckenbleiben und du uns retten mußt, haha«. Sie winkte dem Taxi nach, ging zurück in die Diele, sah auf die Vase mit der weißen Maidekoration aus Tüll und Täubchen und schaltete die Deckenbeleuchtung an. Trotzdem fiel sie dann über den Hund. Der jaulte wie gewohnt und holte schon wieder tief Luft. »Untersteh dich«, raunzte sie ihn an und ging in die Küche, um ihn mit einem der letzten Kekse aus besseren Zeiten zu bestechen. Der Hund war korrupt und trollte sich samt seinem Mageninhalt.

Die Freuden der nächsten Tage waren klein, aber lustvoll. Sie hießen Schaumbad, frisches Brötchen, Daily-Soap oder kuschelweiches Handtuch. Fast vermißte sie ihn, bis ihr dann einfiel, daß sie diese Herrlichkeiten ohnehin nicht mit ihm teilen könnte. An einem Nachmittag ging sie mit dem Hund Gassi, ihm hatte sie einen langen Spaziergang mit Blick auf die Bobtailhündin der Nachbarsiedlung versprochen und sich selbst einen Schokoladendonut aus dem Café nebenan.

Bereits an der ersten Ecke kam dann aber alles ganz anders.

Hätte sie sich vorher die Geschichte einer Frau ausgedacht, die das erlebte, was sie erleben würde, hätte sie es sich ganz anders überlegt. Sie hätte sich ausgedacht, wie sich der Bürgersteig öffnen und loderndes Höllenfeuer herausschlagen würde, wie eine riesige Gewitterwolke alles außer ihr wegschwemmen würde oder wie sie mit dem lautesten Schrei seit dem Urknall in tausend kleine einzelne Judith-Fetzen zerplatzen würde. Aber es passierte: nichts. Nichts. Kein Erdbeben, keine Feuerwalze, keine apokalyptischen Reiter.

Sie stand einfach da und sagte: »Hallo, Pia.« Und dann, um sich so richtig lächerlich zu machen: »Schon wieder gesund?« Und weil ihr die hochgezogene linke Augenbraue in Pias Gesicht noch nicht reichte, weil sie auch noch einen Fußtritt haben wollte, nachdem sich ihr Magen schon umgekrempelt hatte, sagte sie noch: »Na, du bist doch krank. Deshalb hat doch Frieder Holger die Neuseelandreise geschenkt. Weil du sie nicht mitmachen konntest.« Pias Lachen war vielleicht das Schlimmste. Dabei war es gar nicht böse gemeint, nur überrascht und wütend.

Und Judith erfuhr, daß sich Pia und Frieder gerade getrennt hatten und Frieder die letzten Tage unauffindbar gewesen war. Jetzt wisse sie allerdings, wo er sich rumtreibe, denn heute früh wollte sie ihm die Wohnungsschlüssel zurückbringen und habe einen Prospekt über ein sogenanntes »Love-Hotel« in Neuseeland gefunden. Eines mit »besonders willigen exotischen Schönheiten«. Judith erfuhr auch, daß Frieder Pia erzählt hatte, Holger sei vor einiger Zeit befördert worden. Als Judith einige von Holgers Sparaktionen erzählte (im ganzen Ausmaß war es ihr dann doch zu peinlich), konnte sie selbst kaum glauben, daß sie das alles tatsächlich mitgemacht hatte. Die drohende Kündigung, die Existenzangst, alles erlogen. Holger hatte das ganze Geld heimlich gespart, um mit Frieder in Urlaub fahren zu können. Aber als Judith Pia einige mittelalterliche Folterungsmethoden wie Rädern, Vierteilen, Daumenschrauben oder Blenden vorschlug, war die dafür gar nicht zu begeistern: »Ich hab schon viel zuviel Energie an so einen Looser verschwendet«, sagte sie nur, küßte sie herzlich auf den Mund und ging.

Judith strich sich in Gedanken den Donut und zerrte den Hund nach Hause. Der spürte wohl, daß etwas in der Luft lag, und trottete neben ihr her, ohne seine üblichen schauspielerischen Leistungen wie kläffen, auf die Straße rennen, winseln, im Kreis jagen oder tot auf den Rücken legen zum besten zu geben.

Zu Hause verschwand er sofort unter das Gästebett und ließ den ganzen Nachmittag nichts mehr von sich hören. Das war auch besser so, denn Judith hatte viel zu tun. »Bedenke, was du sagst, denn es könnte dir gewährt werden«, deklamierte sie laut, als sie in der hell erleuchteten Wohnung hin und her tigerte. Verdis Lady Macbeth kreischte aus dem CD-Spieler im Wohnzimmer. Die Vase neben der Eingangstür erbebte. Auf dem Herd brodelten Nudeln mit Tomatenlachssoße. Kleine rote Tröpfchen spritzten auf die Kacheln. Und genau hier, beschloß Judith, sollte das Massaker beginnen. Sie nahm die Soße vom Herd und öffnete, während sie im Stehen aß, alle Dosen, die sie finden konnte. Billigpampe aus der Sparzeit und die wenigen teureren Konserven aus der Zeit davor. Sie reihte sie auf Tisch, Herd, Büfett, auf Schränken und Stühlen auf und schaltete die Heizkörper auf Maximum. Die beiden Wochen bis Holgers Rückkehr würden ihr übriges tun.

Dann ging sie ins Arbeitszimmer, wo der Hund sich noch weiter unter dem Gästebett verkroch. Als sie den Computer und den Drucker einschaltete, war ihr Gesicht noch ernst, aber bereits als sie die ersten Zeilen getippt hatte, lächelte sie ganz leicht. »Personalabteilung«, tippte sie, »Sehr geehrte Damen und Herren«, schließlich grinste sie bis über beide Ohren, »sehe ich mich außerstande, meinem Beruf weiter nachzugehen, und kündige hiermit fristlos«. Der Brief sah überaus professionell aus, als hätte sie ihr Leben lang Kündigungen gefälscht. Und wer sollte auch Verdacht schöpfen, immerhin war die Unterschrift ihres Göttergatten echt. Der zweite Brief machte sogar noch mehr Spaß. Eigenes Geld hatte sie immer schon besitzen wollen. Und beim dritten Brief, in dem Holger in die Scheidung einwilligte und alle Schuld auf sich nahm, weil er sie betrogen, gedemütigt, geschlagen und böswillig verlassen hatte, konnte sie nicht mehr anders und mußte schallend lachen. Das war aber auch wirklich zu rührend von ihm, ihr Unterhalt zu versprechen, weil er so ein schlechtes Gewissen hatte. Wovon er den allerdings bezahlen wollte, war ihr nicht so ganz klar, aber da würde sich schon etwas finden. So einfallsreichen und humorvollen Männern wie Holger fiel doch immer eine Möglichkeit ein.

Jetzt war eigentlich alles geklärt, doch sie hatte noch eine Unterschrift übrig und überlegte genußvoll bei einem Glas Champagner, den sie im Keller noch zum Verschenken gelagert hatten, was sich mit dem letzten Blatt wohl anfangen ließe.

»Fehlt Dir auch eine strenge Hand?« Das gefiel ihr, denn die fehlte Holger wirklich, also weiter: »Lasse mich gerne wirklich hart rannehmen und suche strengen Gebieter, der mich zu all den Dingen zwingt, von denen man sonst nur in ganz bestimmten Illustrierten liest. Je bizarrer, desto besser. Ich stehe auch in der Öffentlichkeit zu meinen Lastern. Schonungslose Offenheit auch bei Euch Bedingung. Bitte ruft mich als Euren demütigen Sklaven ab dreiundzwanzig Uhr an und sagt mir direkt, was Ihr von mir wollt. Entweder folgende Telefon- oder Mobilnummer.« Sollte der Spaß doch schon in Neuseeland losgehen. Die Anzeige schickte sie mit dem ausdrücklichen Wunsch, Namen und Adresse veröffentlicht zu finden, an das Stadtmagazin mit der höchsten Auflage.

Judith rief den Hund und leinte ihn an, dann brachte sie die Briefe als Einschreiben zur Post und ging auch bei der Bank vorbei. Die Kassiererin zögerte nicht einmal, als sie die Vollmacht abheftete, und fragte nur schüchtern: »Waren Sie und Ihr Gatte mit unserem Service nicht einverstanden?« Aber Judith beruhigte sie und sagte, sie brauchten eine größere Menge Geld für eine Reise. Das war ja auch eigentlich gar nicht gelogen. Die Angestellte wünschte gute Erholung, und Judith bedankte sich artig. Dabei hatte sie einen Urlaub wirklich nicht nötig, sie fühlte sich so jung und frisch wie schon lange nicht mehr.

Auf dem Heimweg ging sie noch kurz in der Tierhandlung, einem Laden für Anglerbedarf und beim Gartencenter vorbei, denn Holger hatte immer bedauert, daß er in einer Stadtwohnung ohne eigenen Garten lebte. Nun, das sollte sich jetzt ändern.

Zu Hause oder, besser, in Holgers neuem Heim legte Judith die Bratkartoffelmutti-Teppiche wieder aus. Sie schleppte einen Putzeimer mit Wasser ins Wohnzimmer und goß ihn über die Brücken, bis sie alle gleichmäßig durchnäßt waren. Dann schüttete sie pfundweise Kressesamen auf die Berber und Afghanen. Wenn nur die Hälfte davon aufging, hätte Holger es hier schön grün, wenn er nach Hause kam. Auch die bezaubernden beiden Mäusepärchen, die jetzt noch ängstlich in ihrem Karton quiekten, würden sich dann viel wohler fühlen. Immerhin waren sie hier viel heimischer als Koalas in Neuseeland, die es dort, wie sie im Tiergeschäft erfahren hatte, gar nicht gab. Auslauf hatten sie in den fünf Zimmern ja wirklich genug. Und in der Küche würden sie ausreichend Eßbares finden, das sich dann hoffentlich günstig auf ihre Mäuselibido auswirkte. »Frohes Knabbern und Knuspern«, flüsterte sie den nackten Schwänzchen nach, die blitzschnell unter dem Schrank verschwanden.

Judiths Koffer waren schnell gepackt, sie nahm ohnehin nur das Nötigste mit, alles andere konnte sie ja nachkaufen. Holgers beste Anzüge und Krawatten in die Säcke des roten Kreuzes zu packen ging sogar noch schneller. Praktischerweise wurden sie morgen schon abgeholt. Judith sah das als Wink des Schicksals und freute sich, daß sich alles so gut zusammenfügte. Das Schlafzimmer sah so aufgeräumt aus wie noch nie, Holger würde begeistert sein. Er war bestimmt müde von der langen Reise und der Zeitverschiebung, der Arme, dachte Judith, als sie die Bettdecke zurückschlug und sorgfältig die geöffnete Packung aus dem Laden für Anglerbedarf auf dem Bettlaken ausleerte. Holger würde sich über etwas Gesellschaft bei seinem Schläfchen bestimmt freuen. Dann nahm sie ihre Koffer und die Plastiksäcke und ging zur Tür.

In der Diele wartete der Hund vor der Wohnungstür, die Leine im Maul. Sie täschelte ihm liebevoll den Kopf, er war viel cleverer, als sie immer geglaubt hatten. Der wußte, wer seine Herrin war. Und er würde endlich einen Namen brauchen:

»Möpp« oder »Hund« sollte niemand mehr zu ihm sagen. Judith sah sich noch einmal um, ob ihr Werk auch wirklich vollbracht war. Ihre Rache war perfekt garniert und auf einem silbernen Tablett angerichtet. Sie beugte sich zu dem Hund, »fertig«, sagte sie befriedigt. Der Hund sah sie treuherzig an, lief ein paar Schritte bis zum Dielenteppich und holte tief, tief Luft.

Gudrun Breutzmann

Die Verwandlung

Die Libellenfrau legte ihre schillernden Flügel eng an den Körper, streckte sich und setzte zum Sturzflug an.

Max, die Maske, der berüchtigtste Verbrecher der Stadt, bemerkte die Gefahr nicht, die direkt über ihm schwebte. Grob schubste er sein gefesseltes, geknebeltes Opfer den lehmigen Waldweg entlang vor sich her. »Zur Hütte rüber!« befahl er barsch, beschleunigte die Schritte seiner kurzen Beine und schnalzte selbstzufrieden mit der Zunge.

»Das werden Sie bereuen, Max!« Der geschundene Doktor Makepiece, der vor dem Gauner herstolperte, wandte sich um. »Libella wird kommen, mich zu retten, und dann haben Sie nichts zu lachen.«

Ein verschlagenes Grinsen Maxens war die Antwort.

In diesem Moment erfaßte eine Windbö die beiden. Ehe sich's Max versah, wurde er wie ein Kreisel gedreht und von einem klebrigen Keratinfaden gefesselt. Er erhielt einen Stoß und glitt hilflos zu Boden. Verblüfft sah er sich um. Nicht in der Lage, sich auch nur einen Deut zu bewegen, gewahrte er eine breitbeinige Gestalt über sich, die Umrisse einer Frau. Seine Augen weiteten sich entsetzt. »Nicht du …!« krächzte er heiser. Er beobachete, wie vier irisierende Insektenflügel schlugen, sich zusammenfalteten und sich an die wohlgeformten Rundungen der Libellenfrau anlegten.

»Ich hab Sie ja gewarnt, Max«, lachte Doktor Makepiece heiter und legte den Arm um das zarte Insektenwesen. Ohne noch eine Sekunde länger auf den Spitzbuben zu achten, zog er Libella an sich, durchwühlte ihre silberblonde Haarmähne und küßte sie …

»Verdammter Mist!« Franzi starrte ärgerlich auf den Rotweinfleck, der auf dem naturweißen Teppich vor ihrer Kuschelcouch prangte. Sie schüttelte den Kopf. Welch rüde Unterbrechung, gerade als Libella und Doktor Makepiece endlich alle Gefahren überwunden hatten und sich in die Arme fielen.

Verbissen rieb sie mit einer dunkelblauen Serviette über den Fleck. Die Papierfusseln gruben sich in das empfindliche Gewebe des Teppichs und hinterließen einen dunklen Film auf dem Flor. Ein kurzer Blick in den Fernseher zeigte Franziska, daß bereits der Nachspann über die Mattscheibe flimmerte. Seufzend erhob sie sich. Ihre füllige Silhouette spiegelte sich im dunklen Glas des Fernsehers, als sie durch den schmalen Durchgang vom Wohnzimmer in die Küche watschelte und zielstrebig auf den Kühlschrank zusteuerte.

Schokoladenpudding mit Sahne? Ein Mikrowellencheeseburger? Oder eines dieser aufgetürmten Sandwiches, die sie selbst erfunden hatte? Franzi lief das Wasser im Munde zusammen. Für eine Sekunde flimmerte so etwas wie ein warnender Blitz durch ihr Gehirn. Vorsicht! Kalorien! Gewichtszunahme! Aber im Nu hatte ihr Bewußtsein diese Einwände beseitigt, und Franzis Hand griff zielstrebig in den Kühlschrank, um die zahlreichen Zutaten zusammenzusammeln. Ihr massiger Körper vollführte in der Küche eine Art »Ballett paradox«. Mit unvermuteter Schnelligkeit und Grazie wirbelte Franzi die Arbeitsplatte entlang und verteilte Crème fraîche, Cornichons, Schinken und Käse auf einer Scheibe Toastbrot. Diesen Vorgang wiederholte sie viermal, stapelte die einzelnen Etagen aufeinander, bis sich ein kunstvoller, kerzengerader Quader ergab, griff mit beiden Händen zu, hob das Werk virtuos in die Höhe, hielt einen Augenblick still, um den appetitlichen Anblick in sich aufzusaugen, öffnete den Mund weit und – schnellte schlangengleich nach vorn, verbiß sich in dem Riesensandwich und ließ nicht eher davon ab, bis sie ein beachtliches Stück herausgelöst hatte.

In diesem hohen Moment der Ekstase fühlte sich Franzi ihrer Heldin gleich – Libella.

Genau dasselbe mußte in der Superheldin vorgehen, wenn sie wieder einmal das Verbrechen besiegte und zur Belohnung ihren anmutigen Körper in den Armen von Doktor Makepiece rekeln durfte.

Franzi kaute angestrengt. In ihrem Leben gab es keinen Makepiece. *Im Moment nicht*, tröstete sie sich. Aber das würde sich eines Tages ändern. Jetzt hatte sie sowieso keine Zeit für einen Freund. Im Büro gab es so viel zu tun, daß Überstunden an der Tagesordnung waren. Kurt, ihr Kollege, und sie saßen oft bis in den Abend hinein an den Papieren, die Olga, die Chefin, ihnen zur Bearbeitung übertragen hatte.

Franzi seufzte und trottete, den Rest des Sandwiches in der einen Hand, eine Colaflasche in der anderen, zum Fernseher zurück.

Dem Vorzimmer merkte man an, daß hier Publikumsverkehr herrschte. Zwei Schreibtische in einladendem Halbrund flankierten rechts und links die Tür zum Büro der Chefin, beherrscht von einer imposanten Fächerpalme in Hydrokultur. Das Arrangement hätte sich genausogut im Eingangsbereich einer Hotelhalle befinden können, aber der Dekorateur hatte seine Kreativität dem erfolgreichsten Versicherungsunternehmen der Stadt in Rechnung gestellt.

Der rechte Schreibtisch, mit einem riesigen Computer, der sie fast vor den Augen der Welt verbarg, war Franzis Domäne. Der linke gehörte Kurt Reichardt, dem es oblag, Kunden zu empfangen, zu sondieren und für seine Chefin »die Spreu vom Weizen zu trennen«.

In der Abteilung gab es eine ganz einfache Hierarchie. An der Spitze saß Olga Meierhofer, eine Erfolgsfrau, die innerhalb kürzester Zeit einen kometenhaften Aufstieg erlebt hatte. Ihr zur Seite stand Kurt, ihr Sekretär (Assistent, wie es im heutigen Jargon wohl heißt), für den wiederum Franziska arbeitete, das unterste Glied der Kette.

»Na, Franzi, was hast du gestern abend getrieben?« Kurt lehnte sich bequem in seinem Schreibtischstuhl zurück, flitschte mit seinen breiten roten Hosenträgern und grinste seine Kollegin an.

Franzi hörte auf, ihre Tastatur mit wertvollem Input zu versorgen, und warf ihm einen mißtrauischen Blick zu. War da nicht ein Hauch von Belustigung in seinen Augen zu entdecken?

»Na ja ...« Sie zuckte zögernd mit den Schulten. »Ich habe ... ein neues Kochrezept erprobt und dabei ein bißchen ferngesehen.« Selbst Franzi mußte sich bei dieser Schilderung ein Gähnen verkneifen. Ich habe Max, die Maske, überführt und mich danach von Levar Makepiece *ver*führen lassen. Wie gern hätte sie *das* beiläufig erzählt.

»Schon wieder?« Kurt verzog das Gesicht zu einer Grimasse. Franzis Kopf verschwand fast zwischen ihren Schultern, und sie spürte, daß sie puterrot anlief.

»Es war nicht aufregend ...«, stammelte sie.

Kurt betrachtete sie mit einer Intensität, die Franzis Unsicherheit noch steigerte. »Wenn du willst, könnten wir zwei ja heute abend mal um die Häuser ziehen.«

›Mitleid!‹ dachte Franzi grimmig. ›Darauf kann ich verzichten. Auch wenn meine Freizeit sich nicht besonders abenteuerlich gestaltet.‹

»Danke, ich kann heute abend nicht«, antwortete sie steif.

Kurt kniff die Lippen zusammen und nickte. »Wahrscheinlich kommt etwas Spannendes in der Glotze.« Er beugte sich so heftig über die Papiere, die vor ihm lagen, daß ihm die rotblonden Haare mit Schwung in die Stirn fielen.

Betreten kauerte sich Franzi hinter ihrem Computerbildschirm zusammen. Ihre Hand griff in die oberste Schublade ihres Schreibtisches. Dort lagerten ihre Naschvorräte. Unschlüssig schwebten ihre Finger über einer Auswahl an Schokoladenriegeln, dann ergriffen sie jedoch eine Röhre mit bunten Schoko-Klickern. Nervös fingerte sie an dem grünen Plastikverschluß herum. Ehe sie sich's versah, flog der Deckel in hohem Bogen quer durch das Büro und landete sanft auf dem grauen Teppich vor Kurts Schreibtisch. Zu allem Überfluß ergossen sich viele farbige Schokoladenlinsen in Franzis Schoß und auf den Fußboden.

Entsetzt blickte Franzi auf das Chaos, das sie angerichtet

hatte. Rasch sah sie zu Kurt hinüber. Gleichzeitig schoß ihr erneut die Röte in die Wangen.

Kurt starrte verblüfft auf die kleine Plastikscheibe, die scharf an seinem Gesicht vorbeigesegelt war.

Ausgerechnet in diesem Moment flog die Tür vom Chefbüro auf, und die perfekt herausgeputzte Olga Meierhofer betrat das Vorzimmer. Ihre schwarzen Haare ergaben einen effektvollen Kontrast zu ihrem kurzen hellgrauen Kostüm. Der enge Rock brachte die gerade Linie ihrer langen Beine hervorragend zur Geltung. Olgas dezent geschminkter Mund verzog sich süffisant, als sie die verschütteten Süßigkeiten erblickte. Sie feuerte einen geringschätzigen Blick auf die arme Franzi ab, die wie versteinert dasaß. Ein wohldosiertes Kopfschütteln, dann wandte sie sich demonstrativ ihrem Assistenten zu.

»Kurt, bitte kontaktieren Sie Oberländer aus der Abteilung Kraft-Schaden. Ich habe den Eindruck, mit diesem Ersatzanspruch stimmt etwas nicht. Die Gutachterfotos sind mir schon einmal untergekommen.« Sie bedachte ihren Assistenten mit einem betörenden Lächeln und reichte ihm einen schmalen Aktenordner. Als der junge Mann danach griff, fuhr sie ihm wie zufällig über die Finger. Kurt setzte eine neutrale Miene auf, nahm die Mappe entgegen und murmelte eine höfliche Entgegnung. Olga zwinkerte ihm kokett zu.

›Diese arrogante Kuh!‹ dachte Franzi erbost. Mit wütendem Schwung beugte sie sich nieder, um die Schokolinsen aufzusammeln. Erstarrt hielt sie inne, als jäh das Geräusch zerreißenden Stoffs an ihr Ohr drang. Ungläubig richtete sie sich auf. Ihre Hose! Die neuen Jeans! Zerrissen! Geplatzt! Panisch sah sie sich um.

Olga wußte sofort, was passiert war. Boshaft feixend musterte sie ihre Büroassistentin.

Einen entsetzten Aufschrei unterdrückend, stürzte Franzi hinaus auf den Flur, den Gang entlang zur Damentoilette, riß die Tür zu einer der kleinen Kabinen auf, schloß sich ein, und das ganze leidvolle Elend dieses Morgens ließ sie in Tränen ausbrechen. Welche Demütigung! Nie wieder würde sie ins Vorzimmer zurückkehren! Sie fühlte sich so erniedrigt. Ausgerechnet die überhebliche Olga war Zeugin ihrer Schmach geworden! Und an Kurt wollte Franzi lieber gar nicht erst denken. Verdammt! Was lief nur falsch?

Vor ihrem inneren Auge erhob sich die Libellenfrau, die wie ein Racheengel auf dem kahlen Balkon am Fenster zu Olgas Büro landete, ihre Finger auf Olga richtete und blauviolette Blitze durch das Glas sandte, um der schwarzhaarigen Schlange eine Züchtigung zu verpassen!

Genüßlich weidete sich Franzi an dem Gedanken, wie sich Olga vor Schmerzen zuckend auf ihrem Teppich herumrollte und ihre Frisur verdarb.

Welch eine Rache!

Franzi nahm Toilettenpapier und schneuzte sich energisch die Nase, spritzte sich am Waschbecken einige Tropfen kalten Wassers ins Gesicht und warf einen Blick in den Spiegel. Ihre Augen waren verschwollen, die zottelige Dauerwelle in ihren mausbraunen Haaren war schon einige Wochen herausgewachsen, und ein dicker Pickel prangte neben ihrem Mund. ›Der ist neu!‹ dachte Franzi. Sie machte eine abwinkende Bewegung mit der Hand, straffte sich und ging erschöpft ins Büro zurück.

Das erste, was sie sah, als sie das Vorzimmer wieder betrat, war Kurt, der am Boden kniete und sorgsam die verlorengegangenen Smarties in der Papprohre verstaute. Er zuckte entschuldigend mit den Achseln. »*Alle* werde ich wohl nicht erwischt haben ...«

Franzi hockte sich zu ihm. »Laß gut sein«, antwortete sie gepreßt. Schon wieder diese verflixte Röte! Sie sah schüchtern zu ihrem hilfsbereiten Kollegen hinüber.

Der gab ihr mit einem aufmunternden Lächeln die Papprohre. »Und jetzt, mein Mädchen, machen wir Mittagspause. Zusammen. Und ein ›Nein‹ werde ich nicht akzeptieren. Ich möchte etwas mit dir besprechen.«

Franzi fuhr auf. »Aber wir können doch nicht beide ...«

»Das muß eben einmal gehen!« schnitt ihr Kurt rigoros das Wort ab.

Fügsam griff Franzi nach ihrer Jacke.

»Sag mal, gehst du hier öfter hin?« Franzi legte kopfschüttelnd die Speisekarte aus der Hand. Nicht zu fassen. Kurt hatte sie in ein vegetarisches Restaurant geschleppt, das zudem noch den wenig originellen Namen *Der Vegetarier* führte.

Kurt grinste. »Ja. Und du wirst feststellen, daß die meisten Speisen nicht so schlimm schmecken, wie sie klingen.«

Franzi lachte. »Dann versuch mich bitte einmal von den Vorzügen eines *Hirsotto mit Selleriebratling an geschabten Möhren* zu überzeugen.«

»Ich habe vor, dich von etwas ganz anderem zu überzeugen, Franzi.«

Beklommen sah sie ihn an. Was meinte er?

Kurt räusperte sich. »Bist du glücklich?«

Franzi zuckte die Achseln. »Wer ist das schon?«

Kurt nickte. »Bitte entschuldige, wenn ich dir zu nahe trete, aber ich beobachte schon eine ganze Weile, daß du ...«, er zögerte, »... nicht besonders zufrieden mit deinem Leben bist. Ich glaube, dich gut zu kennen. Wir verbringen täglich viele Stunden miteinander, und ich betrachte mich als einen guten Freund, seit wir uns vor einem Jahr einmal die Nacht um die Ohren geschlagen haben, um diese verflixten Unterlagen der italienischen Filiale im Computer aufzuspüren.«

Franzi lehnte sich in ihrem Stuhl zurück. Was mochte denn jetzt kommen?

Kurts Wangen röteten sich ein bißchen, als er fortfuhr: »Ich bitte dich, mir zuallererst zu glauben, daß es mir völlig egal ist, wie du aussiehst. Ich habe dich als integeren und humorvollen Menschen kennengelernt. Allerdings läßt sich nicht leugnen, daß du mit jedem Gramm, das du zunimmst, ein klein wenig frustrierter wirst. Und darum«, er atmete tief ein, »möchte ich dir hiermit meine Hilfe anbieten.«

Eine Pause entstand. Franzi mußte schlucken. Sekundenlang kämpfte sie mit ihrer Selbstachtung. Dann gewann ihr Verstand die Oberhand. Mit allem möglichen hatte sie gerechnet, aber nicht *damit*. Kurt hielt die Luft an, und wartete auf ihre Reaktion. Nach einer halben Ewigkeit reagierte sie endlich.

»Meinst du, du willst mir helfen abzunehmen?«

Erleichtert stieß Kurt die Luft aus. »Genau! Und ich habe auch schon einen Plan für dich aufgestellt.« Er grinste sie vorsichtig an. »Wenn du mit ihm einverstanden bist, werden wir nun viel Zeit miteinander verbringen. Du wirst mich über haben, nach drei Monaten.«

Endlich stahl sich ein amüsiertes Funkeln in Franzis Augen. »Erzähl's mir!«

Wütend trampelte Franzi in die Pedale des verhaßten Heimtrainers. Dieses fahrradartige Ding war es, das ihr am meisten von allen Folterinstrumenten im Fitneßzentrum zuwider war. Danach kamen in dieser Reihenfolge: Kurt, die Butterfly-Maschine (die ihre Arme zu Mus werden ließ), der Schweißgeruch, die Ganzkörperspiegel, Kurt, die Oberschenkelschlankmachmaschine (bei der sie mit angespannten Beinen ein unzumutbares Gewicht stemmen mußte), der Stepper (sie schaffte immerhin schon fünfundachtzig Stockwerke, ehe sie fast ins Koma fiel) und – Kurt.

Ein Blick auf den Tacho zeigte Franzi, daß sie sich bei fünfzig Stundenkilometern auf einer Steigung von zwanzig Prozent befand. Sie schmunzelte. Nicht schlecht für jemanden mit der Devise »Sport ist Mord«.

Sie sah sich in der großen Halle um. Endlich fand sie Kurt. Er flirtete eben mit einer schlanken Sonnenbank-Schönheit im neonorange Dreß. Verwundert registrierte Franzi einen eifersüchtigen Stich in ihrem ohnehin schon geplagten Magen.

Ihre Gedanken schweiften ab ...

Ein neonorange leuchtender Sonnenuntergang, eine breite, sandige Straße. In der Totalen war nur ein Bein zu sehen. Es war ein schlankes Bein, das in einem blaugrau schimmernden Cowboystiefel steckte.

Jetzt fuhr die Kamera zurück, und die Gestalt der Libellenfrau wurde sichtbar. Ein breiter Revolvergürtel lag locker auf ihren Hüften. Die Hände steckten in groben ledernen Handschuhen.

Libella konzentrierte sich auf einen sich nähernden Punkt am anderen Ende der staubigen Straße. Er wurde rasch größer. Es war eine Frau. Sie trug einen neonorange Body, einen Cowboyhut und Cowboystiefel in derselben Farbe und einen wuchtigen Colt in einem Ledergürtel. Der Holster vibrierte über der Cellulite des nackten Schenkels. Libellas Gegnerin blieb in einem Abstand von fünfzig Metern stehen. Die Frauen tauschten einen langen, mordlustigen Blick. Ein Nerv zuckte unter dem Auge der neonorangefarbig Gekleideten. Schweiß trat ihr auf Stirn und Schenkel.

Die Kamera fuhr noch weiter zurück. Seitlich der Straße, auf der hölzernen Veranda eines der verfallenen Häuser, schwang Doktor Levar Makepiece in einem alten Schaukelstuhl langsam hin und her. Gebannt beobachtete er das Geschehen.

Im Bruchteil einer Sekunde zog Libella ihre Waffe, wiegte sich leicht in den Knien und schoß ihren Colt ab, ehe von der anderen Seite nur eine Bewegung zu erahnen war. Lange Sekunden schien die Zeit stillzustehen, dann sank die Gegnerin plump zu Boden. Eine Staubwolke wehte auf.

Libella wirbelte lässig ihre Waffe um den Finger, ließ sie in den Holster gleiten und ging langsam zu Makepiece hinüber. Ihre zarten Flügel wehten im Wind.

Die Kamera konnte den leidenschaftlichen Kuß nur noch erahnen lassen, den sie, verborgen von den schillernden Flügeln, tauschten.

Kurt drehte sich um, winkte der Schönen lächelnd zu und kam zu Franzi herüber.

»Na, hast du schon Hunger aufs Abendbrot?«

»Soll das ein Test werden?« knurrte sie.

Er flüsterte ihr zu: »Wenn du jetzt schön brav tust, was Kurti sagt, stellt er dir heute abend einen Salat mit Dressing auf den Tisch.«

Gier blitzte in Franzis Augen, als sie sich voller Eifer in die Pedale legte.

Olgas Augen verzogen sich zu schmalen Schlitzen, als sie ins Vorzimmer trat. Schon wieder dieser Trampel Franziska! Okay, sie hatte etwas los, wenn es darum ging, zu ackern und zu schuften, aber ihre Anwesenheit allein war eine Beleidigung für jedes ästhetische Gefühl. Obwohl – Olga legte den Kopf schief –, so, wie sie dastand, mußte sie zugeben, daß mit Franzi in letzter Zeit eine Veränderung vorgegangen war. Sie hatte erheblich abgenommen. Kritisch kräuselte Olga die Lippen. Zog sich auch peppiger an. Diese schwarze Hose stand ihr gar nicht mal schlecht. Der Pulli – für ihren, Olgas, Geschmack vielleicht ein bißchen zu tief ausgeschnitten, aber zweifellos hatte der kleine Trampel sich herausgemacht.

Franzi stand vornübergebeugt vor der untersten Schublade des Schrankes und kramte nach einer passenden Tintenpatrone für ihren Drucker. Endlich hatte sie gefunden, was sie suchte, und hielt es Kurt triumphierend hin. Ihre Augen blitzten.

Moment mal. Olga zog scharf den Atem ein. Was ging denn hier vor? Was war das denn für ein Blick, mit dem Kurt diese ungelenke Kuh bedachte?

»Kurt, kommen Sie bitte zu mir herein. Ich habe einige Vorgänge zu diktieren.« Olga wandte sich um und knallte die Tür ihres Büros zu.

Herzklopfend betrat Franzi den *Vegetarier*. Mit feuchten Händen strich sie über den seidigen Stoff ihres anliegenden blauen Kleides. Danach fuhr sie sich durch die neue Kurzhaarfrisur. Franzi lächelte. Seit drei Monaten hatte sie keinen einzigen Abend mehr vor dem Fernseher verbracht, zwanzig Kilo abgenommen und keine Puseratze mehr auf dem Konto, denn sie hatte ihre ganzen Ersparnisse für neue Klamotten, Friseur, das Fitneßcenter und die tägliche spärliche Abendmahlzeit beim *Vegetarier* ausgegeben. Sie war eine ruinierte Frau – und glücklich, wie nie zuvor in ihrem Leben.

Nervös sah sie sich um. Wo blieb Kurt?

Er hatte so geheimnisvoll getan heute mittag. Sie solle sich in Schale schmeißen und um halb acht im Restaurant auf ihn warten.

Da saß er ja. Er hatte es tatsächlich geschafft, den begehrten Nischentisch am Fenster zu ergattern. Gut sah er aus! Franzi grinste. Sie kannte Kurt sonst nur in seinem lockeren Büro-Outfit oder in Jogginghose und T-Shirt. Noch nie hatte sie Gelegenheit gehabt, ihn im Anzug zu bewundern. Ein kribbeliges Gefühl stieg in ihrem Magen auf, als sie sich jetzt auf ihn zubewegte.

Kurt lächelte Franzi an, als er sich erhob. Er griff nach ihrer Hand und hauchte einen zarten Kuß darauf. Wieder einmal fühlte Franzi die Röte in ihre Wangen steigen. Mit Herzklopfen ließ sie sich auf den Stuhl ihm gegenüber gleiten.

»Na, was steht heute auf dem Programm?« flachste sie. »Gesiedete Kohlwickel mit einer Füllung aus mariniertem Räuchertofu?«

»Bestell, was du willst.« Kurt grinste. »Ich darf dir hiermit offiziell kundtun, daß dein Trainer Tim mir heute nachmittag bestätigt hat, daß du dein Traumgewicht erreicht hast!«

Franzi jauchzte laut auf.

Kurt schob ihr eine Schmuckschatulle mit der Aufschrift eines bekannten Juweliers zu. »Und das hier ist zur Belohnung...«

Neugierig öffnete Franzi das Döschen und zog eine lange Goldkette heraus.

Kurt schmunzelte. »Wag es nicht, sie dir um den Hals zu hängen. So leicht mache ich es dir nicht. Das ist eine Taillenkette mit deinen aktuellen Maßen. Solltest du nur ein Gramm zunehmen, wird sie dich zwicken und dir das Leben zur Hölle machen.«

»Biest«, schimpfte Franzi. Dann legte sie ihre Hand auf Kurts Arm. »Ich ... danke dir. Für alles.«

Eine verlegene Pause trat ein, dann räusperte sich Kurt. »Das war eigentlich gar nicht der Grund, warum ich dich hergebeten habe.« Er senkte den Kopf. »Ich habe mich um einen freigewordenen Posten unserer Filiale in London beworben. Ich kann dort eine bessere Stellung und ein höheres Gehalt bekommen.«

Für Franzi, vor einigen Sekunden noch die glücklichste Frau, brach eine Welt zusammen. Sie spürte, wie das Blut hinter ihren Schläfen rauschte. Kurts nächste Worte drangen gar nicht in ihr Bewußtsein.

Was zum Teufel sollte sie ohne ihn anfangen? Wen beim Fitneßtraining beschimpfen, mit wem zu Abend essen, von wem heimlich träumen, ohne daß er es wußte? Tränen stiegen ihr in die Augen, der Blick wurde unscharf ...

Libella saß mit hängenden Flügeln auf einem Kilometerstein am Wegesrand. Seltsamerweise hatte ihr Gesicht Franzis Züge angenommen. Traurig starrte sie Makepiece hinterher, der die Straße entlangschritt. Jetzt drehte er sich noch einmal um, winkte.

Libella spürte, wie das Leben aus ihr entwich. Als ihr filigraner Körper den Boden berührte, hatte der Motor ihres Lebens aufgehört zu schlagen. Ihr kleines Libellenherz war gebrochen.

Franzi ballte die Hand zur Faust. Ihr würde es nicht so ergehen. Sie würde kämpfen.

Wütend hieb sie auf den Tisch. Kurt fuhr zusammen und sah verblüfft zu ihr hin.

»Ich liebe dich«, herrschte sie ihn an.

»Wurde ja auch Zeit, daß du damit endlich rüberkommst.« Kurt grinste. »Ich dachte schon, du läßt mich am langen Arm verhungern.«

»Fragt sich, *wer* hier *wen* verhungern läßt.«

Mit süffisantem Lächeln reichte Kurt ihr die Speisekarte.

Viel später verließen Franzi und Kurt Arm in Arm das Restaurant. Franzi würde mit nach London ziehen, Kurt hatte das längst arrangiert. Glücklich schaute Franzi zurück.

Überrascht stutzte sie. Da schwebte ein elfengleiches blondes Geschöpf über dem Tisch in der Nische. Libella! Ihre Flügel flatterten, und sie winkte.

Franzi hob den Arm, schmunzelte und zwinkerte ihr zu ...

Karin Esters

Die Verschwörung

Hera, ehrfurchtgebietende Gattin des Göttervaters Zeus, wandelte im Walde. Nicht der Wind ließ ihre Locken das stolze Haupt umtanzen, nein, Zorn brachte sie in Wallung. Sie, die Stolze, die Herrschende, wurde zum Gespött aller Olympier, ja, selbst niedere Nymphen konnten sich erdreisten, sie hinter ihrem Rücken höhnisch zu verlachen. Sie, die Schutzgöttin der Ehe, mußte stillschweigend zusehen, wie ihr Gemahl die ihre mit Füßen trat. Keine Göttin, keine Nymphe, keine Titanin, nicht einmal die niederen Sterblichen waren vor seinem lüsternen Zugriff sicher. Wohin auch immer sie sich begab, fiel ihr Blick auf einen Bastard des göttlichen Wüstlings Zeus.

Sie wog ihr goldenes Zepter in der Hand, als ob es auf ein Haupt niederfahren solle. Zornbebend betrachtete sie ihr ewig junges Antlitz in einem Teich. Was war aus ihr geworden, was war aus den Frauen geworden? Wie glücklich war doch Eurynome gewesen, die erste Göttin, die allein, nur mit Hilfe des Nordwindes Boreas, das Weltei ausgebrütet hatte. Sie hatte keines Mannes bedurft. Doch allmählich waren die Männer herbeigeschlichen und hatten sie ihrer Macht und Stärke beraubt. Und wie war es heute? Eingesperrt war sie, konnte lediglich Intrigen spinnen oder die Bastarde des Zeus mitsamt seinen Kebsweibern verwünschen. War das alles, was dem stolzen Frauengeschlecht geblieben war?

Mit gifttriefenden Gedanken nährte sie ihre Wut. Sie war ihrem Gemahl immer treu gewesen, sie achtete das Bündnis der Ehe. Dabei hatte er sich ihre Hand heimtückisch erschlichen. Ihre gerundeten Wangen brannten vor Scham und Empörung, als sie des durchnäßten, elend zerrupften Kuckucks gedachte, den sie mitleidig mit zarten Händen umfangen hatte. Wie unerfahren war sie damals gewesen. Vorsichtig hatte sie das graue

Gefieder geglättet, das zitternde Vöglein sanft an ihren warmen Busen gebettet. Sie ballte die Fäuste, bis die Knöchel weiß hervortraten. Tränen füllten die göttlichen Augen, auf die Sterbliche Lieder ohne Zahl gedichtet hatten. Wie war sie erschrocken, als der Kuckuck sich plötzlich in Zeus verwandelte, der mit geballter Kraft ihre Glieder umschlang, das Haupt von Blitzen umzuckt, ihre panischen Schreie mit seinem ungestümen Mund erstickend. Nur damit ihre Schmach nicht bekannt wurde, hatte sie in die Heirat eingewilligt, doch kaum war die Hochzeit vorüber, als er auch schon andere Frauen auf sein Lager einlud. Sie, die Großäugige, die Weißarmige, mußte sich den Gürtel der Aphrodite leihen, wenn sie ihn betören wollte. Er hatte sich sogar erdreistet, allein, ohne ihre Hilfe ein Kind aus seinem Haupt zu gebären, die weise Athene. Ein Grund mehr, Frauen geringzuachten. Haß loderte in ihrem stolzen Herzen. Sie konnte diese ständige Erniedrigung nicht mehr ertragen. Dir künd ich meine Rache, Zeus! Bald wird deine Herrschaft zu Ende sein!

Mühsam kämpfte sie ihren Zorn nieder und lenkte ihre Schritte sinnend zum Olymp. In ihren Gemächern badete sie und salbte sich mit duftendem Öl, das bei der leisesten Bewegung köstlichen Hauch verströmte. Das Rot ihres Mundes glich dem des Granatapfels in der schneeweißen Linken. Sorgsam ordnete sie die glänzenden Haare zu Locken. Das kunstvoll gewebte Gewand umschmeichelte ihre Formen. Ein Sterblicher wäre bei diesem Anblick verglüht.

Die Göttergattin brach auf nach Aigai, Poseidon in seinem glänzenden Palast auf dem Grunde des Meeres zu besuchen. Poseidon empfing sie erfreut. Seine Gemahlin weilte zur Zeit bei ihrem Vater. Der Blick des Herrn der Meere ruhte wohlgefällig auf Hera. Innerlich schüttelte es sie. Er war um nichts besser als sein Bruder. Mit einer Stimme, süß wie Honigseim, begann sie ihr Gift zu verspritzen. Poseidon mit dem dunklen Haupt knurrte zu ihrer Rede. Der Blitzeschleuderer hatte ihn mehr als einmal erzürnt und übervorteilt. »Wie lange noch wollen wir uns dem Diktat des Zeus beugen?« flüsterte die sanfte Stimme. »Bist du nicht zu etwas Besserem geschaffen, als hier in der kühlen Nässe zu sitzen und dich demütig dem Urteil deines

Bruders zu beugen? Der Thron auf dem Olymp gebührt dir.« Triumphierend beobachtete Hera aus den Augenwinkeln, wie das heiße Blut des Meergottes in Wallung geriet. »Wahrlich, Zeus ist in letzter Zeit sehr hochmütig geworden. Er hätte einen Dämpfer verdient.«

Poseidons düsteres Haupt verfinsterte sich noch mehr. »Wir zwei sind nicht mächtig genug, ihn zu stürzen.«

»Alle Olympier sind gegen ihn, allein sie haben nicht den Mut, sich zu erheben. Wir müssen vorsichtig zu Werke gehen.« Sie gab ihrer Stimme einen unbekümmerten Klang.

Poseidon wanderte brummend von einer Seite seines Saales zur anderen. »Apollon wäre ein geeigneter Verbündeter«, meinte er schließlich.

Hera zauberte ein Lächeln, fast so betörend wie das der Aphrodite, auf ihre Lippen. »Ich werde die anderen Olympier auf unsere Seite bringen und den Weg für dich ebnen. Allein, bewahre Stillschweigen über unsere Unterredung.« Bevor der lüsternen Glut seines Blickes Taten folgen konnten, stand die Göttin schon wieder auf dem Festland und lenkte ihre Schritte nach Delphi.

Vollkommenes Lautenspiel, das alle Sinne erschauern ließ, verhieß ihr, daß die Reise nicht umsonst gewesen war. Phöbus Apollon saß auf einer sonnigen Lichtung und ließ sein Lied erschallen. Sein lichtes Antlitz verfinsterte sich, als er sah, wer ihm entzückt Beifall spendete. »Was führt dich her, Herrin?« fragte er, Eis in der Stimme. Er hatte nicht vergessen, wie eifersüchtig Hera seine Mutter Leto verfolgt hatte und daß die arme Gehetzte nirgendwo auf dem Festland mit ihm und seiner Schwester Artemis hatte niederkommen dürfen, nur auf dem frei auf den Wellen treibenden Eiland Delos.

Hera ließ ihre Stimme vor gespielter Empörung beben. »Das ist ein wahrhaft frostiger Empfang, lichter Phöbus. Willst du mir etwa noch immer die leidige Geschichte deiner Geburt vorhalten?«

Apollons Lippen wurden schmal. »Manches Unrecht vergißt man nicht, Herrin«, preßte er hervor.

»Unrecht?« rief Hera aus und schüttelte die göttlichen Locken. »Ich soll ein Unrecht begangen haben? Zeus ist der Verbrecher! Er türmt immerwährende Schande auf mein Haupt, wälzt sich auf fremden Lagern wie der niedrigste Sterbliche! Deine Mutter hat er entehrt, ihr Gewalt angetan, sie zur Metze gemacht! Und du? Was bist du? Ein göttlicher Bastard, gewaltsam gezeugt, voller Ekel empfangen! Was zürnst du mir? Zürne deinem feinen Vater, unserem Herrn! Doch wahrscheinlich ist dein Herz zu bang und dein Blut wäßrig wie das eines Menschen. Krieche nur weiter im Staub vor Zeus, vielleicht wirft er dir ein paar Brosamen von seiner Tafel zu.« Frohlockend entschwand sie und ließ die Saat ihrer Worte aufgehen.

Allvater Zeus saß mißmutig auf seiner Liegestatt und streckte die Glieder. Sie widerten ihn an, alle miteinander. Dies ewige Gezänk, über das er zu Gericht sitzen mußte, die ständige Nörgelei seiner Gattin Hera verleideten ihm sein Dasein. War er nicht der Herr der Götter? Also warum sollte er ihr für seine Taten Rechenschaft ablegen? Er war der Gebieter, und er nahm sich, was immer sein Herz begehrte. Er schüttelte das mächtige Haupt und entledigte sich seines Gewandes. In der letzten Zeit hatte er die Gegenwart anderer Olympier besonders schwer ertragen. Er glaubte, ein ständiges Wispern zu hören, das unverzüglich verstummte, wenn er die Gesellschaft der Götter suchte. Er hatte wohl die scheelen Blicke bemerkt, die auf ihm ruhten. Die Dreisten! Glaubten sie, es sei ein Vergnügen, die Last der Welten auf den Schultern zu tragen, niedergedrückt zu werden wie Atlas? Und die Sterblichen brachten auch nichts als Verdruß. Das nimmermüde Winseln und Klagen dröhnte ihm in den Ohren. Zeus gib mir dies, Zeus gewähre mir das! Und sobald die Würmer glücklich waren, vergaßen sie die Götter, die Opfer, die Schwüre, die sie geleistet hatten. Er hätte nicht übel Lust, ein Gewitter über die Erde hinwegfegen zu lassen.

Langsam ließ er sich auf sein Lager sinken. Er streckte sich, schloß die Augen und wartete auf Hypnos, den Graugeflügelten mit dem schemenhaften Antlitz, den meistverfluchten Gott auf

Erden, denn er besuchte die Sterblichen entweder zu selten oder zu ausgiebig.

Ein Rascheln weckte ihn. Er schlug die Augen auf und blickte in Heras haßerfülltes Gesicht. Neben ihr gewahrte er das dunkle Haupt Poseidons, Apollons gleißendes Antlitz drohte ihn zu versengen, das harte Gesicht des Ares dürstete nach Kampf. Die kalten Augen der Artemis und der ernste Blick Athenes beobachteten ihn wachsam. Er streckte die Hand nach seinem Blitz aus, der Gott wie Sterbliche vernichtet, doch er lag außer Reichweite. Im nächsten Moment waren sie über ihm. Er bäumte sich auf, einem erderschütternden Stier gleich. Seine Muskeln schwollen an wie reißende Bäche, die über die Ufer treten. Allein, sie waren ihm überlegen. Zornig erhob er seine Stimme wie ein verwundeter Löwe, wütete gegen die Treulosen, drohte, sie allesamt in den Tartaros zu schleudern, doch sie scherten sich nicht darum und banden ihn mit hundert Knoten. Triumphierend blitzten die Augen der weißarmigen Herrin, während er, verdammt zur Bewegungslosigkeit, zu ihren Füßen lag. Allein Hestia, die Milde, die sich nie an Streitigkeiten beteiligte, stand mit kummervoller Miene abseits.

Lange schon hatten die Götter kein so rauschendes Gelage gehalten. Neben dem Jauchzen, Singen und Lautenspiel erscholl auch dumpfes Stöhnen und Grollen. Die göttliche Tafel bog sich vor Ambrosia. Hebe eilte unermüdlich mit dem Nektarkrug umher, den Göttern einzuschenken. Die Olympischen lachten und schrien, sogar die maßvollen Göttinnen Artemis und Athene waren ausgelassener als gewöhnlich, die Marmorwangen leicht gerötet und ein schelmisches Lächeln um die sonst so ernsten Münder. Der erhöhte Sitz, zu dessen Rechter Hera saß, war leer. In einem Gemach des olympischen Palastes schien ein rasender Löwe zu toben. Die Göttermutter war sich bewußt, daß Apollons Augen voll Mißtrauen auf ihr ruhten und Poseidon mit glühenden Wangen und voller Begehrlichkeit nach dem leeren Sitz an ihrer Seite spähte. Sie nahm einen tiefen Zug Nektars, um ihr Lächeln zu verbergen. Drüben im Schlafgemach lag er, gefesselt mit ledernen Riemen. Hundert Knoten hielten ihn umschlungen. Seine Herrschaft war vorbei. Vorbei die Launen, mit denen er sie gequält hatte. Sie war ihm keinen Gehorsam mehr schuldig. Sie gehorchte keinem Mann mehr. Von jetzt an sollten die Frauen wieder ihre vormalige Macht erlangen, nicht mehr von Männern geknechtet und eingesperrt! Gewiß würden Athene und Artemis sie unterstützen, die Kluge und die Kriegerische, denen nichts an der Umarmung von Männern lag. Doch heute war nicht der richtige Tag, die Götter herauszufordern. Sollten sie grölen und plumpe Scherze treiben, sich sicher wähnen. Bald schon würden sie stürzen.

Rainer Freese

Wartest du immer noch?

Nebenan hörte ich meinen Mann Geschichten über unsere Ehe erzählen.

Das war eine der Gewohnheiten, für die ich ihn haßte.
 Seine Kumpel lachten. Es war das typische Lachen einer angetrunkenen Männerrunde: unbeschwert, laut und – wie sie hinterher behaupten würden – überhaupt nicht bös gemeint. Männer reden sich ein, sie könnten über Frauen herziehen, ohne sie persönlich zu treffen. Ungefähr so, als machten sie Witze über Marsmenschen.

Gerade ließ er sich über meine – in seinen Augen indiskutablen – ersten Schritte als Schriftstellerin aus. Seit ich in unserer Heimatzeitung ein Gedicht veröffentlicht habe, fühlt er sich in seiner Rolle als der Intellektuellere von uns beiden bedroht.

»Hört euch das an!« tönte er. »Ihr letztes Werk:

> Wenn ich an meiner Tupper-Schüssel
> genußvoll selig schnupper-schnüffel,
> dann merke ich genau:
> Ja, ich bin eine Frau.«

Früher wäre ich hinübergelaufen und hätte ihn mit Tränen in den Augen zu zwingen versucht, zuzugeben, daß nicht ich mir die blödsinnigen Verse ausgedacht hatte, sondern er. Aber ich habe gelernt, mich nicht freiwillig zu demütigen.

Nachdem die Lachsalve abgeklungen war, fuhr er fort: »Ich finde ja, Einkaufszettel sind das Höchste an Literatur, das sie einigermaßen hinkriegt.« Am lautesten brüllte unser Nachbar. Beim Verabschieden würde er mir wieder zuflüstern, ich hätte einen humorigen, aber sicher auch anstrengenden Mann, und er bewundere wirklich, wie souverän ich seine Seitenhiebe wegstecke, seine Frau sei da leider viel zimperlicher. Ob ich ihr nicht mal beibringen wolle, daß man über einen guten Witz auch lachen kann? Und ob ich sein Angebot, mit ihm eine Nacht zu verbringen, auch nicht vergessen hätte?

Mein Mann kam zu einem seiner Lieblingsthemen. Anfangs hatte ich den Fehler begangen, ihm meine Texte zu lesen zu geben; mittlerweile stelle ich sie nur noch meiner Schreibgruppe vor, doch diese Entwicklung war unbemerkt an ihm vorbeigegangen: »Zuerst kommt sie ja immer zu mir. Rührend wie eine Zweijährige mit ihren Malübungen! Aber soll ich jemanden enttäuschen, der seine Grenzen zu überschreiten versucht? Nein, ich verstehe mich als selbstloser Förderer der Persönlichkeitserweiterung: Fein gemacht, sage ich, nur immer weiter so!« Und dabei tätschelt er mir den Kopf, weil er weiß, daß ich das auf den Tod nicht ausstehen kann.

Ich erhob mich aus dem Sessel, in dem ich die letzte halbe Stunde mit dem Überprüfen meiner Gefühle und Motive verbracht hatte.

Einige Atemzüge lang verharrte ich vor seinem Arbeitszimmer, dann trat ich ein, grüßte seine Freunde und reichte ihm den Brief, den zu schreiben mich den halben Nachmittag gekostet hatte. Hätte er gewußt, daß ich dadurch versäumt hatte, seine Oberhemden zu bügeln, hätte er mich sicher nicht so wohlwollend angegrinst.

»Ah!« sprach er in seinem patriarchalischen Baß, den er für Gelegenheiten reservierte, in denen er die natürliche Überlegenheit des Mannes über die Frau demonstrierte: »Hat unsere Dichterin ein neues Werk verfaßt?« Mit großer Geste entfaltete er den Bogen, warf einen beiläufigen Blick darauf und rief aus: »Ich bin beeindruckt! Das ist wirklich großartig! Allein schon der Anfang: *Lieber Jens!* – Guuut! Man weiß sofort, wer angesprochen ist!«

Ich stand da und hätte ihm ohne Überwindung eine reinsemmeln können, doch ich schwieg.

Bedauernd zog mein Mann die Stirn in Falten: »Danach wird es leider unklar: Das Wort *Lieber* ist durchgestrichen, dafür steht da jetzt *Liebster*. Warum? Das Adjektiv *Lieber* beschreibt unmißverständlich die Qualität der Beziehung zwischen Autor und Leser: Sie ist liebevoll. *Liebster* dagegen setzt voraus, es gibt mehrere Jens. Oder heißt es Jense? Was sagt die Literaturexpertin dazu?«

Ich schwieg.

»Und dann: *Ich habe lange hin und her überlegt, wie ich es dir sage.* – Das hättest du streichen sollen! Wen interessiert schon, ob du lange oder kurz oder hin oder her oder überhaupt überlegst? Entscheidend ist das Ergebnis! Mal sehen, werde ich mit irgendeinem Ergebnis beglückt? *Ich glaube, es gibt eigentlich keine angemessene Form, dir das zu sagen, was ich sagen muß.* – Ei jei jei! Aber bist du wenigstens konsequent und hörst auf? Nein: *Ich sage es trotzdem.* – Himmel! *Auch wenn es schwerfällt.* – Also ehrlich, so etwas kann ein normaler Mensch doch nicht lesen!« Er ließ den Brief in seinen Schoß fallen. Ich glaube, allmählich ahnte er, was folgen würde. Doch seine Freunde amüsierten sich zu gut. »Weiter!« riefen sie. »Weiter!«

Er nahm den Brief wieder auf: »*Du weißt, mein neuer Halbtagsjob macht mir viel Spaß.* – Ja, Himmelherrgottnochmal, natürlich weiß ich das, und du weißt, daß ich es weiß, also spar dir die Phrasen! *Ich habe dir auch gesagt, warum.* – Und ob und ob: Selbstverwirklichung, eigenes Einkommen, Abhängigkeiten abbauen, die ganze feministische Litanei. *Aber es gibt noch einen weiteren Grund.* – Aha, jetzt wird es spannend: Die erste nicht redundante Information! Alle mal herhören! *Ich liebe meinen Chef.*« – Die Pause war kaum hörbar; schon lief er zur Höchstform auf: »Och nö, Renate, warum so banal? Wenn es wenigstens der Pförtner wäre, dann könnte er ein Symbol für den Öffner neuer Türen sein, dein Pförtner in ein neues Leben. Aber der Chef! Da baust du doch keine Abhängigkeiten ab, da schaffst du neue!« Er hob die Augenbrauen: »*Deshalb werde ich dich verlassen.*« – Mit einem spöttischen Blick reichte er mir den Brief: »Und wann kommst du zurück?«

Tja, Jens, das war vor zwei Jahren. Wartest du immer noch?

Dieter Hentzschel

Heiß auf den Job

I

Als ich mich umdrehte, um das Geräusch zu lokalisieren, hörte es urplötzlich auf. Aha! Der Verfolger war geschickt. Er hatte sich irgendwo in den Schatten eines Hauses verdrückt. Denn daß es ein Verfolger war und kein klappernder Fensterladen, das war ziemlich klar. Diese Gegend hier war aber auch nichts für den Spaziergang einer Frau nach Mitternacht. Gott, hatte mich diese Party gelangweilt. Besser in einem unbekannten Stadtteil frische Luft schnappen, als länger die dumme Anmache, aber vor allem das blöde Gequatsche zu ertragen. Es war aber auch wie verhext. Kein Taxi, kaum noch Verkehr. Wo wohnte dieser blöde Kerl bloß.

Da! Da war es wieder. Unzweifelhaft Schritte. Blitzschnell nach hinten sehend, glaubte ich einen Schatten zu erkennen. Diese Straße war nicht nur einsam gelegen, sie war auch noch miserabel beleuchtet. Aber so leicht ließ ich mich nicht einschüchtern. In einem Anfall von Umnachtung drehte ich mich um und ging den Weg zurück, geradewegs auf meinen Verfolger zu. Dabei hatte ich keinerlei Selbstverteidigungsgerät dabei wie Tränengas, Gaspistole, Elektroschocker.

Wie zum Teufel stellte ich mir das eigentlich vor? Automatisch ging ich mit ausgreifenden Schritten und klackenden Schuhen weiter. Nichts zu sehen. Der Kerl war auch noch feige. Wahrscheinlich hatten ihn die zwei Wagen, die jetzt die Straße entlangfuhren, vorsichtig werden lassen. Er war weg. Zumindest für den Moment. Ich wollte gerade wieder den Weg zurückgehen, als einer der beiden Wagen mit grell aufleuchtenden Bremslichtern wenige Meter vor mir anhielt. Mit leisem Schleifen öffnete sich das elektrische Fenster auf der Beifahrerseite. Im diffusen Licht sah ich einen älteren Mann, der sich von der Fahrerseite herüberbeugte.

»Hallo! Kann ich Sie irgendwohin bringen?« sprach er mich an.

Verdammt war ich wütend. Vielleicht war das ein Fehler. Ich antwortete: »Hau ab!«

»Dann nicht«, hörte ich ihn ärgerlich sagen. Und weg war er. Und ob es ein Fehler war, ihn wegzuschicken. Kaum war das Motorengebrumm verklungen, hörte ich wieder den Schleicher. Diesmal ging ich zügig in der ursprünglichen Richtung weiter und hielt nach einem gelben Taxischild Ausschau. Keine beleuchteten Schaufenster. Dunkle Häuserfassaden. Ein Schlafghetto. Sollte ich um Hilfe rufen? Jetzt nicht mehr. Ich sah, daß die Straße ein paar hundert Meter vor mir in eine hellerleuchtete Hauptstraße einmündete. Da war auch mehr Verkehr. Als ich noch etwa fünfzig Meter von der Hauptstraße entfernt war, faßte ich Mut. Noch einmal sah ich nach hinten, um den Verfolger zu erspähen. Und diesmal hatte ich Glück.

Er war ziemlich nahe herangekommen. Sein Gesicht konnte ich natürlich nicht erkennen.

Mein Verhalten hatte ihn überrascht, und er stand ein paar Augenblicke wie angewurzelt. Schlanke Statur. Kein Penner. Schien einen Anzug zu tragen.

Ich rief ihm entgegen: »Pech gehabt, du Mistkerl!«

In diesem Augenblick löste er sich aus seiner Erstarrung, drehte sich um und ging mit schnellen Schritten die Straße zurück. Als er sich umdrehte, irritierte mich etwas, das ich mir aber nicht erklären konnte. Ich war froh, daß er weg war. Polizei? Nein! Das gab nur Ärger, und herauskommen würde dabei nichts. Außerdem hatte ich zwei anstrengende Tage vor mir. Das Grundgerüst für meinen Vortrag hatte ich bereits erarbeitet. Nun galt es noch die Feinheiten herauszufiltern. Wenn ich den Posten als Abteilungsleiterin bekommen wollte, mußte meine Strategie schlüssig sein.

Da! Endlich ein Taxi. Ich winkte, und zwanzig Minuten später war ich zu Hause. Jetzt erst brach sich die Anspannung Bahn, und ich lag hellwach auf dem Bett. Was hatte der Kerl von mir gewollt? Sex? Vermutlich. Dabei störte nur, wie er gekleidet war. Blödsinn! Vergewaltiger gab es auch in feinen Klamotten. Ein leiser Zweifel blieb. Was konnte er aber sonst von mir gewollt haben? Geld? Da hätte er kein Glück gehabt. Nun, das konnte er ja nicht wissen. Hatte es jemand auf mein Leben abgesehen? Ich bemerkte, wie ich energisch den Kopf schüttelte. Dafür müßte es einen Grund geben. Moment mal! Nein, das war zu abwegig, als daß ich es näher in Betracht ziehen wollte. Über diesen Grübeleien schlief ich ein.

2

Unausgeschlafen begann ich den neuen Tag. Die Ereignisse der vergangenen Nacht gingen mir wieder im Kopf herum. Es war wohl doch besser, sich einen Kleinwagen zuzulegen, um solche Vorfälle zu vermeiden. Bislang hatte ich darauf verzichten können. Die zentrale Lage meines Appartements und die Nähe der U-Bahn ließen mir die Anschaffung eines Wagens als unnötigen Luxus erscheinen. Das Telefon schreckte mich hoch. Wer konnte das sein um diese Zeit? Ich stand auf, ging zu dem kleinen Telefontischchen und nahm den Hörer ab.

Noch ehe ich auch nur einen Ton herausbringen konnte, sagte eine merkwürdig verfremdete Stimme: »NA, WIE FÜHLST DU DICH HEUTE?«

Ich war so verdattert, daß ich eine Weile nach Luft schnappen mußte.

Irgendwie klang diese Stimme lächerlich. Näselnd, verzerrt. Einfach blöd.

»He, du Pfeife ...«

Die Stimme unterbrach mich. »KEIN SPASS, SÜSSE! WENN ICH GESTERN ABEND GEWOLLT HÄTTE ...«

Ich schrie in den Hörer: »Was dann? Du hast wohl Potenzprobleme. Kriegst du keinen hoch ...? He, fick dich selber ...«

Er hatte schon aufgelegt. Der Tag fing gut an. Mußte ausgerechnet ich an so einen Blödmann kommen. Einen Moment überlegte ich wieder, ob ich die Polizei einschalten sollte. Nein! Damit konnte ich mich jetzt nicht belasten. Übermorgen mußte ich fit sein. Jedes Wort, jede Geste mußten sitzen.

Nachdem ich geduscht hatte, ging es mir besser. Der Kaffee gab mir mein Selbstvertrauen vollends zurück. Ich entschied mich für Pullover und schwarzen Rock.

Zwanzig Minuten später saß ich in der U-Bahn. Ich versuchte mich zu konzentrieren. Aber immer wieder schweiften meine Gedanken ab. Verstohlen musterte ich die Leute im Wagen. Wurde ich beobachtet? Blöde Zicke, schalt ich mich. Nicht durchdrehen. Solche Erlebnisse hat jede Frau mindestens einmal im Leben. Ganz normal. Als ich an meiner Station die Treppe hochging, vertrieb das helle Tageslicht die Furcht aus meinem Unterbewußtsein.

Die Tagespost lag schon auf dem Schreibtisch, als ich in mein Büro kam. Zuerst ein schneller Check durch die Kuverts. Nichts Besonderes. Das meiste intern. Die Produktion informierte über Änderungen. Hoppla. Da war ein merkwürdig nackter Umschlag. Nur mein Name stand drauf. Auf den ersten Blick sah ich, daß die Handschrift verstellt war. So komisch nach links gezogen. Ein ungutes Gefühl kroch in mir hoch. Wieder der Blödmann? Ich riß das Kuvert auf und faltete den Inhalt auseinander. Die gleiche Schrift wie auf dem Umschlag.

»SIEH DICH VOR!«

In meinem Magen begann es zu kribbeln. Ich nahm den Telefonhörer und wählte die Nummer unserer Posteingangsstelle. Lemke meldete sich. Langsam legte ich den Hörer wieder hin. Nur kein Aufsehen. Also telefonierte ich, als wäre nichts geschehen, mit dem Chef der Produktion. Ich brauchte noch Daten für mein Referat. Im großen und ganzen ging es um die Optimierung bzw. Zentralisierung unserer Materialbeschaffung. Zu viele Außenstellen mischten bisher mit. Unnötige Zeit wurde mit überflüssigen Abstimmungen verplempert. Veränderungen würden natürlich nicht nur Freunde schaffen. Jeder hatte Angst um seinen Job. Aber ich wollte diesen Posten. Koste es, was es wolle. Plötzlich kam mir ein Gedanke. War es möglich, daß eine

Verschwörung gegen mich im Gange war? Blitzschnell versuchte ich eventuell Beteiligten ein Gesicht zu geben. Nein! Es war zu absurd. Ein einzelner? Wer?

Schnell verwarf ich diese Überlegungen. Es war idiotisch. Jemand verfolgte mich in einer dunklen Straße. Ich konnte einfach keine Brücke in die Realität schlagen.

Das Telefon klingelte. Gewohnheitsmäßig griff ich zum Hörer. Dann zuckte ich zurück. Konnte er das sein? Warte, Bürschchen. Ich nahm mein kleines Mikrodiktiergerät in die linke Hand und hob dann den Hörer ab. Noch ehe ich das Aufnahmegerät an die Muschel halten konnte, schallte mir die fröhliche Stimme von Bella entgegen.

»Guten Mooorgen! Hallo, Nina, ich bin's. Kann ich auf einen Kaffee rüberkommen? Gute Nachrichten.«

Ich atmete tief durch. Bella aus der Entwicklungsabteilung. Saß den ganzen Tag am Computer und änderte die Pläne nach den Vorgaben der Ingenieure. Wahrscheinlich wollte sie mir erzählen, daß sie übers Wochenende jemanden kennengelernt hatte.

»Ah, Bella, hallo ... mein Referat. Ach was, komm rüber.«

Vielleicht tat es gut, sich für ein paar Minuten abzulenken. Ich legte das Diktiergerät wieder auf den Schreibtisch und setzte mich. Bis Bella eintraf, listete ich noch einmal stichpunktartig die Informationen des Produktionsleiters auf. Schlagartig wurde mir bewußt, daß die Zeit knapp wurde. Größere Störungen konnte ich mir jetzt nicht mehr leisten. In diesem Augenblick kam Bella zur Tür herein. Ich war ein wenig ärgerlich. Erneut wurde ich aus meiner Konzentration gerissen. Ich stand auf und ging zu dem kleinen Tischchen in der Ecke, auf dem die Kaffeemaschine stand. Zu Bella gewandt sagte ich: »Setz dich. Wie war dein Wochenende?«

Als hätte sie auf mein Kommando gewartet, sprudelte sie los: »Stell dir vor, ich hab einen netten Mann kennengelernt. Also eigentlich wollte ich ins Kino gehen. Aber plötzlich in der U-Bahn sitzt er mir gegenüber. Die ganze Zeit hat er mich angesehen. Natürlich hab ich zuerst weggeschaut. Ich dachte mir: ›Was tust du jetzt, wenn er dich anspricht?‹ Und plötzlich

mußte ich ihn anlächeln. Weißt du, ich wollte es gar nicht. Aber...«
»Bella...«
»Ja und dann hat er mich angesprochen. Ob ich schon etwas vorhätte. Was hättest du an meiner Stelle getan? Er war ja so nett...«
»Bella«, sagte ich diesmal etwas energischer.
»Ja, was ist, warum läßt du mich nicht erzählen?«
Ja, warum ließ ich sie eigentlich nicht erzählen. Um so schneller war sie wieder weg. Also sagte ich resigniert: »Der Kaffee ist fertig.«
Während wir den Kaffee tranken, mußte ich mir die ganze Geschichte anhören. Es war immer dasselbe mit ihr. Na ja, vielleicht hatte sie ja irgendwann mal Glück.
Mein Telefon läutete wieder. Noch etwas in Gedanken nahm ich den Hörer ab. Da war sie wieder! Diese merkwürdige Stimme. In meinem Kopf summte es, und ehe ich dazu kam, einen weiteren Gedanken zu fassen, sagte die Stimme: »KOMM HEUTE ABEND UM ACHT ZUM BRUNNEN VOR DEM PARKEINGANG.«
Ich wußte natürlich sofort, welcher Park gemeint war. Erregt schrie ich in den Hörer: »Hör zu, du Scheißkerl! Nichts werde ich tun...«
Er hatte schon aufgelegt. Bella, die gerade gehen wollte, sah mein wütendes Gesicht und hatte natürlich meine Worte gehört.
»He, Nina, was ist denn los mit dir? Wer war das?«
Sollte ich ihr irgend etwas mitteilen? Nein! Auf keinen Fall. Zehn Minuten später wüßte es die ganze Firma. Einschließlich unserer Außenstellen.
Ich beruhigte mich und sagte zu Bella: »Ach, vergiß es. Nur ein wenig Ärger mit einem Verflossenen.« Und eilig fügte ich hinzu: »Den kennst du nicht. Liegt schon lange zurück.«
Bella gab sich zufrieden und schwirrte wieder ab. Kaum war sie draußen, stampfte ich mit dem Fuß auf den Boden. Ich hatte keine Ahnung, wie es weitergehen sollte. Aber mein Zorn war gewaltig. War das ein Psychopath, der sich aufgeilen wollte?

Ausgerechnet jetzt. Die Uhr tickte. Übermorgen mußte ich topfit sein und mein Konzept vorlegen. Nimm Dampf weg, sagte eine innere Stimme zu mir. Aber es war die gleiche Stimme, die bohrte: ›Heute abend vor dem Parkeingang ...‹

Ich riß mich zusammen und arbeitete die nächsten Stunden konzentriert an meinem Referat. Ja, es gab nur diese eine kostensparende Lösung. Und darum ging es. Persönlich kam es mir darauf an, den Job als Chefeinkäuferin zu bekommen. Ich konnte mir nicht vorstellen, immer die Assistentin dieses arroganten Frank Breuer zu sein. Er war zwar doppelt solange in der Firma, aber er vertrat eindeutig konservative Ansichten und verteidigte das bisherige Filialsystem. Und ich wußte auch, warum. Alleinige Verantwortung zu übernehmen war nicht seine Sache. Bei Produktionsausfällen, wenn seitens der Zulieferer Termine nicht eingehalten wurden, kaschierte er sein Versagen, indem er es den Außenstellen in die Schuhe schob. Bisher hatte das immer funktioniert. Doch bei der übermorgen stattfindenden Sitzung, bei der wie jeden Monat die Verantwortlichen aus allen Abteilungen den Geschäftsführern Bericht erstatten mußten, wollte ich mein Konzept vortragen. Dabei kam mir zugute, daß mich Breuer zu diesen Sitzungen aufgrund seiner Unsicherheit immer mitnahm. Natürlich wußte er nicht, was ich vorhatte. Es war nicht unbedingt loyal, was ich da tat. Aber ich war der festen Überzeugung, daß es zum Nutzen des Unternehmens war. Und vor allen Dingen zu meinem Nutzen.

Immer wenn das Telefon läutete, zögerte ich einen Moment, bevor ich den Hörer aufnahm. Es gab jedoch keinen Terroranruf mehr. Als ob der Mistkerl wüßte, daß ich heute abend dasein würde. Und ob ich dasein würde!

In diesem Moment ging die Tür auf, und Frank Breuer kam herein.

»Hallo, Frau Peters.« Er war wie immer schleimig-freundlich. So unauffällig wie möglich legte ich die Tagespost auf meine Referatsunterlagen. Breuer fuhr in ruhigem Ton fort: »Ich wollte Ihnen nur mitteilen, daß ich Sie bei der Sitzung übermorgen nicht brauche. Nehmen Sie sich doch einen Tag frei.«

Ich spürte, daß ich vor Wut rot anlief. Das konnte doch nicht sein Ernst sein. Meine Gedanken überschlugen sich. Was wurde hier gespielt? Hatte der Kerl etwas spitzbekommen? Wie denn? Ich hatte mit niemandem darüber gesprochen. Vielleicht war es nur eine seiner Launen. Ich faßte mich wieder.

»Gut, Herr Breuer. Sie wissen ja, ich wäre gern dabei, aber wenn Sie mich nicht brauchen ...« Ich sah, daß sich seine Augen ein wenig weiteten. Meine kampflose Aufgabe schien ihn überrascht zu haben. Natürlich hatte ich schon einen Plan gefaßt. So einfach ließ ich mich nicht ausbooten. Ich hatte lange genug gewartet. Die Zeit war reif. Fröhlich sagte ich: »Wenn Sie nichts dagegen haben, nehme ich mir zwei Tage frei. Morgen und übermorgen.«

Er sah mich einen Moment lang schweigend an und verließ dann wortlos mein Büro. In meinem Kopf wirbelte es. Was hatte das zu bedeuten? War alles ganz harmlos, oder steckte etwas anderes dahinter? Konnte er der Anrufer sein? Nein! Dazu war er nicht fähig. Und wie zum Teufel sollte er von meinen Plänen wissen?

Nein, das hatte wahrscheinlich alles eine einfache Erklärung. Ich beschloß, es als eine seiner Launen abzutun.

Die neue Situation hatte auch etwas Gutes. Unbehelligt vom Bürobetrieb konnte ich zu Hause die fehlenden Unterlagen auf meinem Computer erstellen. Ja! Ich spürte förmlich, wie ich Oberwasser bekam. Und dann übermorgen. Mein Tag!

3

Bevor ich gegen fünf das Büro verließ, suchte ich sorgfältig meine Unterlagen zusammen. Dabei fiel mir ein, daß ich sie bisher einfach in meinen Schreibtisch gelegt hatte. Ich zuckte die Schultern. Und selbst wenn Breuer nachgesehen hatte, er konnte mich nicht aufhalten.

In der U-Bahn fiel mir die »Verabredung« ein. Es kam mir plötzlich albern vor.

Irgendein Blödmann hatte mich gestern verfolgt. Und der heutige Brief, der Anruf? Also würde ich doch hingehen.

Zu Hause angekommen, duschte ich und zog mir Jeans und eine Bluse an. Danach legte ich die Unterlagen für den morgigen Tag bereit. Während ich mir ein kleines Abendbrot bereitete, ging ich in Gedanken meine Vorgehensweise bei der Konferenz Punkt für Punkt durch. Bekam ich aus irgendeiner Abteilung Unterstützung? Breuer hatte es bisher immer verstanden, durch sein Auftreten die wichtigen Leute auf seine Seite zu ziehen. Und das alte Vorurteil bei den Herren der Schöpfung würde es mir auch nicht leichter machen. Aber von seiten der Produktion war mir Zuspruch sicher. Denen war es egal, ob eine karrieregeile Frau den Laden schmiß. Hauptsache keine Produktionsausfälle.

Ich sah auf die Uhr. Noch eine Stunde. Wieder die Frage, ob ich die Polizei verständigen sollte. Nun, einsam war es an der vorgegebenen Stelle nicht gerade. Mein Mobiltelefon sollte mich ausreichend beschützen können.

Ich nahm wieder die U-Bahn. Wenige hundert Meter vor dem Parkeingang gab es eine Station. Das Handy steckte in meiner Jackentasche. Vorsichtshalber hatte ich in der Handtasche eine Dose Reizgas verstaut. Ich fühlte mich gut. Es war ein lauer Frühlingsabend, und so schlenderte ich fast gemütlich in Richtung Park. Die Bäume, die in der Straßenmitte eine kleine Allee bildeten, verströmten einen starken Duft. Ein wenig neidvoll beobachtete ich die händchenhaltenden Liebespaare. Langsam kam der Brunnen in Sicht. Es war kurz vor acht Uhr.

Der kleine Vorplatz war von Scheinwerfern angestrahlt. Aus Sicht des Blödmanns nicht unbedingt ein idealer Treffpunkt. Der filigrane weiße Zaun, der den Parkeingang markierte, war mit bunten Lampions behängt. Aus dem nicht weit entfernten Parkcafé wehte ein bißchen Musik herüber. Zwischen mir und dem Brunnen war nur noch die Querstraße. Ich blieb unter dem letzten Alleebaum stehen. Hier fühlte ich mich ein wenig geschützter. Soweit ich sehen konnte, bevölkerten den Platz rund um den Brunnen nur Liebespaare. Keine einzelne verdächtige Person.

Zweifel über mein Vorhaben beschlichen mich. Ein einfacher

Job, eine Familie. War solch ein Leben nicht erstrebenswerter? Ich schüttelte mich. Blödsinn! Ich war jung genug, um das auf später zu verschieben. Und für eine Familie mußte ich erst einmal den richtigen Mann kennenlernen. Ich wandte meine Aufmerksamkeit wieder dem Brunnen zu. Unveränderte Szenerie. Nein! Da stand ein junger Mann allein. Sah sich suchend um. Ehe ich tiefere Bedeutung in seinen Anblick legen konnte, kam ein Mädchen auf ihn zu. Sie küßten sich und gingen dann in Richtung Parkeingang.

Plötzlich stand ein Mann neben mir. Ich fuhr zusammen. Er lachte ein wenig verlegen und sagte dann entschuldigend: »Oh tut mir leid, ich wollte Sie nicht erschrecken.«

Ärgerlicher, als ich es wollte, fuhr ich ihn an: »Was wollten Sie dann?«

Ich hatte ihn noch nie gesehen. Er sah gut aus. Fast ein wenig zu gut. Wenn ich etwas nicht leiden konnte, dann waren es Abräumertypen, die sich vor ihren Freunden brüsteten. Meine unfreundliche Antwort, die mir fast schon leid tat, schien ihn verunsichert zu haben.

Er schluckte und sagte dann: »Ich, ich wollte Sie eigentlich zu einem Kaffee einladen ... und zu einem kleinen Spaziergang im Park ... Sie haben da so ein wenig ... verloren gestanden.«

Nett, wie er das sagte. Ein wenig freundlicher erwiderte ich: »Ich habe jemanden an dem Brunnen dort drüben erwartet. Aber er ist nicht gekommen ...«

Ich sah, daß er die Stirn runzelte, und fuhr schnell fort: »Aber eigentlich war es kein Rendezvous ...«

In diesem Augenblick piepte mein Handy. Es erschien mir so laut, daß ich wie von der Tarantel gestochen zusammenfuhr. Der Schock war so groß, daß ich nur noch stammeln konnte: »Entschuldigung ... ich ...«

Sein Blick drückte Unverständnis aus. Wie sollte er auch wissen ...

Ich nahm das Gerät aus der Jackentasche und drückte die Aktivierungstaste. Bevor ich auch nur einen Ton gehört hatte, wußte ich, daß es der Mistkerl war. Nur zwei Worte. Die Stimme wieder verstellt (durch ein Tuch gesprochen?):

»PECH GEHABT.«

Aus. Das war es auch schon. Er hatte wieder eingehängt. Vor Zorn lief ich rot an. Ich kam mir unsäglich blöd vor. Halt! Meine Handynummer! Die kannten nur wenige Leute. Und die Stimme: Wenn es mir auch immer noch absurd erschien, diese Stimme hatte ich heute schon gehört. Nein, nein. So weit würde er nicht gehen. Soviel Mumm hatte der Kerl nicht. Und wenn doch? Um so besser. Dann brauchte ich überhaupt keine Skrupel mehr zu haben. Die Bedeutung der Worte »Pech gehabt« konnte man auch so interpretieren: »Mit einem kleinen Trick hab ich dich kaltgestellt.« Sei es drum. Meine Zuversicht wuchs. Sein schmutziges Verhalten feuerte mich nur an.

Der gutaussehende Mann war noch da. Er hatte mich die ganze Zeit beobachtet. Irgendwie fühlte ich mich erleichtert, und so lächelte ich ihn an. »Wollten Sie nicht einen Kaffee mit mir trinken?«

4

Am Morgen des nächsten Tages rief ich, einer plötzlichen Eingebung folgend, den Produktionsleiter an. Ich mußte sicher sein, wenigstens einen Verbündeten zu haben. Es war ein gewagtes Spiel. Ohne lange Umschweife erzählte ich ihm von meinem Plan, die Materialbeschaffung zu zentralisieren. Ein Ansprechpartner für die Produktion, ein Ansprechpartner für die Zulieferindustrie. Damit könnten auch ein paar Jobs wegfallen, fügte ich vorsichtig hinzu. Ruhig hatte er mir die ganze Zeit zugehört. Seine Antwort war eindeutig.

»Gratuliere, Frau Peters. Wenn wir den Herausforderungen des Marktes gerecht werden wollen, wäre eine solche Maßnahme zwingend. Ich unterstütze Sie.«

»Danke, Herr Dorn«, antwortete ich erleichtert. »Da ist noch etwas, das Sie wissen müssen. Herr Breuer hat mich für die morgige Sitzung ausgeladen. Aber ich werde trotzdem kommen.«

Dorn schien nicht überrascht. Von meinem Verfolger und

dem Verdacht, den ich hegte, sagte ich nichts. Ob etwas daran war, konnte sich unter Umständen während der Konferenz ergeben.

»Gut, Herr Dorn. Ich danke Ihnen für Ihr Vertrauen. Wir sehen uns morgen.«

»Auf Wiedersehen, Frau Peters.«

Mir fiel eine Zentnerlast von den Schultern. Nun lag es an mir, die Geschäftsführer zu überzeugen. Wie besessen arbeitete ich an den letzten Unterlagen für den morgigen Tag.

Kein Anruf störte meine Konzentration. Mein Widersacher schien sich absolut sicher zu fühlen. Ich suchte am Abend noch ein wenig Entspannung und sah mir einen Fernsehfilm an. Das Rendezvous vom vorangegangenen Tag fand nun wieder Platz in meinen Gedanken. Er hatte meine Telefonnummer. Mal sehen ...

5

Es war ein strahlender Frühlingstag. Ich erwachte und fühlte mich stark und ausgeruht. Und doch, beim Frühstück spürte ich plötzlich ein flaues Gefühl im Magen, kroch mir Unbehagen in die Glieder. Bleib ruhig, sagte ich mir. Ein wenig Anspannung ist normal. Noch einmal ordnete ich meine Mappe, sah mir die Projektionsfolien an. Alles o. k. Ich zog mein dunkelblaues Kostüm an. Darunter eine weiße Bluse. Halbhohe Schuhe. Schlicht und trotzdem feminin bis in die Zehenspitzen. Die Männer setzten ihre Waffen ein. Warum sollten es die Frauen nicht tun.

Gegen neun Uhr traf ich in der Firma ein. Prompt begegnete mir auf dem Flur Bella. Sie sah mich erstaunt an und sagte: »Na so was. Alte Streberin. Ich dachte, du hast Urlaub.«

Ich nahm sie ein wenig zur Seite und sprach eindringlich: »Hör zu, Bella. Ich bin offiziell nicht hier. Also tu mir den Gefallen und halt den Mund. Ich erzähle dir später alles.«

Sie blickte mich komisch an und erwiderte: »Na ja, wenn du meinst. Aber ich kapier trotzdem nichts.«

»Macht nichts, Bella.«

Um in mein Zimmer zu kommen, mußte ich durch das Großraumbüro mit den EDV-Arbeitsplätzen für die Auftragsbearbeitung und Stammdatenpflege. Auch hier spürte ich die überraschten Blicke. Ahnte irgend jemand etwas? Ich zuckte innerlich die Schultern. Jetzt waren alle Überlegungen belanglos. Konzentriere dich auf die Besprechung!

In meinem Büro angekommen, fühlte ich mich sicherer. Nach einer Tasse Kaffee wurde ich sichtlich ruhiger. Ich holte die Agenda für die Konferenz aus meinem Schreibtisch. Nach der Kaffeepause um zehn Uhr kam der Tagesordnungspunkt *Produktionsausfälle / Materialbeschaffung* an die Reihe. Ein Tagesordnungspunkt, der auch in der Vergangenheit immer wieder zu heißen Diskussionen geführt hatte. Denn in allen Fällen hatten sich grundsätzlich interne Unstimmigkeiten zwischen Außenstellen und Zentrale als Ursache herausgestellt.

Und genau da setzte mein Plan an. Wie immer würde Breuer alle Schuld von sich weisen. So entschied ich mich, den Konferenzraum kurz vor elf Uhr zu betreten. Dann war die Zeit, in der zum erstenmal an so einem Tag ein toter Punkt eintrat. Meist gab es eine kleine Zigarettenpause für die Raucher. Und genau in diesen Minuten mußte ich die beiden Geschäftsführer ansprechen und sie bitten, im Anschluß an die Pause mein Konzept vortragen zu dürfen. Und ich mußte gut sein.

Ohne Probleme klappte der erste Teil meiner Aktion. Als ich den Konferenzraum betrat, stellte ich erleichtert fest, daß Breuer nicht anwesend war. Er war wohl kurz in sein Büro gegangen. Um so besser. Die beiden Geschäftsführer unterhielten sich. Als ich vor ihnen stand, blickten sie überrascht auf.

»Guten Morgen, meine Herren. Entschuldigen Sie die Störung, aber ich bitte Sie, mich eine Minute anzuhören.«

Paul Krüger, der jüngere von beiden, sagte ein wenig erstaunt: »Herr Breuer informierte uns, daß Sie heute Urlaub hätten.«

Ich antwortete vielsagend: »Nicht so ganz freiwillig.«

Jetzt war es heraus. Nun sahen mich beide neugierig an. Ich wußte, jetzt würden sie mich anhören. Prompt kam die Aufforderung von Krüger: »Erklären Sie uns das, Frau Peters.«

»Nun«, sagte ich, »vielleicht wollte mich Herr Breuer nicht dabeihaben, weil er etwas von meinen Vorschlägen gewußt hat.«

»Welche Vorschläge?« fragte jetzt etwas ärgerlich Sigfried Lindemann, der Ältere.

Kurz und knapp antwortete ich: »Ein Konzept, das die kostenintensiven Produktionsausfälle wegen fehlenden Vormaterials aus der Welt schafft.«

Die beiden sahen sich einen Moment an, und dann sagte Krüger wieder: »Und warum haben Sie das nicht mit Herrn Breuer besprochen?«

Jetzt kam es auf die richtige Wortwahl an. Nach einem kurzen Moment des Zögerns erwiderte ich: »Weil mich Herr Breuer abblockt.«

Ich sah, daß sie unentschlossen waren. In der Zwischenzeit füllte sich der Raum wieder. Aus den Augenwinkeln konnte ich Dorn, unseren Produktionsleiter, sehen. Sein Gesicht war mir zugewandt. Breuer fehlte noch. Es gab kein Zurück mehr. Und so setzte ich noch eins drauf.

»Während der letzten Tage wurde ich ... belästigt, vielleicht sollte man auch sagen bedroht.«

»Wie meinen Sie das?« fragte Lindemann ungehalten.

Ich antwortete: »Man hat mir zu verstehen gegeben, daß ich mich vorsehen solle. Es war unverkennbar, daß es sich um mein heutiges Vorhaben handelte.«

»Wie wurden Sie belästigt?«

»Per Telefon, per Brief ... ja.« Die nächtliche Verfolgung verschwieg ich. Vielleicht hielten sie mich sonst für übergeschnappt.

Plötzlich sagte Lindemann: »Gut, Frau Peters, wenn auch die Umstände etwas merkwürdig sind, tragen Sie uns nach der Pause Ihr Konzept vor.«

»Danke, meine Herren. Sie werden es nicht bereuen.« Ich war über meine Zuversicht selbst erstaunt. In der kühlen Atmosphäre dieses persönlichen Gespräches erschienen mir meine Ideen mit einemmal dünn und unausgegoren. Ich suchte mir an dem langgezogenen Tisch einen freien Platz und legte meine

Mappe vor mich. Im gleichen Augenblick kam Breuer als letzter zur Tür herein. Er sah mich sofort und blieb ruckartig stehen. Ich glaubte, auf seinem Gesicht so etwas wie Panik zu erkennen. Ich wandte mein Gesicht zur Stirnseite des Tisches, dort, wo eben Sigfried Lindemann zum Sprechen anhob: »Meine Herren, bitte nehmen Sie Platz. Wie Sie bemerkt haben, ist Frau Peters zu uns gestoßen. Hinsichtlich des noch in der Diskussion befindlichen Tagesordnungspunktes hat sie ... ääh ... interessante Vorschläge zu unterbreiten. Bitte, Frau Peters!«

Da kam auch schon der Einspruch von Breuer. Wie nicht anders zu erwarten.

Zu den beiden Geschäftsführern gewandt, sagte er: »Meine Herren, dieses Vorgehen ist nicht mit mir abgestimmt.« Die Wut in seiner Stimme war unverkennbar. Ich sah, wie die Köpfe der Anwesenden hin und her pendelten. Es sah komisch aus.

Da meldete sich Dorn.

»Herr Lindemann, Herr Krüger, wir sollten Frau Peters anhören. Denn im Grunde sind wir in der Sache bisher nicht weitergekommen.«

Breuer setzte sich. Ich schlug meine Mappe auf und begann meinen Vortrag.

»Wir haben in der Vergangenheit immer wieder festgestellt, daß die auf mehrere Schultern verteilte Verantwortung des Einkaufs, dabei meine ich insbesondere die Orderberechtigung einiger Filialen, zu Verwirrung auf seiten der Zulieferer, aber auch zu unbeabsichtigten Fehlern in der Zentrale geführt hat. Auch für die Produktion ist das durch das bisherige System notwendige Aufsplitten von Fertigungslosen für die Materialbeschaffung ein nicht unerheblicher zusätzlicher Aufwand ...«

Ich sah, wie Dorn nickte. Die Aufmerksamkeit der anderen Abteilungsleiter richtete sich auf Breuer. Sie wußten, daß er vor einigen Jahren das dezentrale System eingeführt hatte. Nun warteten sie auf seine Reaktion. Ich wollte mich aber keinesfalls unterbrechen lassen und fuhr fort: »Die Lösung für die genannten Probleme heißt: ZENTRALISIERUNG DES EINKAUFS.«

Ich sah, wie Breuer aufsprang. Doch ehe er ein Wort sagen konnte, stoppte ihn Sigfried Lindemann. »Herr Breuer, bitte lassen Sie Frau Peters weiter ausführen. Wir werden im Anschluß an den Vortrag diskutieren.« Und zu mir gewandt, sagte er: »Frau Peters, ich gehe davon aus, daß Sie uns Ihren Vorschlag auch im Detail erläutern können.«

Meine Antwort kam sofort. »Selbstverständlich, Herr Lindemann.«

Nach dieser kleinen Unterbrechung ging ich mit Hilfe der vorbereiteten Grafiken auf die Einzelheiten ein. Die Vorteile für das Unternehmen waren klar herausgearbeitet. Schnellere Umsetzung von Änderungsvorgaben der Produktion. Vermeidung von Kommunikationsproblemen durch zu viele Ansprechpartner. Einheitlicher Auftritt gegenüber allen Lieferanten usw.

Nacheinander legte ich die Folien auf den Projektor. Mit der Lichtpunktlampe zeigte ich auf der Leinwand die wichtigsten Daten auf. Ab und zu sah ich in den abgedunkelten Raum. Die Stille verursachte mir Herzklopfen. Daß es die seitlich von mir sitzenden Geschäftsführer nicht hören konnten, glaubte ich nur dem Schwirren des Ventilators im Innern des Projektors zu verdanken. Als ich ein weiteres Mal in die Runde sah, wurde meine Aufmerksamkeit auf einen kleinen Lichtreflex am gegenüberliegenden Ende des Tisches gelenkt. Und dann stockte mir ein wenig der Atem. Genau dort saß Breuer. Und diesen Lichtreflex hatte ich schon einmal gesehen. Als der Verfolger sich umgedreht hatte, konnten meine Augen das schwache Blinken registrieren. Aber ich hatte es nicht einordnen können, keine Erklärung dafür gehabt. Jetzt wußte ich, wodurch es entstanden war. Es war Breuers auffällige Krawattennadel. Er trug sie fast jeden Tag. Versilbert und in der Mitte mit einem kleinen eingelegten Diamanten. Durch eine leichte Bewegung von ihm war das Streulicht des Projektors auf die Nadel gefallen. Ich konnte es einfach nicht glauben. Der Brief mit der verstellten Handschrift fiel mir ein. Ich hatte ihn zu Hause sicher verwahrt. Dieser Gedanke beruhigte mich wieder etwas. Was war zu tun? Abwarten, wie Breuer auf mein Konzept reagieren würde. Obwohl, was hatte ich davon, wenn er es unterstützte und dabei weiterhin der erste Einkäufer blieb.

Wenige Minuten später hatte ich meinen Vortrag beendet. Ich ging zu meinem Platz zurück.

Krüger fragte in die Runde: »Nun, meine Herren, was halten Sie von Frau Peters' Ausführungen?«

Jetzt zahlte es sich aus, daß ich mit Dorn telefoniert hatte. Er meldete sich als erster.

»Ich möchte Frau Peters zu diesem Konzept gratulieren. Auch ich bin der Überzeugung, daß wir damit die Probleme der Vergangenheit auf ein Minimum reduzieren können.«

Ehe eine weitere Wortmeldung erfolgen konnte, wandte sich Krüger an den gegenüber sitzenden Breuer: »Was sagen Sie dazu, Herr Breuer?«

Ich sah, daß er Schweißtropfen auf der Stirn hatte. Schon während meines Vortrages war zu sehen gewesen, daß er nur mit Mühe Ruhe bewahrte.

›HAT DEIN PLAN NICHT FUNKTIONIERT?‹

Wenn er es war, der mich terrorisiert hatte, dann mußte er sich meine Unterlagen aus dem Schreibtisch geholt und kopiert haben. Schäbiger Hund! In diesem Augenblick hörte ich ihn sagen: »Ich halte es für eine Unverschämtheit, daß Frau Peters mit dem Vorschlag nicht zuerst zu mir gekommen ist.«

Krüger antwortete ihm: »Frau Peters sagt, daß Sie sie abgeblockt hätten.«

»Das ... das ist eine Unterstellung!«

Krüger warf ihm über den Tisch hinweg zu: »Und sie sagt, daß sie in den letzten Tagen einem gewissen Terror ausgesetzt war. Wissen Sie etwas davon?«

Breuer schluckte vernehmlich und antwortete: »Davon ist mir nichts bekannt.«

So beherrscht wie möglich sagte ich in die Stille hinein: »Ich habe Sie erkannt.«

Auch im Hinblick auf die Krawattennadel war es natürlich nur ein Schuß ins Blaue. Ich spürte, daß er angeschlagen war. Bevor er antworten konnte, ergänzte ich: »Und ich habe einen Beweis, mit dem ein Graphologe eine Menge anfangen kann.« Bumm! Ich sah, wie Breuer zusammenzuckte. Das hatte gesessen.

Niemand im Raum sagte etwas. Alle mußten das eben

Gehörte erst einmal verdauen. Konnte Rivalität so weit gehen? Und niemand kam Breuer zu Hilfe. Nach einer Weile schien er sich gefangen zu haben. Immer noch starrten ihn alle Anwesenden an. Er räusperte sich und sagte dann: »Meine Herren, ich weise diese Verleumdungen auf das schärfste zurück. Frau Peters versucht mich mit dieser absurden Anschuldigung in Mißkredit zu bringen, um meinen Platz einzunehmen. Ich ...«

Die kalte Stimme von Sigfried Lindemann unterbrach ihn: »Herr Breuer, wir haben noch nicht Ihre Meinung zu Frau Peters' Vorschlägen gehört.«

Es war offensichtlich, daß Breuer um Fassung rang. Er konnte keinen klaren Gedanken fassen, um sich auf eine Antwort zu konzentrieren. Er tat mir fast ein wenig leid, als er endlich antwortete: »Ich bin der Auffassung, daß die bisherige Organisation im wesentlichen funktioniert hat. Warum sollten wir ein bewährtes System ändern ...«

Alle im Raum sahen ihn nach diesen Worten erstaunt an. Das hätte er nicht sagen dürfen. Und Breuer wußte das in diesem Moment. Ich konnte mir vorstellen, wie seine Gehirnzellen Alarm gaben. FEHLER ... FALSCHE ANTWORT ... IDIOT ...

Er war nicht mehr in der Lage, das Steuer herumzureißen. Dazu hätte es eines eleganten Schwenks in die andere Richtung bedurft. Das war Fehlanzeige bei ihm. So kam, was kommen mußte. Statt sachlicher Argumente begann er seine bisherigen Verdienste aufzuzählen, indem er seine guten Verbindungen im In- und Ausland hervorhob (alle Abteilungsleiter einschließlich der Geschäftsführer wußten, daß Breuer keine Fremdsprache beherrschte), seinen fairen Umgang mit den Mitarbeitern, seine langjährige Betriebszugehörigkeit. Als Breuer aufging, daß er sich immer tiefer ins Verderben redete, war es zu spät für ihn. Ihm blieb nur noch eine panische, hilflose Attacke gegen seine Widersacherin.

Mit hochrotem Kopf wandte er sich wieder direkt an mich: »Warum sind Sie mit Ihren Ideen nicht zu mir gekommen? Sie wissen, daß ich immer eine offene Tür hatte (das Gegenteil war der Fall). Und was soll überhaupt Ihr Gefasel, daß man Sie bedroht hat. Lächerlich. Wollen Sie etwa mich beschuldigen?«

Er war bereit für den Fangschuß. Als ich mir später von Zeit zu Zeit diese Minuten ins Gedächtnis rief, verspürte ich leise Skrupel, ihn so abserviert zu haben. Aber ich war heiß auf den Job. Und so schoß ich meinen letzten Torpedo ab: »Ich habe Ihren zweiten Anruf mitgeschnitten.«

Sein Gesicht wurde aschfahl. Ihm war bewußt, wie stümperhaft er das alles angefangen hatte. Vielleicht hätte er sich noch einmal aufgerafft, wenn er meinen Bluff durchschaut hätte.

Von der anderen Seite des Tisches kam der endgültige K. o. durch Sigfried Lindemann.

»Wollen Sie es auf eine Untersuchung der Beweismittel von Frau Peters ankommen lassen, Herr Breuer?«

Der Angesprochene antwortete nicht. Er befand sich in einer geistigen Leere, die ihn von der Außenwelt abschottete.

»Herr Breuer!« dröhnte die Stimme von Lindemann.

Es bleibt nur noch nachzutragen, daß Breuer die Konsequenzen zog und das Unternehmen mit sofortiger Wirkung verließ. Ich hatte von diesem Moment an so viel zu tun, daß mir keine Zeit zum Nachdenken blieb. Der Job war mir sicher. Und ich fühlte mich verflucht wohl dabei. Alles war wie geplant gelaufen. Nach den bekannten Spielregeln. Ich brauche wohl nicht zu erwähnen, daß es die Spielregeln der Männer waren.

Sandra Icke
Familientreffen

Auge in Auge hatten sie sich gegenübergestanden. Der unrasierte, verschlafen dreinblickende Bankangestellte und der mit beigefarbenem Lippenstift besudelte Badezimmerspiegel. Frank Belmer hatte sofort gewußt, wer auf diese hirnrissige Idee gekommen war: Sabrina, seine derzeitige Flamme aus der Bank. Doch was ihn so wütend gemacht hatte, war nicht der schmierige Schriftzug, der ihm den Blick auf seine wuchernden Stoppeln verwehrte, sondern die Bedeutung der kosmetischen Nachricht. Denn dort auf der sonst klaren Oberfläche hatten die bedeutungsschweren Worte »Ich bin schwanger! Es ist ein Junge!« gestanden. Oh, wie hastig er ins Schlafzimmer seiner winzigen Junggesellenbude gestolpert war. Dort hatte sie auf dem flachen Futon gesessen und ihm lächelnd entgegengesehen. Wie harmlos sie doch getan hatte. Hatte sie etwa nicht gewußt, was sie ihm mit dieser Nachricht angetan hatte? Seine Stimme war kaum hörbar gewesen, als er ihr entgegengezischt hatte, daß sie den ungebetenen Nachwuchs schleunigst beseitigen solle, wenn ihr etwas an seiner Gesellschaft liege. Fast eine halbe Stunde lang hatten sie gestritten und sich die vielfältigsten Beleidigungen an den Kopf geworfen. Schließlich, nachdem sie lautstark behauptet hatte, bei der Erziehung des Kindes nicht auf ihn angewiesen zu sein, hatte Sabrina ihre Sachen gepackt und war verschwunden. Aus seiner Wohnung. Aus der Bank. Aus seinem Leben.

Leise gurgelnd schwappte der Whisky im Glas herum und bildete winzige goldbraune Wellen, denen er abwesend zusah. Verwirrt schüttelte er den Kopf und wartete darauf, daß sein Blick sich klärte. Der Drink war inzwischen in seiner Hand warm geworden. Angewidert schritt er zur üppig ausgestatteten Bar und füllte das Glas mit gekühltem Whisky nach. Geschmacksverwässernde Eiswürfel hatte er noch nie gemocht. Gedankenverloren kehrte er mit dem aufgefrischten Drink zum Schreibtisch zurück, um auf dessen polierter Kante Platz zu nehmen. Seine Gedanken schweiften ab und gruben immer tiefer in den verschütteten Erlebnissen seiner Jugend. Plötzlich fiel es ihm wieder ein. »Wagner, Sabrina Wagner!« rief er aus. Es war, als halle der Name in dem weitläufigen, großzügig ausgestatteten Arbeitszimmer nach, das er sich im Hauptsitz seiner Bankgesellschaft hatte einrichten lassen.

Jetzt begriff er, warum er in letzter Zeit so oft an Sabrina hatte denken müssen. Ihr Nachname lautete genauso wie der Name der Bankgesellschaft, an die er die seinige verloren hatte. In den vergangenen dreißig Jahren hatte er keinen Gedanken an die Schlampe mehr verschwendet, die ihm ein Balg hatte andrehen wollen.

Wenn Frank ehrlich war, mußte er sich eingestehen, daß ihr Fortgang zur rechten Zeit erfolgt war. Kurz darauf hatte er nämlich die Tochter seines Chefs, der der Besitzer der Häusler-Bank gewesen war, kennengelernt. Sie war nicht gerade besonders attraktiv gewesen, aber die Heirat mit ihr war für ihn der Schlüssel zum Erfolg.

Nach und nach hatte er sich zum Juniorpartner seines Schwiegervaters hochgeschmeichelt. Wie einfach es doch gewesen war. Der tragische Autounfall des engstirnigen Mannes war niemandem verdächtig vorgekommen, ebensowenig wie der unerwartete Selbstmord von dessen aufmüpfiger Tochter. Frank kicherte leise und verschluckte sich am Drink. Ächzend erhob er sich und wanderte über den mosaikgeschmückten Fußboden. Er war wirklich ein hübscher Witwer gewesen. Doch bald nach dem Ableben der Hauptgeschäftsführer mußte Frank feststellen, daß er vom Leiten eines Kreditinstituts weitaus weniger verstand, als er angenommen hatte. Die Schulden wuchsen ebenso wie sein Alkoholkonsum. Schließlich war er gezwungen gewesen, seine Bank stückchenweise auf dem Aktienmarkt zu verhökern. Wagner hatte sie allesamt aufgekauft und besaß seit gestern die Aktienmehrheit der Häusler-Bank. Frank Belmer hatte seine Bank verloren und mit ihr alles, wofür er jahrelang soviel riskiert hatte.

Noch heute würde dieser ominöse Wagner hier auftauchen. Er würde Frank nach einem höflichen Händedruck aus dem prächtigen Büro hinausbugsieren, das nun nicht länger seines war. Nervös trank er einen weiteren hastigen Schluck, öffnete die Tür und spähte den leeren Korridor hinunter. Die Fahrstuhlanzeige war noch immer dunkel. Was befürchtete er überhaupt? Schon vor langer Zeit hatte Frank sein Schäfchen ins Trockene gebracht. Er würde nur etwas früher als erwartet in den Ruhestand gehen, das war alles.

Trotzdem zuckte er entsetzt zusammen, als das helle Läuten des Fahrstuhls erklang. Frank streckte den Kopf aus der Tür und sah die leuchtende Anzeige des Lifts im dunklen Gang. Der Fahrstuhl befand sich bereits im fünften Stock und fuhr unaufhaltsam nach oben. Wagner kam.

Hastig zog Frank die Tür hinter sich zu und ging zum Schreibtisch zurück. In Gedanken zählte er die Stationen der Kabine: zwölfte, dreizehnte, vierzehnte Etage. Unaufhaltsam. Mittlerweile war der Lift wohl schon im zwanzigsten Stockwerk angekommen – nur noch fünf Etagen entfernt. Frank Belmers Hände schlossen sich kraftlos um das klobige Glas. Ein erneutes Klingeln zeigte ihm an, daß der Fahrstuhl sein Ziel erreicht hatte. Seine Etage.

Die Schritte draußen im Gang klangen hart und entschlossen, und sie kamen immer näher. Endlich verharrten sie hinter der getäfelten Tür. Ein leises Klopfen ertönte. Was für eine lächerliche Farce, schoß es Frank durchs Gehirn, Wagner könnte doch einfach so eintreten, es ist ja jetzt schließlich seine Tür. Seine Tür, sein Büro, seine Bank. Leise murmelte er: »Herein!« Obwohl er glaubte, zu leise gesprochen zu haben, öffnete sich die Tür.

Ohne aufzusehen, schritt Belmer auf den Eindringling zu, das halbvolle Glas noch immer in der feuchten Hand. Seine Rechte streckte er dem neuen Besitzer der Häusler-Bank nachlässig entgegen. Doch statt einer fremden Hand schob sich ein weißes Kuvert zwischen seine Finger. Überrascht hob Belmer den Blick und begegnete den klaren Augen eines gutgebauten jungen Mannes, der nicht älter als dreißig Jahre sein konnte.

Ziemlich jung für einen anerkannten Wirtschaftskapitän, dachte Belmer voller Neid. Erst da wurde ihm bewußt, daß er Wagner fast eine geschlagene Minute lang erstaunt gemustert hatte, ohne auch nur ein Wort zur Begrüßung an ihn gerichtet zu haben. Verlegen schickte er sich an, eine hier angebrachte Floskel auszusprechen. Doch noch bevor er einen Laut herausbringen konnte, nickte Wagner ihm mit ernsthaft verschlossener Miene zu und trat einen Schritt zurück. Er deutete mit erhobenem Kinn auf den Brief und sagte: »Dies ist für Sie, Herr Belmer. Frau Wagner läßt Ihnen diese Nachricht durch mich zukommen. Lesen Sie sie, bitte.« Wie befehlsgewohnt seine Stimme doch klang, durchfuhr es Belmer.

»Frau Wagner?« echote er schließlich.

»Meine Mutter«, entgegnete der junge Mann schlicht.

Achselzuckend ging Belmer zum Schreibtisch, setzte das Glas ab und öffnete den Umschlag. Heraus glitt der erwartete Stapel geschäftlicher Unterlagen und, das war überraschend, eine handschriftliche Mitteilung. Verwirrter als je zuvor entfaltete Belmer das Blatt und begann zu lesen. Das Glas, das er wieder aufgenommen hatte, fiel mit lautem Krachen zu Boden und zerschellte in Tausende winziger Fragmente. Das laue Getränk verteilte sich in schillernden Pfützen über den bunten Steinen des kostbaren Mosaiks. Fassungslos hob Belmer das Blatt näher ans Gesicht.

»*Sehr geehrter Herr Frank Belmer*«, stand dort mit energischen Lettern geschrieben. »*Als ich Sie vor so langer Zeit verließ, suchte ich Schutz und Hilfe bei meinem neuen Arbeitgeber, dem damaligen Besitzer der heutigen Wagner-Banken. Mit seiner freundschaftlichen Unterstützung arbeitete ich mich langsam bis nach ganz oben und wurde seine gleichberechtigte Geschäftspartnerin. Als er vor einigen Jahren zurücktrat, übernahm ich seine Firma und leitete sie unter meinem Namen weiter, bis Thomas – mein Sohn – dazu in der Lage war. Ich brachte ihm alles über das Bankwesen bei, was er heute weiß. Er ist bereits jetzt der stolze Chefdirektor mehrerer Banken und Versicherungsgesellschaften. Er war nie auf die Häusler-Bank angewiesen und erwarb sie nur auf meinen persönlichen Wunsch hin. Sie haben die Karriere schon immer dem privaten Glück vorgezogen, ja, Sie gingen für den materiellen Erfolg sogar über Leichen. Obwohl ich Ihre kriminellen Aktivitäten durchschaue, werde ich schweigen. Diese Bank hat Sie mehr gekostet, als Sie nur jemals erahnen können. Aus diesem Grund werde ich sie Ihnen auch zurückgeben, da sie offensichtlich den traurigen Sinn Ihres gesamten Lebens ausmacht. Hiermit überschreibe ich Ihnen den vollständigen von mir erworbenen Aktienanteil an der Häusler-Bank kostenlos und schuldenfrei. Werden Sie glücklich damit. Ich werde keine Ansprüche an Sie stellen unter der Bedingung, daß Sie nicht versuchen, Thomas gegen seinen Willen aufzusuchen. Er kennt Ihren Beitrag an seiner Zeugung, aber Sie werden erfreut sein zu hören, daß er nicht im mindesten an Ihnen interessiert ist. Sie mögen ihn gezeugt haben, aber sein Vater sind Sie nicht. Ich bin sicher, daß Sie meine Meinung teilen werden, um Ihres und meines Seelenfriedens willen.*

Mit den höflichsten Empfehlungen, Sabrina Wagner

PS. Bitte beachten Sie die schicksalsträchtige Bedeutung des heutigen Datums, und hegen Sie keinen Groll gegen mich: Sie haben Ihren Weg schon vor langer Zeit gewählt.«

Erschüttert ließ er den Brief sinken und starrte Thomas aus brennenden Augen an. Wie ähnlich der Junge ihm doch war. Der gleiche selbstbewußte Gang, die gleichen ausdrucksstarken Augen, selbst das Haar glich dem seinen. Der vertraute Fremde nickte ihm wieder zu, diesmal jedoch lächelnd. »Leben Sie wohl...« Vater, flehte Belmer verzweifelt in Gedanken, sprich es aus, sag doch Vater! »Herr Belmer«, sagte Thomas, drehte Belmer den Rücken zu und verließ das schmuckvolle Büro. Frank wandte sich, noch immer von der Wucht seines eigenen Namens niedergedrückt, um und suchte mit fahrigem Blick nach seinem Kalender.

Die selbstsicheren Schritte im Gang verklangen, abgelöst von einem hellen Läuten. Der Fahrstuhl sank langsam abwärts und ließ irgendwo dort oben einen schluchzenden alten Mann zurück.

Mit beiden Händen umklammerte er einen edlen Terminkalender, auf dem mit nüchternen Zeichen geschrieben stand: Donnerstag, 9. Mai 1991. Himmelfahrtstag. Vatertag.

Günter Jagodzinska

Der Kuß im Dunkeln

»Mensch, Peter. Jetzt mach bloß keinen Mist. Das ist keine Frau der Welt wert«, redete Martin auf seinen Freund ein. »Du bleibst jetzt erst mal für den Rest der Nacht hier. Versuch einfach 'ne Runde zu schlafen. Morgen sieht die Sache bestimmt schon ganz anders aus.« Der leichte Nachdruck in Martins Stimme ließ keine Widerrede zu.

Er war sich klar, daß er Worte benutzte, die schon tausendfach in allen erdenklichen Sprachen an verzweifelte Menschen in irgendeinem Ort der Welt gerichtet worden waren. Aber vielleicht bezogen sie gerade daher ihre Wirkung, setzten ein Signal: Du bist nicht der einzige, dem es schlechtgeht. Andere haben auch Probleme. Ließ sich in dieser Gemeinschaft das Leid nicht leichter ertragen?

Vor zwei Jahren hatte Peter Postels Frau sich von ihm getrennt. Er konnte sich noch allzu gut an das Datum erinnern, es war an seinem 33. Geburtstag gewesen. Aus heiterem Himmel hatte sie ihm zu verstehen gegeben, daß sie Zeit brauche, um »sich selbst zu finden«, und daß dies innerhalb der Beziehung zu ihm nicht möglich sei. Sie ahnte nicht, daß Peter von ihrer heimlichen neuen Liebe wußte. Lars war EDV-Berater in Susannes Büro und hatte sich von Anfang an um sie bemüht. Seine Komplimente hatten ihr geschmeichelt, sie fühlte sich endlich wieder verstanden und hatte seinem Drängen nur allzugern nachgegeben. Peter ließ ihre Ausrede gelten. Was hätte er schon machen können? Schreien? Toben? Heulen? Oder sogar mit Selbstmord drohen? Es hätte ja doch nichts genützt. Er wußte, daß er Susanne verloren hatte.

Die Zeit nach der Trennung war zu einer schmerzhaften Erfahrung geworden, bittere Narben hatten sich in Peters Seele eingemeißelt. Es hatte lange gedauert, bis er seine Scheu abgelegt und sich wieder unter Menschen gewagt hatte.

Seit einigen Wochen war es ihm zu einer lieben Gewohnheit geworden, nach der Arbeit im Konstruktionsbüro noch eine Zeitlang in dem kleinen Café in der Fußgängerzone zu verweilen. Ein Espresso, eine Zigarette, ein weiterer Espresso; stets lief das gleiche Ritual ab. Er beobachtete die Passanten, die anderen Gäste und dann ... Drei Monte war es jetzt her, da hatte er *sie* getroffen. Er wollte gerade aufbrechen, weil er sich vom temperamentvollen Gespräch, vom lauten Lachen einer südländischen Touristengruppe in seiner Ruhe gestört fühlte, als Miriam den Raum betrat. Ihr langes blondes Haar, ihre attraktive Erscheinung hatten die Blicke der Männer sofort angezogen. Ein leiser bewundernder Pfiff, ein zwischen den Lippen herausgepreßtes *mamma mia* bescherten einem jungen Mann einige drohende Blicke seiner Begleiterin.

Zögernd hatte Miriam sich Peters Tisch genähert. »Darf ich mich zu Ihnen setzen?« hatte sie gefragt und entschuldigend hinzugefügt: »Ist ja sonst nichts mehr frei hier.«

»Mein Gott«, schoß es Peter durch den Kopf, »was für eine Superfrau ...« Ein stummes Nicken war das einzige, was er zustande brachte. Miriam setzte sich und lächelte Peter dankbar an.

»Wissen Sie, es ist normalerweise nicht meine Art, fremde Männer anzusprechen, aber heute habe ich Geburtstag, und ich wollte einfach nicht allein zu Hause rumsitzen. Daß hier nur noch ein Platz frei ist, habe ich allerdings nicht erwartet.«

Lange hatten sie zusammengesessen und im Verlauf des Gesprächs Vertrauen zueinander gewonnen. Peter hatte erfahren, daß Miriam an diesem Tag sechsundzwanzig wurde und sich einsam fühlte. Sie hatte ihm anvertraut, daß auch sie eine gescheiterte Ehe hinter sich hatte. Aus der gemeinsamen schlechten Erfahrung wuchs eine schüchterne Freundschaft, die bald von einer starken Zuneigung abgelöst wurde.

Das sollte jetzt alles vorbei sein? Nur wegen dieser verflixten Fete gestern abend? Miriam hatte darauf bestanden, daß er mitkäme; sie wollte ihn all ihren Freunden vorstellen. »Willkommen im Kreis der Auserwählten.« – »Hallo, Neuer, hier kannst du dich nur wohl fühlen.« Begrüßungen von Leuten, die er nie zuvor gesehen hatte. Peter fühlte sich unwohl, fehl am Platz unter den jungen Leuten. Küßchen hier, Küßchen da. Coole Sprüche, die allgemeine Heiterkeit auslösten. Er fühlte sich unwillkürlich in einen albernen Werbespot für Schokokugeln versetzt. Das war nicht seine Welt.

Die Stimmung wurde immer ausgelassener, reichlich Alkohol floß durch durstige Kehlen. Grünlich und bläulich schimmernde Drinks waren der Hit des Abends. Modegetränke, die man einfach getrunken haben mußte, um dazuzugehören, um mitreden zu können. Getränke, die in wenigen Wochen in jeder Dorfwirtschaft bestellt werden würden. Hier würde man dann bereits auf gelbliche oder rötliche Drinks umgestiegen sein.

Peter begann das Kopfkissen und die Kaschmirdecke auf Martins Designer-Couch auszubreiten. »Na ja, nicht bequem, aber besser als gar nichts«, murmelte er vor sich hin, als er das mit einem dünnen, grellen Stoff bespannte Chromgestell in Augenschein nahm. Im Hintergrund rauschte die Toilettenspülung. Er löste die Schnürriemen, ließ seine Schuhe achtlos zu Boden fallen und legte sich hin. Ein leiser Seufzer begleitete seine Gedanken zurück zu Miriam.

Sie hatte ihn jedem als ihren neuen Freund vorgestellt, die meisten hatte sie umarmt. Ihren kurzen Gesprächen war er kommentarlos gefolgt, hatte freundlich lächelnd ausgeharrt. »Mensch, Peter, da sind Jens und Bea. Die hab ich eine Ewigkeit nicht gesehen, mit denen muß ich unbedingt ein paar Takte reden. Du hast doch nichts dagegen, oder?«

»Amüsier dich gut.«

Später war es dann Mike, der ihre Aufmerksamkeit auf sich gezogen hatte, es folgten Pierre und Nathalie; an die anderen Namen konnte er sich nicht mehr erinnern.

Ein warmer Windhauch wölbte die mit einem afrikanischen Ethno-Muster bedruckten Vorhänge am offenen Fenster. Ein zu teuer bezahltes Mitbringsel von Martins Keniareise im letzten

Urlaub. Eine aufdringliche Mücke auf der Suche nach Nahrung hatte sich von dem schwitzenden Körper auf der Couch angelockt gefühlt. Peter schlug unkontrolliert um sich. Volltreffer, das Summen verstummte abrupt. Vereinzelte Geräusche bahnten sich ihren Weg durch die warme Sommernacht und wurden schnell wieder von der Stille aufgesogen. Ein Bild machte sich in Peters Gedanken breit, quälte ihn: Nur wenige Minuten von hier würde Miriam jetzt in den Armen des Fremden liegen. Des Fremden, mit dem er sie auf dem Balkon erwischt hatte.

Peter hatte sich aus dem grellen Treiben der Fete in eine halbwegs ungestörte Ecke zurückgezogen. Er hatte versucht, die aufkommende Eifersucht mit einigen schnell hinuntergeschluckten Gläsern Bier zu betäuben. Doch mit jedem weiteren Glas bohrte sie stärker in ihm. Sein Blick wanderte unsicher durch den Raum, dessen gelbliches Licht vom Zigarettenrauch milchig abgedämpft wurde. Miriam war aus seinem Blickfeld verschwunden. »Wo kann sie denn jetzt schon wieder sein?« fragte er sich leise und beruhigte sich mit dem Gedanken, daß sie sich wahrscheinlich frisch machen würde. Er blickte auf seine Uhr: kurz nach eins. Aber das konnte doch nicht so lange dauern. Er beschloß, unauffällig nach ihr zu suchen.

Ein wenig zu hastig sprang er auf, der Alkohol stieg ihm zu Kopf, brachte ihn ins Torkeln. Langsam ließ er sich in den Sessel zurücksinken und versuchte es noch einmal. Voller Konzentration erhob er sich und versuchte, seine Bewegungen normal aussehen zu lassen Es gelang ihm nur teilweise. Er näherte sich der offenstehenden Balkontür, eine Prise frische Luft würde ihm guttun.

»... so glücklich, dich wiederzusehen.« Wortfetzen, die er aufschnappte; das war doch Miriams Stimme, die da vom Balkon her zu hören war. Froh darüber, sie gefunden zu haben, beschleunigte er seine Schritte und ... Abrupt blieb er stehen. Ihm stockte der Atem, sein Puls pochte in seinen Schläfen. Miriam, im Dunkel des Balkons, durch einen halb zugezogenen Vorhang versteckt vor den Blicken der anderen ... sie umarmte einen Fremden, sie küßten sich herzlich.

»Raus, nichts wie weg hier!« hämmerte es in Peters Kopf. Sie hier zur Rede zu stellen, was könnte das schon bringen? Hier, wo er allein gegen alle stehen würde. Er zwang sich, den Raum unauffällig zu verlassen. Leise ließ er die Tür hinter sich ins Schloß fallen. Endlich draußen! Frische Luft, frei von Alkoholdunst und Nikotingeruch, füllte seine Lungen. Seine Benommenheit war verflogen, er hastete zu dem nahe gelegenen Taxistand.

»Bahnhofstraße 13, bitte.« Martin, sein alter Freund aus Studientagen, war der einzige, den er auch zu dieser späten Stunde noch aus dem Bett klingeln konnte. Vielleicht war er sogar noch auf. Schon damals bei der Geschichte mit Susanne hatte er sich um ihn gekümmert, ihm stundenlang geduldig zugehört.

Es war kurz nach vier, als Peter endlich Ruhe fand. Sein erschöpfter Körper forderte sein Recht, und er fiel in einen tiefen Schlaf. Wirre Träume tobten durch sein Unterbewußtsein und ließen seine Augenlider unkontrolliert zucken.

Warme Sonnenstrahlen streiften Peters Gesicht, der Geruch von frischem Kaffee weckte seine Lebensgeister. »Alles klar, Alter?« hörte er Martin aus der Küche rufen. »Komm rüber, Frühstück ist fertig. Du hast bestimmt einen Bärenhunger.«

»Zuallererst brauch ich ein Glas Wasser und 'ne Aspirin. Mensch, hab ich einen Brummschädel.«

Martin hatte Peter während des Frühstücks angeboten, ihn nach Hause zu fahren. »Wenn du willst, kann ich vor deiner Haustür warten. Weißt du, du solltest dir Klarheit darüber verschaffen, was wirklich Sache ist. Du kannst natürlich auch ein paar Tage hierbleiben. Ich bin zwar die nächste Woche dienstlich unterwegs, aber du kennst dich ja hier aus. Okay?«

»Nein, ich bleibe nicht hier. Du hast recht, ich muß reinen Tisch machen.«

Langsam stieg Peter die knarrenden Holzstufen zur ersten Etage des Altbaus hinauf. Nur noch wenige Schritte bis zu seiner Wohnungstür. Wie sehr sehnte er sich nach dem Wiedersehen mit Miriam, gleichzeitig aber hatte er Angst vor der Begegnung. Würde sie überhaupt schon da sein? Er kämpfte die aufsteigende Panik nieder. Noch bevor er den Schlüssel in das Schloß stecken konnte, flog die Tür auf.

»Mein Gott, Peter!« rief Miriam. »Bin ich froh, daß du da bist. Ich habe mir solche Sorgen gemacht.« Erleichtert fiel sie ihm um den Hals und zog ihn in die Wohnung. »Wo bist du nur gewesen?«

»Ach, das interessiert dich?« fragte Peter leise. Seine Gefühle drohten außer Kontrolle zu geraten, bissig fuhr er fort: »Wenn du vorhast, dich auf einen Selbstfindungstrip zu begeben, ich lege dir keine Steine in den Weg. Ich habe Erfahrung mit so was.«

Miriam blickte ihn traurig an. »Ach, Schatz, jetzt hör aber auf. Was redest du da für einen Unsinn. Ich bin nicht Susanne. Wie kommst du nur auf so was? Nur wegen der Fete gestern abend?«

»Jetzt tu bitte nicht so, als ob du nicht wüßtest, was ich meine. Oder war es nur dein Schatten, der auf dem Balkon wild rumgeknutscht hat? Ich bin doch nicht blind.« Peter versuchte die Hand zurückzuziehen, die Miriam ergriffen hatte. Doch sie ließ ihn nicht los, zog ihn mit einer Kraft, die man ihrer zierlichen Gestalt nicht zugetraut hätte, ganz nah heran und gab ihm einen leidenschaftlichen Kuß.

»Ich bin doch nur auf den Balkon gegangen, um einen klaren Kopf zu bekommen. Klar, ich hätte dir Bescheid sagen müssen. Aber die ganze Rederei, der Alkohol, die laute Musik … Ich hatte einfach Kopfschmerzen. Ich konnte doch nicht ahnen, daß sich Torsten auf dem Balkon versteckt hatte. Er ist erst gestern abend aus New York zurückgekommen und wollte mich überraschen.«

»Das ist ihm dann ja wohl auch gelungen, wie?« unterbrach Peter, erstaunt über ihre Offenheit.

Miriam schmiegte sich eng an ihn, gab ihm einen weiteren Kuß. »Ich habe meinen Bruder Torsten fast zwei Jahre lang nicht mehr gesehen. Wir haben uns so sehr über das Wiedersehen gefreut …«

»Mein Gott, ich Idiot«, stammelte Peter, »verzeih mir bitte.«
Vor der Haustür startete Martins Auto.

Regina Klenner

Ein neues Leben

Der Tag begann wie jeder andere zuvor. Das Klingeln des Weckers durchdrang nur mühsam ihre bleierne Müdigkeit, die morgens immer wie ein tonnenschweres Gewicht auf ihr lag, obwohl sie, wie jede Nacht, neun Stunden geschlafen hatte. Aus dem Badezimmer drang das Geräusch von fließendem Wasser schwach bis ins Schlafzimmer. Kurz darauf wurde das Wasser abgestellt und die Badezimmertür geöffnet. Sie schloß die Augen und wartete darauf, daß ihr Mann hereinkommen und denselben Satz sagen würde wie jeden Morgen: »Liebling, legst du mir bitte den grauen Anzug raus, ich habe heute eine wichtige Besprechung mit Dr. Winter. Es geht um einen bedeutenden Fall, den er mir wahrscheinlich übertragen wird.« Es ging anscheinend jeden Tag um einen wichtigen Termin oder einen bedeutenden Fall. Mühsam quälte sie sich aus dem Bett und versuchte ihre Müdigkeit abzuschütteln. Sie hängte den grauen Anzug, manchmal war es auch ein brauner oder blauer, aber immer ein sehr eleganter und teurer Anzug, ordentlich über einen Kleiderständer und ging in die Küche, um die Kaffeemaschine anzustellen. Sie deckte den Frühstückstisch, stellte Müsli, Vollkornbrot und Magerwurstaufschnitt bereit, setzte sich und zündete sich eine Zigarette an. Als sie ihren Mann aus dem Schlafzimmer kommen hörte, drückte sie die Zigarette hastig im Aschenbecher aus.

Er rauschte in die Küche, schüttete sich eine Tasse Kaffee ein und aß eine Scheibe Vollkornbrot. Dabei erzählte er ihr von dem neuen Mandanten, den sie in der Anwaltskanzlei hatten, und daß dieser Fall ihn in seiner Karriere einen großen Sprung nach vorn bringen würde. Wie immer geriet er ins Schwärmen darüber, was er noch alles erreichen wollte und was er ihr alles kaufen würde, wenn er erst das richtig große Geld verdienen würde.

Sie fragte sich nur, was sie dann damit anfangen sollte, denn er hatte ja doch keine Zeit, um vielleicht endlich einmal mit ihr in den Urlaub zu fahren oder einfach mit ihr zusammenzusein. Oft fragte sie sich auch, ob er das überhaupt wollte. Sie konnte sich noch gut an damals erinnern, als er ein junger Anwalt gewesen war und voller Idealismus auf Arbeitssuche gegangen war. Zu der Zeit hatte sie als Krankenschwester gearbeitet, und sie mußten beide von ihrem knappen Gehalt leben. Sie hatten in einer kleinen Zweizimmerwohnung gelebt und mußten an allem sparen, aber sie waren sehr glücklich gewesen. Doch vielleicht hatte die Gleichgültigkeit, mit der sie einander begegneten, auch damals schon schleichend angefangen, und sie hatten es nur nicht bemerkt.

»... und dann zum Empfang mitnehmen!« Verwirrt sah sie auf. »Träumst du, oder was? Ich möchte, daß du einen Strauß verschiedenfarbiger Rosen für die Frau meines Chefs besorgst. Sie hat heute Geburtstag, und aus diesem Anlaß sind wir zu einem Sektempfang ins Hotel Continental eingeladen. Vergiß es bitte nicht, ich werde dort wichtige Geschäftsverbindungen knüpfen können. Und bitte zieh dich elegant, aber nicht overdressed an. Ich hole dich dann gegen siebzehn Uhr ab.«

Sie haßte es, wenn er mit ihr sprach wie mit einem kleinen Kind, aber sie beschwerte sich nicht mehr darüber, denn er würde sowieso nicht verstehen, was sie meinte, denn schließlich hatte er doch in freundlichem Ton mit ihr gesprochen. Und überhaupt, in den meisten Familien gehe es doch ganz anders zu, schließlich habe er genug Scheidungsfälle bearbeiten müssen. Aber jetzt brauche er sich Gott sei Dank nicht mehr um die dreckige Wäsche anderer zu kümmern, denn er hatte sich auf die lukrativeren Fälle spezialisiert, bei denen es um Finanzprobleme und nicht mehr um menschliche Probleme gehe. Mit Schwung stellte er seine Kaffeetasse auf den Tisch, küßte sie flüchtig und eilte mit dem Mantel über dem Arm zur Tür, um ins Büro zu fahren.

Sie blickte ihm hinterher und fragte sich, wie er es schaffte, selbst bei so einfachen Dingen wie einem Gang über den Flur so jung und dynamisch zu wirken, als wäre er gerade einer Schule für Jungmanager entsprungen. Als sie draußen sein Auto wegfahren hörte, schüttete sie sich eine Tasse Kaffee ein und zündete sich eine neue Zigarette an. Da sie erst am späten Vormittag aus dem Haus gehen mußte, hatte sie noch reichlich Zeit, um ihren Gedanken nachzuhängen. Eigentlich wäre auch endlich einmal wieder ein Hausputz nötig gewesen.

Sie selbst legte keinen Wert auf ein Haus, in dem alles so sauber war, daß es steril und unbewohnt wirkte, aber sie spürte ständig den unausgesprochenen Vorwurf ihres Mannes, der der Ansicht war, daß es nicht standesgemäß sei, wenn halbgelesene Bücher auf dem Wohnzimmertisch lagen oder sie mit einem Weidenkorb mit getrockneten Kürbissen einen halbherzigen Versuch unternahm, die Wohnung ein bißchen gemütlicher zu machen. »Schatz, du weißt doch, daß dieses Haus von dem besten Innenarchitekten eingerichtet worden ist, den es im Moment gibt«, pflegte er dann zu sagen, »betreibe doch bitte keinen Stilbruch, indem du dein Naturzeugs hier stehenläßt.«

Aber vielleicht sah sie das auch alles falsch. Möglicherweise hinkte sie ihrer Zeit einfach hinterher und hatte den neuen Zeitgeist verpaßt. Man wohnte heute nicht mehr »gemütlich« oder »rustikal«, sondern »futuristisch« und »durchgestylt«. Vielleicht sollte sie auch aufhören, ihrer Arbeit hinterherzutrauern. Kurz nach ihrer Heirat hatte sie ihre Stelle als Krankenschwester, an der sie sehr gehangen hatte, ihrem Mann zuliebe aufgegeben, weil es, wie er sagte, für ihn nicht gerade förderlich sein würde, wenn ein wichtiger Mandant, für den er gern noch länger als Anwalt tätig wäre, plötzlich in einem Krankenbett vor ihr läge. Außerdem verdiene er jetzt sowieso genug, so daß seine Frau nicht mehr arbeiten gehen müsse. Anfangs hatte sie sich geschmeichelt gefühlt und ihre neue Freizeit genossen, aber nach und nach hatten sich die freien Stunden immer mehr in leere Stunden verwandelt, und obwohl sie nun Zeit genug hatte, um die Dinge zu tun, die sie früher gern getan hätte, konnte sie sich nicht überwinden, irgend etwas mit Freude in Angriff zu nehmen. Es schien ihr, als ob alles, was ihr wichtig gewesen war, seine Bedeutung verloren hätte, und nur noch das, was ihr Mann tat, von Bedeutung wäre.

Aber vielleicht sah sie das ja auch alles ganz falsch, und ihre wenigen Freundinnen, die ihr aus ihrer Krankenhauszeit geblieben waren, hatten recht mit dem, was sie sagten. Alle fanden, daß sie ganz einfach das große Los gezogen habe. Sie brauchte sich nicht mehr mit meckernden Patienten rumzuärgern, sie brauchte keine quälenden Gedanken mit nach Hause zu nehmen, wenn ein Patient, der ihr ans Herz gewachsen war, plötzlich wider Erwarten starb, oder wenn sie, weil eine Kollegin ausgefallen war, Überstunden machen mußte, obwohl sie nach acht Stunden Dienst schon völlig erschöpft war. Sie habe es doch am besten von allen getroffen, meinten die Freundinnen. Sie habe ein schönes Haus, einen überaus erfolgreichen Ehemann, genug Geld, um sich keine Sorgen mehr machen zu müssen, und vor allem genug Zeit für sich selbst. Plötzlich schrak sie aus ihren Gedanken hoch und warf hastig einen Blick auf die Uhr. Schon kurz vor zehn! Wenn sie vor ihrem Zahnarzttermin noch die Blumen für Frau Dr. Winter besorgen wollte, mußte sie sich beeilen. Es fiel ihr in letzter Zeit immer schwerer, pünktlich zu einem Termin zu erscheinen. Hastig zog sie sich ein Kostüm an und eilte aus dem Haus. Sie stieg in ihren Wagen und fuhr zu einem Blumengeschäft, das in der Nähe der Zahnarztpraxis lag. Vor dem Laden blieb sie einen Augenblick stehen und ging dann hinein. Die Verkäuferin grüßte freundlich und fragte, ob sie ihr helfen könne.

»Ich hätte gern einen großen Strauß Rosen in zwei verschiedenen Farben und eine Geburtstagskarte.«

»Suchen Sie sich einfach in Ruhe aus, was Sie haben möchten, und ich binde Ihnen dann einen Strauß«, antwortete die Verkäuferin.

Fieberhaft überlegte sie, was sie nun tun sollte. Ihr Blick irrte über die Blumen, und sie bemerkte die wachsende Ungeduld der Verkäuferin. »Ach bitte, stellen Sie mir doch einen schönen Strauß zusammen, Sie haben ja viel mehr Erfahrung damit, was für einen Strauß man zu einem fünfzigsten Geburtstag verschickt«, flüsterte sie. Sie kam sich unbeholfen und linkisch vor und war froh, als die Verkäuferin das Bukett fertig hatte und sie bezahlen und das Geschäft verlassen konnte.

Vor der Tür blieb sie stehen, blickte auf den Rosenstrauß und versuchte sich zu erinnern, wann sie die Fähigkeit verloren hatte, Farben zu sehen. Sie lebte in einer schwarzweißen Welt, deren Schattierungen sich ab und zu änderten, die aber immer ohne Farbe war. Als sie ein Teenager war und fast täglich mit ihrem Vater aneinandergeriet, weil sie völlig unterschiedliche Lebensauffassungen hatten, gab es auch schon Phasen, in denen die Farben aus ihrer Welt verschwunden waren, aber sie waren immer wieder zurückgekehrt. Doch sie konnte sich nicht mehr an den Tag erinnern, an dem ihre Welt endgültig grau geworden war, sie wußte nur, daß es nach ihrer Heirat passiert war. Inzwischen hatte sie sich damit abgefunden wie mit allem anderen auch und hatte gelernt, diesen Mangel geschickt zu verbergen. Sie hatte die Farben ihrer Kleider auswendig gelernt, um für diverse Anlässe, zu denen sie ihren Mann begleiten mußte, passend gekleidet zu sein. Bei ihren Einkäufen fragte sie stets die Verkäuferin um Rat, genauso wie gerade bei den Blumen. Gedankenverloren, immer noch den Strauß betrachtend, ging sie weiter, um ihren Termin nicht zu verpassen. Niemals hatte sie mit jemandem über ihre graue Welt gesprochen, vielleicht weil sie Angst hatte, ausgelacht zu werden, aber vielleicht auch, weil ein Außenstehender sofort erkennen würde, was ihr fehlte. Sie selbst wußte es nicht.

Das Hupen eines Autos riß sie aus ihren Gedanken, und sie eilte weiter.

Als sie nach dem Arztbesuch und einigen Einkäufen daheim angekommen war, erledigte sie noch verschiedene Dinge im Haushalt und war überrascht, daß es plötzlich schon Nachmittag war und ihr Mann nach Hause kam. Wie immer berichtete er enthusiastisch von seiner Arbeit, und es schien auch gar nicht wichtig zu sein, ob sie zuhörte oder nicht; sie hatte immer das Gefühl, daß er eigentlich sich selbst einen Vortrag hielt. Es graute ihr schon vor dem Geburtstagsempfang im Hotel, und um dem Tag noch eine schöne Seite abzugewinnen, schlug sie ihrem Mann vor, doch einen Spaziergang dorthin zu machen und auf dem Rückweg ein Taxi zu nehmen. Zu ihrer Überraschung willigte er ein, obwohl er Spaziergänge nur für einen unproduktiven Zeitvertreib hielt.

Es war ein schöner Spätsommertag, das Wetter war noch immer angenehm warm, so daß sie nur einen leichten Sommermantel über ihr Kostüm anzog. In der Hand hielt sie den Rosenstrauß. Der Weg zu dem Hotel führte zuerst durch ein paar wenig befahrene Straßen, anschließend durch einen wunderschönen Park mit einem Badesee, in dem aber jetzt keine Schwimmer mehr sein würden, weil es sich dafür doch schon zu stark abgekühlt hatte.

Sie waren ein schönes Paar, wie sie so nebeneinander hergingen. Er groß, dunkelhaarig, in einem eleganten, dunkelgrauen Anzug und sie klein, rothaarig, in einem hellbeigen Kostüm und einem etwas dunkleren Mantel. Sie hatte gehofft, auf dem Weg zum Hotel mit ihrem Mann ein paar liebe Worte reden zu können oder so wie früher, als sie noch frisch verliebt waren, Arm in Arm dahinzuschlendern und ohne besonderen Grund einfach zusammen glücklich sein zu können. Statt dessen erzählte er unentwegt, wer alles zu dem Geburtstag kommen werde und wie sie sich verhalten solle. Er ermahnte sie, sich wenigstens den Anschein von Interesse zu geben und sich aus allem rauszuhalten, wenn sie nicht wisse, worum es gehe. Sie hatte plötzlich das Gefühl, mit ihrem Vater zu sprechen, selbst sein Gesicht schien plötzlich dem ihres Vaters zu ähneln. Sie schüttelte alle unangenehmen Gedanken ab und versuchte, den milden Sommerabend zu genießen.

Inzwischen waren sie in dem Park angekommen und näherten sich dem Badesee. Ein kleiner gepflasterter Weg führte am Ufer entlang um den See herum und an der anderen Seite wieder aus dem Park heraus. Plötzlich bemerkte sie auf dem Weg vor ihnen eine Ansammlung von Menschen, die auf den See starrten und aufgeregt gestikulierten. Sie kamen näher, und sie fragte sich, was dort wohl vor sich gehe. Ihr Mann entfernte sich ein paar Meter von ihr, ging auf die Gruppe zu und spähte über die Schulter der vor ihm stehenden Frau. Sie ging zögernd zu ihm und warf ebenfalls einen Blick auf den See. Was sie dort sah, nahm ihr fast den Atem. Etwa in der Mitte des Sees klammerte sich ein kleiner Junge an die Reste eines offensichtlich untergehenden Schlauchbootes. Er ging immer wieder unter, kam nur kurz an die Oberfläche und versuchte verzweifelt, sich über Wasser zu halten. Wahrscheinlich hatte er schon zu viel Wasser geschluckt, um noch laut um Hilfe rufen zu können.

Ohne zu zögern, ließ sie die Blumen und ihren Mantel fallen, rannte auf das Ufer zu und zog im Laufen ihre Pumps aus. Wie durch einen Nebel hörte sie ihren Mann rufen: »Bist du verrückt, bleib hier, was ist mit dem Empfang?« Seine Stimme schien aus weiter Entfernung zu kommen und nichts mit ihr zu tun zu haben, also hörte sie nicht darauf. Sie stürzte sich in die Fluten, den Blick immer auf das Kind gerichtet, und wünschte sich verzweifelt, schneller zu sein. Das doch schon recht kühle Wasser nahm ihr kurz den Atem, und sie schnappte nach Luft. So schnell sie konnte, schwamm sie auf den Jungen zu. In ihrem Kopf schienen sich ihre Gedanken zu überschlagen: »Halt durch, du darfst nicht ertrinken, halt durch, halt durch!« Es war, als versuche sie ihn durch die Kraft ihrer Gedanken über Wasser zu halten.

Nach einer halben Ewigkeit, so schien es ihr zumindest, hatte sie das Kind endlich erreicht. Sie versuchte es an der Oberfläche zu halten, und mit einer Kraft, die sie sich gar nicht zugetraut hätte, bekam sie es schließlich zu fassen. Verzweifelt strampelte sie mit den Beinen, um mit dem Jungen im Arm zurück ans Ufer zu kommen. Er schien ihr unendlich schwer zu sein, seine Kleidung war voller Wasser, und auch ihr eigenes Kostüm hinderte sie am Schwimmen. Sie schnappte nach Luft, und wenn sie allein gewesen wäre, hätte sie wohl schon einfach aufgegeben. Aber sie konnte das Kind doch nicht ertrinken lassen. Dieser Gedanke ließ sie durchalten. Nur quälend langsam kam das Ufer näher.

Plötzlich hörte sie Sirenengeheul, das sich rasch näherte. Vielleicht hatte endlich jemand die Polizei benachrichtigt. Es kam ihr vor, als ob sie schon seit Stunden im Wasser gewesen wäre, als sie wieder Boden unter den Füßen spürte. Keuchend versuchte sie, auf die Beine zu kommen und den Jungen an seinem Pullover ganz ans Ufer zu ziehen. Dann hörte sie hinter sich Rufe und ein Platschen im Wasser. Ein Polizist lief auf sie zu und nahm ihr das Kind ab. Er trug es auf den Armen zu einem Krankenwagen, der auf dem kleinen Uferweg wartete. Sofort eilten zwei Sanitäter und ein Arzt herbei, um den Jungen zu untersuchen. Der Polizist kam zurück, faßte sie an den Schultern und half ihr ans Ufer. Ihre Knie schienen nachzugeben, und es war ihr, als wäre alle Kraft aus ihrem Körper gewichen.

Sie sah sich kurz um, aber eigentlich hatte sie auch nicht erwartet, ihren Mann noch dort zu sehen. Seltsamerweise empfand sie gar nichts bei dem Gedanken, daß er es wohl vorgezogen hatte, zu seinem Termin zu gehen, anstatt auf sie zu warten. Noch nicht einmal Enttäuschung fühlte sie. Der Notarzt kam auf sie zu und führte sie ebenfalls zu dem Krankenwagen. Irgend jemand hatte schon ihren Mantel und ihre Pumps hineingelegt, und sie stieg ein, denn der Arzt hatte ihr erklärt, daß sie im Krankenhaus noch untersucht werden müsse, um sicherzugehen, daß sie keine Verletzungen davongetragen habe. Eigentlich hätte sie jetzt aufgeregt oder erleichtert sein müssen, aber es kam ihr alles wie ein Traum vor. Sie setzte sich hinten in den Krankenwagen neben den Jungen, der jetzt auf einer Trage lag, hustete und die Augen geschlossen hatte. Schweigend betrachtete sie sein kleines, so verletzlich wirkendes Gesicht und empfand eine tiefe Dankbarkeit dafür, zur richtigen Zeit am richtigen Ort gewesen zu sein. Seltsamerweise hatte sie das Gefühl, daß nicht sie dem Jungen das Leben gerettet hatte, sondern er das ihre. Plötzlich schlug er die Augen auf, sah sie an und tastete nach ihrer Hand. So saßen sie nebeneinander, seine kleine Hand in ihrer großen, bis sie vor dem Krankenhaus angelangt waren. Nachdem sie von einem Arzt untersucht worden war und von einer Schwester einen trockenen Jogginganzug bekommen hatte, saß sie in einem Untersuchungszimmer und wartete auf einen Polizeibeamten, der ihre Aussage zu Protokoll nehmen wollte. Wie sie inzwischen erfahren hatte, ging es dem kleinen Jungen gut. Er schlief und sollte über Nacht zur Beobachtung im Krankenhaus bleiben, aber es war nicht zu erwarten, daß er irgendwelche Schäden davontragen würde. Als die Tür aufging, erkannte sie sofort den Polizisten, der den Jungen in den Krankenwagen getragen hatte.

Er begrüßte sie und stellte ihr verschiedene Fragen zu den vorausgegangenen Ereignissen. »Nur noch eine letzte Frage«, sagte er. »Können Sie sich erinnern, wie viele Leute bereits am Ufer standen, als Sie dorthin kamen?« Sie überlegte kurz. »Nein«, antwortete sie, »ich habe nur einen einzigen Menschen gesehen, und das war ein kleiner Junge, der mich brauchte.«

Der Beamte schaute auf und sah sie nachdenklich an. Er hatte ein freundliches Gesicht, das jetzt sehr ernst wirkte. »Ja«, sagte er, »es standen wohl viele Leute dort«, und dabei hatte das Wort Leute einen seltsamen Unterton, »aber nur zwei Menschen, ein kleiner Junge und eine wunderbare, mutige Frau.« Er klappte sein Notizbuch zu und verließ den Raum.

Sie blickte auf die Uhr, und obwohl es schon halb neun war und sie sonst um diese Zeit schon müde und ausgelaugt war, fühlte sie sich jetzt frisch, ausgeruht und glücklich. Sie stand auf, verließ das Krankenhaus und blieb vor der Tür noch einen Augenblick stehen. Tief sog sie die laue Abendluft ein. Voller Ehrfurcht betrachtete sie den Sonnenuntergang am Horizont, dessen Farben von Grell-Orange bis zu einem vollen, warmen Rotton variierten. Sie steckte die Hände in die Hosentaschen, holte noch einmal tief Luft und ging, mit einem Lächeln auf dem Gesicht, in Richtung des Sonnenuntergangs. Sie hielt die ganze Nacht nicht mehr an.

Tatjana Koop

Die etwas andere Fußball-Wette

Es ist verflixt. Ich bin verhext. Jedenfalls, was Männer angeht. Ich kann alle haben, die ich nicht haben will. Es ist verflixt.

Vielleicht hätte ich Sozialarbeiterin werden sollen. Irgendwie habe ich eine Ader für Schwächlinge und Loser oder für Männer auf dem besten Wege dorthin. Nur gut, daß ich nicht Krankenschwester geworden bin. Ich würde mich vermutlich in jeden jammernden Patienten zwischen achtzehn und achtzig verlieben.

Schon vor vielen, vielen Jahren, als meine Freundinnen die ersten Lover mit dicken Autos vernaschten, rührten eher jene mein Herz, die mit dem museumsreifen Fahrrad ihrer Mutter durch die Gegend gurkten. Ich kann nichts dagegen tun.

Hätte einer meiner vielen Versager eine Million im Lotto gewonnen, hätte ich ihn wohl verlassen müssen. Ich und ein Gewinner? Das wäre wie ein Fisch ohne Wasser, meine fürsorgliche Veranlagung würde wahrscheinlich verkümmern.

Aber haben könnte ich sie auch, diese Sunnyboys. Und diese Gewißheit reicht mir eigentlich, ich habe es oft genug probiert.

»Je schicker und selbstbewußter diese Typen sind, desto leichter sind sie zu haben«, sagte ich mal zu meiner Freundin Sandra. »Zeige mir einen, und ich beweise es dir.«

Sie lächelte siegessicher, und wir schlossen eine Wette ab. Dazu machten wir einen schriftlichen Vertrag, taten diesen in einen Briefumschlag, legten jeweils hundert Mark dazu, und die Sache war besiegelt. Die Gewinnerin unserer Wette würde den Umschlag erhalten.

In den folgenden Wochen tat sich nichts. Die zur Auswahl stehenden Herren waren Sandra alle nicht gut und cool genug. Aber dann kam unser Tag. Es war soweit.

Wir trafen uns in einer Diskothek. Ich kam von meiner Arbeit dorthin, war müde und keineswegs zurechtgemacht, ich fühlte mich also eigentlich nicht wohl. Und ausgerechnet an diesem Abend hatte Sandra »IHN« entdeckt, unser Wettopfer.

ER stand an der Bar, umringt von Leuten und ließ sich feiern. ER war Fußballer in einer Berliner Oberligamannschaft und hatte an diesem Nachmittag bei einem Spiel das entscheidende Tor zum Sieg geschossen, wie uns ein Türsteher zu erzählen wußte. ER war gut gebaut, hatte einen knackigen Hintern, war sehr geschmackvoll angezogen, hatte wunderschöne blaue Augen, einen richtig leckeren Luftkissenmund und rabenschwarze Locken, mit Gel in Form gebracht. Rundum eine Augenweide.

»Okay«, sprach ich gelassen. »Den kaufe ich mir nächstes Wochenende!«

»Nee, meine Liebe. Nächstes Wochenende ist der vielleicht gar nicht da. Heute ist dein Tag!«

Ich zeterte und lamentierte. »Ich sehe heute so langweilig und geschafft aus, schließlich habe ich schon einen Neun-Stunden-Dienst hinter mir. Das ist nicht fair. Wir finden sicher später auch noch etwas Flottes.«

Aber Sandra ließ sich nicht umstimmen. »Wenn du da so eine sichere Taktik hast, warum sollte die dann heute nicht auch so funktionieren? Also, keine Ausreden. Nichts wie ran!«

»Na gut, versuchen wir es! Ich erkläre dir jeden Schritt. Phase eins: Seine Aufmerksamkeit auf mich lenken.«

Das schien allerdings der schwierigste Teil zu werden, schließlich war er umzingelt von vielen Damen, die am Wochenende nicht arbeiten mußten und anscheinend viel Zeit für ihr Outfit hatten. Aber so leicht ließ ich mich nicht entmutigen und stellte mich nur wenige Meter vom Pulk entfernt auf.

Er erzählte vom Spiel, erklärte im Detail die brenzligsten Situationen und berichtete von seinem entscheidenden Einsatz. Dieser Angeber! Jeder, der begeistert tat, bekam von ihm ein Glas Sekt und lauschte weiter interessiert seinen Heldentaten. Er war so sehr mit sich selbst beschäftigt, daß es lange Zeit nicht möglich war, mit ihm Blickkontakt aufzunehmen. Aber irgendwann drückte ihn der viele Sekt, und er verschwand, um ihn loszuwerden. Das war meine Chance.

»Paß auf, Sandra!«

Als er nach Erledigung seines Geschäftes erleichtert auf mich zukam (ich hatte mich so postiert, daß er gar nicht anders konnte), sah ich ihn an, als hätte er Hundekot im Gesicht. Als ich spürte, daß er diesen Blick verwirrt registrierte, zog ich meine Augenbrauen zusammen, bis es weh tat, schüttelte leicht den Kopf und verschwand. Aus sicherer Entfernung konnte ich allerdings noch erkennen, wie er sein Äußeres in diversen Spiegelfliesen zu kontrollieren versuchte. Ich erschien nun in regelmäßigen Abständen in seiner Nähe, damit er mich nicht gleich wieder vergaß, natürlich ohne ihn eines Blickes zu würdigen. Aber ich spürte, daß er mich wahrnahm, und freute mich über den ersten Erfolg.

Sandra wurde langsam ungeduldig. Ich auch, um ehrlich zu sein. Um Zeit zu schinden, lud ich sie zu einem Glas Sekt ein. Wir gingen in die obere Etage zur Bar und bestellten. Der Sekt kam, und ich zündete mir eine Zigarette an. Plötzlich sah ich ihn, er kam auf uns zu.

»Ich glaube, jetzt kommt Phase zwei!« flüsterte ich Sandra zu, die erst gar nicht begriff, was ich meinte.

Selbstbewußt und locker drängte er sich an der Bar entlang in unsere Richtung. Ich musterte seine Beine. Sie waren leicht O-förmig, und die Jeans betonten jede Sehne und jeden Muskel seiner Oberschenkel. Wie er wohl ganz ohne aussah? Ich spürte ein leichtes Kribbeln in der Magengegend ...

Er blieb neben mir stehen und begrüßte den Barmann. Ich sah ihn kurz an und drehte ihm dann den Rücken zu. O Gott, hatte der Augen. Und dieser Mund. Das Kribbeln wurde stärker ...

Er tippte mir auf die Schulter. »Phase zwei: Abblocken«, flüsterte ich Sandra zu und drehte mich bemüht genervt um, was mir nicht leichtfiel bei seinem Anblick.

»Möchtest du etwas trinken?« fragte er und gab dem Barmann schon ein Zeichen.

»Ich?« fragte ich gedehnt und drehte mich suchend um, wen er sonst noch meinen könnte.

»Ja, du«, sprach er gönnerhaft lächelnd.

Ich lächelte gönnerhaft zurück. »Hast du deine Brille zu

Hause vergessen? Ich habe bereits was. Oder meinst du, ich halte dieses volle Glas hier, um mir damit die Schuhe zu putzen?«

Sandra kicherte. Auf seinem schönen Gesicht erschien ein Anflug von Unsicherheit, und er steckte seine Hände in die Hosentaschen. Ein sicheres Zeichen dafür, daß mein Spruch gesessen hatte. Ich kam in Hochform, und auf meiner Stirn stand in Leuchtbuchstaben »Arroganz« geschrieben. Nachdem er sich einige Augenblicke hilflos umgesehen hatte, wagte er noch einen Vorstoß. »Möchtest du vielleicht tanzen?«

Ich sagte laut zu Sandra: »Ich glaub's nicht!« und zu ihm: »Natürlich, unbedingt. Ich ziehe mich zurück an die Bar, bestelle mir einen Drink, zünde mir eine Zigarette an, weil ich gerade tanzen möchte!«

Sandra prustete ihren Sekt heraus und verabreichte so ihrem ahnungslosen Nachbarn eine Dusche. Und er entschuldigte sich tatsächlich bei mir: »Natürlich, das war dumm von mir. Vielleicht später?«

»Jaja, frag mich später noch mal!« sprach ich großzügig, während ich mich wieder Sandra zuwandte. Schade, daß ich seinen süßen Schmollmund nicht sehen konnte.

Sandra war mit ihrem Nachbarn beschäftigt. Der Idiot hatte ihr doch tatsächlich ein neues Glas Sekt spendiert, da das ihre ja auf seiner Kleidung gelandet war. Und da behaupten die Kerle immer, Frauen wären unlogisch?!

Ich sah dem Drama noch ein Weilchen zu und stürzte mich dann ins Getümmel mit den Worten: »Ich gehe jetzt Phase drei: ›Die Falle schnappt zu‹ erledigen. Ich erzähle dir nachher, wie es war. Viel Spaß!«

Von der oberen Bar führte eine Wendeltreppe hinab in den Diskosaal. Unten stand er und sah zu mir herauf. In Sekundenschnelle erinnerte ich mich an »Vom Winde verweht« und ging Scarlett-O'Hara-mäßig ganz langsam Stufe für Stufe, die rechte Hand am Geländer, die Treppe hinunter und genoß seinen auf mich gerichteten Blick. Ich war hollywoodreif.

Er lächelte verlegen und sprach mich wieder an: »Ich habe mich noch gar nicht richtig vorgestellt. Ich heiße André Gottgetreu.«

»Ach je!« entglitt mir dazu spontan.

»Und ich bin Fuß ...«

»Fußballer. Das dürfte nach deinem Gewese vorhin inzwischen wohl jeder hier wissen.«

»Ach, darum hast du vorhin so böse geschaut. Ich habe mich schon gewundert, so häßlich bin ich doch gar nicht. Jedenfalls hat man mich intern zum schönsten Oberligafußballer Deutschlands ernannt.«

Ich mußte grinsen. »So! Und du bist nicht nur schön, sondern auch noch bescheiden, was?«

Es ertönten kuschlige Töne. Die ersten Pärchen versammelten sich engumschlungen auf der Tanzfläche. Ich ließ mich nicht lange bitten, und wir gesellten uns zu den anderen. Sein durchgestylter weiblicher Fanclub schaute neidisch. Und ich fühlte mich schon recht wohl in den Armen dieses feschen Burschen, aber ich ließ es mir nicht anmerken.

»Was hast du heute abend noch vor? Ich würde gern etwas mehr von dir erfahren!« flüsterte er mir ins Ohr.

»Was denn? Wie ich mich in der Horizontalen mache? Im übrigen wartet dein Fanclub schon auf Sektnachschub und deine Heldensagen.«

Gott, war der doof. Er verstand diese Spitze nicht und nahm sie eher als Kompliment. »Na ja, da müssen sie halt durch. Trinkst du noch etwas mit mir in einem Café, auf neutralem Boden? Und dann fahre ich dich nach Hause, okay? Ohne Hintergedanken!«

»Okay!« Er wurde kuschlig, und ich grübelte, wie ich Sandra das beibringen sollte.

Aber wie sich herausstellte, hatte sie auch schon eine Begleitung gefunden. Sandras Munddusche mußte diesen Typen wirklich sehr beeindruckt haben.

Mein schwarzgelockter »Fußballstar« und ich landeten jedenfalls im Café. Ihm gegenüberzusitzen war eine harte Prüfung. Meine Augen hingen immer an seinen schön geschwungenen Lippen. Aber seine äußere Erscheinung war auch schon alles, oder er hatte zu oft den Ball an den Kopf bekommen. Jedenfalls waren die Gespräche nicht sehr geistreich. Er sprach eigentlich nur von sich, von Fußball und von Autos. Wie aufregend. Das einzige, was er über mich erfahren wollte, war, ob ich noch zu haben sei und ob ich auf ihn stände. Dann könnte man doch sicher etwas Nettes miteinander anfangen. Außerdem müsse er übermorgen zu einem Spiel in die Türkei und könnte mir dann eine schicke Lederhose mitbringen. Schwarz würde mir sicher gut stehen.

Dieser Typ wollte mich tatsächlich festnageln, ohne mich auch nur etwas zu kennen. Bei mir trat Phase vier ein: Loswerden! Ich wollte in mein Bett, allein. Damit er Ruhe gab, sagte ich, daß ich morgen schon verplant sei, daß wir uns aber nächstes Wochenende nach seinem Spiel gern wiedersehen könnten, in besagter Diskothek. Ohne Lederhose, versteht sich. Er schien nicht so ganz zufrieden damit, aber ich hatte erst mal meine Ruhe.

Er fuhr mich noch nach Hause und inszenierte eine dramatische Abschiedsszene. »Wie soll ich denn eine ganze Woche ohne dich überstehen? Du fehlst mir jetzt schon. Gib mir deine Telefonnummer, damit wir wenigstens jeden Tag telefonieren können.«

»Ich habe kein Telefon«, log ich und fragte mich, ob dieser Kerl noch bei Verstand sei. Er tat so, als hätten wir eine wilde Affäre und würden uns nacheinander verzehren. Dabei war ich von meiner kühlen, zurückhaltenden Art kein Stück abgewichen.

»O nein, auch das noch. Noch nicht einmal deine Stimme kann ich hören. Gib mir wenigstens einen Abschiedskuß, der mich über die nächste Woche rettet.« In Anbetracht seiner schönen Lippen und auch aus Neugier, tat ich ihm noch diesen Gefallen, bevor ich ihn schmachtend in seinem Auto allein ließ.

Im Bett überlegte ich mir, daß der Kuß gar nicht so übel gewesen war, und sollte ich es irgendwann mal nötig haben, würde ich vielleicht auch den Rest mit ihm ausprobieren. Ihn einmal pur zu sehen reizte mich schon, und wir müßten uns dabei ja nicht unterhalten. Ich mußte lachen, weil ich mich fragte, wie er dabei aussehen würde und ob er wohl »Tooooooooor!« brüllte, wenn er kam.

Am nächsten Tag hatte ich frei und schlief bis mittags. Ich rollte mich aus dem Bett. Meine Frisur hatte Ähnlichkeit mit der Freiheitsstatue. Und ich fragte mich bei meinem Anblick im Badezimmerspiegel, ob André jetzt wohl immer noch so wild auf mich wäre.

Da klingelte das Telefon. Ich bin ein Morgenmuffel, und so klang auch meine Stimme, als ich mich meldete. »Habe ich dich geweckt? Hier ist André.« Ich verdrehte die Augen und schwieg. »Da staunst du, was? Ein Glück, daß es die Auskunft gibt. Warum wolltest du mir deine Nummer nicht geben? Hast du mich nicht mehr lieb?«

Oh, genau das hatte ich jetzt gebraucht. Ein böses Funkeln kam in meine Augen. »Ich hatte dich noch nie lieb«, entgegnete ich ruppig. »Und meine Telefonnummer geb ich nur dem, dem ich sie geben will, und nicht jedem Dahergelaufenen, der sie haben will. Geht das in deinen preisgekrönten Mister-Fußball-Schädel?«

Erst war Ruhe am anderen Ende, und dann gab er trotzig zurück: »Ich bin kein Dahergelaufener, ich bin ein Fußballstar. Es gibt so viele Frauen, die würden sich um mich reißen.«

O Gott! »Na bestens, dann geh doch denen auf den Geist!« schrie ich in den Hörer und legte auf. Dieser Lackaffe!

Ich rief Sandra an und berichtete wütend vom trotzdem für mich erfolgreichen Ausgang unserer Wette.

»Jaja, reg dich ab«, sagte sie. »Immerhin gehören dir der Umschlag und der Sieg. Erzähl mir bitte morgen den Rest. Ich habe nicht ewig Zeit.« Es kicherte am anderen Ende. »Ich habe noch Besuch, weißt du!«

Am nächsten Tag nahm ich übrigens meinen Gewinn, kaufte mir eine schicke schwarze Lederhose und fühlte dabei eine berauschende Genugtuung.

André erkundigte sich noch in regelmäßigen Abständen, ob ich es mir inzwischen anders überlegt hätte. Hatte ich nicht. Ich kann mich doch nicht in einen Gewinner verlieben, wo es noch so viele hilflose Würstchen gibt, um die ich mich kümmern muß. Es ist verflixt!

Marianne Lechner
Göttergattendämmerung

Ich stand vor meiner Wohnungstür und kam nicht rein. Meine linke Hand umklammerte Reisetasche und Schirm, die rechte Beautycase und einen Blumenstrauß. Keine Chance, den Schlüssel aus dem Lederbeutel zu fischen, der vor meinem Bauch baumelte. Nur: Was blieb mir übrig, da ich schon mit einem zittrigen kleinen Finger auf die Klingel gedrückt hatte und sich drinnen nichts rührte? Ich lud das ganze Gepäck auf der Fußmatte ab, knickte dabei doch noch einer Rose den Kopf und durchwühlte meine Tasche. Es mußte schon etwas Außergewöhnliches sein, das Michael an einem Sonntagnachmittag um halb sechs aus dem Haus trieb, noch dazu bei strömendem Regen.

Die Tür war nicht abgesperrt, ein leichter Dreh mit dem Schlüssel, und sie sprang auf. Ich hievte mein Gepäck mit einem großen Schritt über die Schwelle, stolperte und fiel der Länge nach mit einem Aufschrei hin. Durch die Wohnzimmertür kam dumpf das Echo: »Hallo! Bist du's, Spatz?« Ich konnte mich gerade noch zurückhalten, vor Wut und Schmerz in den Teppich zu beißen. Im Halbdunkel des Flurs hatte ich ein Hindernis übersehen, aber ich wußte auch ohne Licht, was es war. Es müffelte. Und es müffelte entschieden stärker als am Freitag, als ich die Plastiktüte mit den Küchenabfällen neben der Wohnungstür abgestellt hatte, griffbereit, um sie mit zum Container zu nehmen. Das hupende Taxi hatte meine Absicht durchkreuzt, und ich hatte Michael zum Abschied nur noch schnell einen Kuß auf die Backe und die Mülltüte in die Hand drücken können.

Ich rappelte mich hoch, machte Licht, sammelte erst mal aufgequollene Teeblätter und Eierschalen vom Regenmantel und rieb mir Knie und Schienbeine. Im Wohnzimmer entdeckte ich Michael in seinem Lieblingssessel. Er jonglierte sein Notebook auf den Knien, hatte die Jogginghosenbeine aufgerollt und die nackten Füße in eine milchiggraue Flüssigkeit getaucht, die – zweiter Aufschrei in Gedanken – in der Spülschüssel schwappte. Ab und zu hob er den Kopf in Richtung Fernseher. Jetzt wußte ich zwar, warum er mir nicht aufgemacht hatte, der Anblick der in der Plastikschüssel badenden Füße besänftigte mich aber überhaupt nicht. Auch nicht das strahlende Blauaugenlächeln, das Michael mir jetzt schenkte, und das spitze Lockmündchen, das er mir entgegenreckte, um zu signalisieren: Wenn du einen Begrüßungskuß haben willst, mußt du ihn dir schon abholen, du siehst ja, ich nehme ein Fußbad ... Bei seinem »Guck mal, ich hab endlich das Skatprogramm zum Laufen gekriegt« war ich fast schon wieder aus der Tür. Ich zwang mich, sie nicht zuzuschlagen: Ganz ruhig, erst mal auspacken und das äußere Chaos beseitigen, dann geht's dir auch innerlich besser. Aber mein Magen knurrte: nicht gerade die ideale Voraussetzung für positives Denken.

Im Bad stand der Wäschekorbdeckel mindestens zehn Zentimeter weit offen, der Kerl hatte also nicht gewaschen! Im selben Moment seine flehende Stimme: »Schahatz! Bist du zufällig im Baaad? Hab mein Handtuch vergessen, kannst du mir eins bringen?« Natürlich, mein Liebling, abér nur, um dich damit zu erwürgen ... Ich überlegte, ob dieses Tuch dafür wohl geeignet wäre, und schleuderte es ihm dann doch nur wortlos entgegen. »Hey, hast du was? War wohl stressig, dein Managerkurs?« Ohne auf die Antwort zu warten, balancierte er einen weißen schrumpeligen Fuß aus der Bademilch und trocknete die gespreizten Zehen einen nach dem anderen sorgfältig ab. Wasser tropfte auf den Teppich. Die Blumen! Verdammt, die waren bestimmt vergammelt.

Sie lagen immer noch auf dem Teppich, neben der halb aufgerissenen Müffeltüte. Die hatte zwei Tage lang den Flur verpestet und konnte jetzt warten. Ich suchte nach einer Vase und fegte an Michael vorbei in die Küche. Klar, daß da noch meine Teetasse vom Freitag stand. Allerdings auch nicht viel mehr. Der Kühlschrank eine Eiswüste: Butter, ein angebrochenes Sahnetöpfchen, Senf, Essig. Mein Magen rebellierte: Er wartete schon seit Stunden heißhungrig auf Pasta.

Ich knallte die Blumenvase auf den Couchtisch. »Hatten wir Post?«

»Och, ich hab noch gar nicht danach geguckt.« Schuldbewußter Dackelblick.

»Was hast du eigentlich das ganze Wochenende gemacht?«
Erstaunter Dackelblick. »Wieso? Ich hab auf dem Computer die neuen Programme ausprobiert.« Strahlend: »Das Skatspiel ist genial ...«

»Und was hast du gegessen, du hast doch nichts eingekauft. NULL! Noch nicht mal Milch. Hast du überhaupt mal den Fuß vor die Tür gesetzt? Ich bin eben über den Müll gefallen, den DU wegtragen solltest!«

Schuldbewußter Dackelblick. »Gestern abend hab ich mir 'ne Pizza bestellt und heute morgen die restlichen Cornflakes weggeputzt, deswegen ist die Milch auch alle ...«

Egoist! »Die Idee, daß ich vielleicht Hunger haben könnte nach fünf Stunden Fahrt, ist dir wohl nicht gekommen? Aber ich brauche jetzt dringend etwas zwischen die Zähne, sonst passiert was.«

»In 'ner halben Stunde eß ich was mit, dann ist der Western zu Ende«, rief Michael mir hinterher.

Diesmal krachte wirklich eine Tür ins Schloß. Ich atmete tief durch und ging vor dem Küchenschrank in die Hocke. Viele Vorräte haben wir nie. Ich hatte deshalb kaum Hoffnung, außer den obligatorischen Pastapäckchen etwas Brauchbares zu finden. Etwas, das schnell ging, in meinem Magen ein warmes, wohliges Gefühl hinterließ und mich besänftigte. Auf den Gedanken, selbst einfach den Pizzaservice anzurufen, kam ich vor Wut überhaupt nicht.

Hinter Nudeln, Mehl, einer Dose Pfirsiche und einer serbischen Bohnensuppe (die Michael vor geraumer Zeit als absoluten Notvorrat eingekauft haben mußte) förderte ich schließlich ein Glas mit einem gelblichbraunen, ziemlich glitschig aussehenden Inhalt zutage. Igitt! Von Michaels Mutter eingemachte Pilze! Die waren doch mindestens fünf Jahre alt! Wahrscheinlich hatten sie sogar den letzten Umzug mitgemacht! Ich mochte den Glibberkram noch nie und wollte ihn schon in den Abfalleimer befördern. Weil da aber noch kein Müllbeutel drin war, zögerte ich einen Moment ... Michael würde sich über die Pilze hermachen wie ein Wolf. Das machte mich zwar noch nicht satt, aber es würde mir auf andere Art Genugtuung verschaffen. Ich war selbst erstaunt über diese fremden Gelüste, die da in mir aufstiegen und mit Macht nach oben drückten wie Champignons durch den Asphalt. Meine Laune besserte sich. Ich konnte mir ein Grinsen nicht verkneifen. Mein Göttergatte würde Mamas Pfifferlinge bekommen.

Ich servierte Michael die Nudeln also mit einer duftenden Pilz-Sahnesoße und begnügte mich selbst mit Knoblauch, Olivenöl und frisch gemahlenem Pfeffer. Er schaute genießerisch auf seinen Teller, begann sofort zu essen und meinte nur zwischen zweimal Kauen, daß die Pilze etwas streng schmeckten.

»Vielleicht hat sie deine Mutter vor dem Einmachen nicht erst abgekocht!«

Darauf sagte er nichts. Ich betrachtete ihn, wie er weiteraß: Leicht vorgebeugt, spießte er eine Nudel nach der anderen auf die Gabel. Zwischendurch wischte er sich mit der Serviette die Soße aus den Mundwinkeln. Er hatte schon einen kleinen Bauchansatz. Fünf Jahre waren wir jetzt verheiratet. Vielleicht hatte er jedes Jahr ein Kilo zugelegt, wenn das so weiterging, wären das zur Silberhochzeit schon fünfundzwanzig. Ich legte meine Gabel hin. Ich hatte genug.

»Ist dir nichts aufgefallen?« fragte ich.

Er schaute mich an. »Warst du beim Frisör?«

»Denk doch mal nach: Ich war Samstag und Sonntag auf Fortbildung...«

Schweigen. Dann: »Du hast ziemlich Terz gemacht, als du heimkamst, gab's Ärger?«

»Auf dem Seminar nicht. Ich hab sogar Blumen gekriegt. Kannst du dir nicht denken, wofür?«

Wieder Schweigen, dann mit ungläubigem Gesichtsausdruck: »Bist du schwanger?«

O Gott! Fällt DIR noch ein Grund ein, warum ich diesen Mann geheiratet habe? »Ich glaube nicht, daß sich das Wunder

der unbefleckten Empfängnis noch mal wiederholt. Außerdem würdest du es doch zuerst wissen wollen, oder?«

Statt gegen die Spitze zu protestieren, nickte er nur. Er war viel blasser als vorher, richtig käsig im Gesicht.

»Ich habe das Seminar als Beste abgeschlossen, und dann gibt's für Frauen halt Blumen. Scheint so, als ob das für euch Männer immer noch etwas Besonderes ist.

»Toll«, flüsterte Michael. Auch er hatte jetzt aufgehört zu essen und schaute mich irgendwie unsicher an. Hinter seiner Stirn arbeitete es.

»Für mich war das Wochenende ein Riesenerfolg.« Ich versuchte, sachlich zu bleiben. »Bei der nächsten Beförderung bin ich dabei. Das hat mir der Obermaier sogar in die Hand versprochen. Und ich habe auch schon jede Menge Ideen, was sich in meiner Abteilung dann ändert. Und nicht nur da. Ab und zu braucht man das Gefühl, daß im Leben was passiert, daß was Neues kommt. Das tut einfach gut, findest du nicht?«

»Ich glaube, ich weiß, was du meinst«, hauchte Michael. Während meiner kurzen Tischrede hatte er mich mit immer weiter aufgerissenen Augen angestarrt, irgendwie kam er mir kleiner vor als sonst, und sein Gesicht hatte einen Grünstich. »Ich hätte mich wirklich mehr um den Haushalt kümmern sollen«, würgte er hervor. Dann sackte er vom Stuhl.

Ruth W. Lingenfelser

Ein ganz besonderes Superweib

»Eines ist klar, alt werde ich hier nicht, jedenfalls nicht älter, als ich ohnehin schon bin«, brummt Wilma Wurzig in ihren Damenbart und schmeißt mit Temperament ihr Gebiß in das Wasserglas auf dem Nachttisch. »Wie konnte ich mich nur darauf einlassen, hierher abgeschoben zu werden?! Aber wartet nur ab, euch werde ich die Zähne schon noch zeigen!«

Euch, das sind Wilmas ehrgeiziger Sohn Arnold nebst dessen resoluter Frau Dorothee, die sie seinerzeit, weil's doch gar so praktisch war, ins neue Haus mit einquartierten, im Souterrain rechts von der Waschküche und gleich neben dem Partykeller, der sich dank Wilmas großzügiger Unterstützung wirklich sehen lassen konnte. Zugunsten einer Garage mit Hebebühne wurde dieser Raum aber leider nicht schallisoliert, was ihr fast jedes Wochenende vergällte. Nicht, weil Wilma geräuschempfindlich wäre oder kein Verständnis für feucht-fröhliche Nächte hätte, nein, neidisch war sie, weil nicht erwünscht und zugelassen. Ins Bett wurde sie geschickt wie ein bestraftes Kind, und nebenan – da tobte das Leben.

Dabei hatten sie ihr den Himmel auf Erden versprochen und lebenslanges Wohnrecht. Dankbar macht Oma da doch gern ein paar Scheinchen locker, oder? Wo man ja sowieso bescheidener wird im Alter.

»In welchem Alter? In meinem Alter? Was sind heutzutage schon siebenundsiebzig Jahre? Nix, sag ich, nix für mich.« Wilma legt sich beleidigt in ihr blütenweiß bezogenes Bett, das irgendwie antiseptisch riecht, und der Gummischutz unter dem gestärkten Leintuch legt sich unbequem in Falten. »Ich bin noch dicht, und zwar in jeder Hinsicht«, mault Wilma in ihre Kissen, leise natürlich, denn ihre neuen Nachbarn und schlafenden Mitbewohnerinnen können ja nun wirklich nichts dafür, daß man sich ihrer so unfein entledigt hat. »Wie dicht ich bin, werde ich euch schon beweisen.« Noch lange liegt Wilma wach, wach, wie sie ist und immer schon war, und hofft auf den nächsten Tag, der ein guter Tag werden sollte, ein ganz guter.

»Hallo, Mädels! Was ist los, wollt ihr diesen herrlichen Morgen verpennen?« Verdutzt schauen zwei greise Gesichter aus der Bettwäsche, als Wilma Wurzig in voller Montur, das silbergraue Haar auf bunte Papillotten gedreht, am offenen Fenster ihre gewohnten täglichen Dehnübungen macht. »Get down, get down«, tönt es launig aus einem Recorder, und Wilma wirft mit Schwung ihre Arme in die Luft. Daß ihre Zimmergenossinnen schauen, als wären sie geradewegs im Irrenhaus aufgewacht, stört sie nicht weiter. »Gymnastik hält jung, Mädels, schon mal was davon gehört?«
Wilma hat zu ihrem gewohnten Optimismus zurückgefunden. Vergessen sind die trüben Gedanken vom Vorabend, vergessen die lieben Verwandten, die ihr den Abschied gegeben haben – maßlos herzlos und mit falschen Tränen, nur das eigene Interesse im Auge.

Nach ihrer Morgentoilette, bei der Wilma Wurzig auch nicht vergißt, sich wie gewohnt die Wimpern zu tuschen und einen Hauch Chanel Nr. 5 um ihre imposante Leibesfülle zu versprühen, begibt sie sich, in ihr Frühlingskostüm gewandet, auf die Suche nach dem Speisesaal. Übergroße Pfeile weisen ihr immer wieder den Weg, altersgerecht idiotensicher sozusagen, und ganz schnell wird sie auch fündig. Alle Augen richten sich auf sie, besonders die der Heimleiterin, die mit strengem Blick über die morgendliche Ordnung wacht. Wilma läßt sich nicht beirren und steuert festen Schrittes auf einen Tisch zu, besser gesagt, genau auf den Tisch, an dem Frederik Funke sitzt. Schon bei ihrer gestrigen Ankunft fiel ihr dieser in der Eingangshalle des Altersheimes auf, als er interessiert ihr Erscheinen registrierte. Zwar ist er auch nicht mehr der Jüngste, aber bei weitem der feschste Senior am Platze, das bestätigt sich Wilmas prüfendem Blick, als sie die anderen Herren der Schöpfung überschaut.

»Ist hier noch frei?« strahlt sie Frederik Funke an, und dieser, ganz Kavalier der alten Schule, steht stramm, selbst da, wo er es nicht mehr erwartet hätte. »Eine tolle Frau, eine wirkliche Dame, ein Superweib«, denkt er so offensichtlich, daß Wilma doch tatsächlich ein wenig rot wird. Nachdem auch sie sich mit Namen bekannt gemacht und von ihrer kurzen Verlegenheit erholt hat, nimmt Wilma Platz und verputzt ungeniert, was der Frühstückstisch hergibt. Ganz nebenbei flirtet sie mit Frederik, der sein Glück kaum fassen kann.

Wie selbstverständlich nehmen die beiden von Stund an ihr Frühstück gemeinsam ein, wenn auch nach getrennten Nächten, und ob sie sich beim Schachspiel oder beim nachmittäglichen Kaffee treffen, ob in der Leseecke oder beim allabendlichen Rundgang durch den hauseigenen Park, die beiden hängen aneinander wie Hänsel und Gretel, und irgendwann gesteht Wilma ihrem Begleiter keck: »Ich fühle mich lebkuchenverhext.« Wilma erfährt, daß Frederik wie sie schon lange verwitwet ist und ebenfalls von lieben Verwandten bei passender Gelegenheit elegant abserviert wurde.

Bald ist Wilma nicht nur bis über beide Ohren verliebt, sie hört auch sehr auf ihre innere Stimme, die ihr sagt: Lebe, altes Mädchen, aus ganzem Herzen und solange dieses noch schlägt.

Und Wilma lebt wieder auf, erlaubt sich ab und zu kleine mutige Schnitzer, denen Frederik bunte Schnörkel hinzufügt. Nach anfänglichem Getuschel und Kopfschütteln der Heimbewohner und des Personals achtet keiner mehr auf das »jungverliebte« Pärchen, das den Alltag und viele kleine Verrücktheiten glücklich miteinander teilt.

An einem herrlichen Sommertag sitzen die beiden in einem italienischen Eiscafé und löffeln genüßlich einen Früchtebecher, als Wilma das Wort ergreift: »Weißt du, Freddy, mich beschäftigt schon eine ganze Weile etwas. Ich habe mir nämlich Gedanken gemacht, was mit meinen Ersparnissen, die durch den stattlichen Zuschuß für das Haus meines Sohnes und seiner reizenden Dorothee zwar ziemlich geschrumpft, aber noch längst nicht versickert sind, geschehen soll. Denn eines ist klar, die lieben Kinder sehen von mir keinen Pfennig mehr. Mich einfach abzuschieben – nein, das war entschieden zu viel.« Wilma lehnt sich entschlossen zurück: »Weil ich aber dem Schicksal trotzdem dankbar bin, in dem Altersheim gelandet zu sein, immerhin habe ich ja dich hier gefunden, möchte ich genau dieses bedenken und der Heimleitung mein gesamtes Guthaben stiften.« Frederik hört staunend und interessiert zu, verschluckt sich aber fast an einer Amarenakirsche, als Wilma fortfährt: »Allerdings werde ich an diese Überschreibung eine Bedingung knüpfen: Der Rubel rollt nur, wenn das Heim bereit ist, von einem Teil des Geldes einen Partykeller zu errichten, viel größer und imposanter als der, der mir im Hause meines Sohnes verschlossen blieb! Eine richtige Seniorendisco soll es werden, und ich will nicht Wilma Wurzig heißen, wenn wir nicht noch mal Leben in diese alten Trantüten hier bringen. Ich freue mich jetzt schon darauf, endlich wieder flott das Tanzbein zu schwingen. Noch heute werde ich alles Notwendige in die Wege leiten.«

»Meine lieben Verwandten lassen sich in letzter Zeit auffallend selten bei mir blicken«, stellt Wilma Wurzig Monate später schmunzelnd fest, als sie sich mit Frederik in dem von allen mit »Hurra« angenommenen Partykeller zur »Oldie, but Goldie«-Party trifft.
»Mir geht es zum Glück nicht anders«, lacht Frederik, tanzt schwungvoll mit Wilma quer durch den Raum und denkt: »Ich liebe dich, du Superweib.«

Wiebke Lorenz

Detektei Varney Kessler – Operationen bei Nacht und Nebel

Meine dreiundfünfzigste Zigarette in dieser Nacht war bis auf den Filter abgebrannt und paffte nun kleine, stechende Wölkchen in die kühle Büroluft. Mit einem lässigen Schnippen beförderte ich sie in das halbvolle Whiskeyglas zu meiner Linken und griff mit der rechten Hand gleichzeitig nach einer neuen Kippe. Nummer vierundfünfzig, es war eine lange Nacht. Der ausgeleierte Deckenventilator gab ein leises Quietschen von sich, das Licht der Straßenlaternen fiel durch die heruntergelassenen Jalousien und tauchte meinen Schreibtisch in ein diffuses Streifenmuster. Draußen lag die Stadt in Todesstille, nur hin und wieder hörte man eine Katze zwischen den Mülltonnen umherstreifen oder einen Straßenköter kläffen. Sie waren einsam, diese Nächte, und trotzdem genoß ich diese Ruhe, diese Stunden, in denen die Zeit mir ganz allein gehörte. Zwischen Dämmerung und Morgengrauen zeigte die Welt ihr wahres, ihr ungeschminktes Gesicht. Es war die Zeit, in der Versicherungsvertreter zu stürmischen Liebhabern, Hausfrauen zu Dichterinnen wurden. Solange ich denken konnte, hatte ich zu keiner anderen Tageszeit so viel Intensität der Gedanken und Gefühle, so viel Lebensgeist in mir gespürt. Ich war ein Vampir der Neunziger, ein Geschöpf der Nacht, eine Anbeterin des Mondes.

Meine Freunde – nein, Bekannten – nannten mich deshalb Varney nach dem ersten großen Vampir, den die Literaturgeschichte kennt. Sie hielten sich daher für besonders einfallsreich, und mit der Zeit übernahm ich tatsächlich diesen lächerlichen Spitznamen. Vielleicht fand ich in Wirklichkeit sogar Gefallen daran, fühlte mich geschmeichelt, ich weiß es nicht. »Detektei

Varney Kessler« hatte ich mir irgendwann in großen Lettern auf die milchige Glasscheibe meiner Bürotür schreiben lassen. »Operationen bei Nacht und Nebel« stand in kleineren Buchstaben darunter. Nicht, daß ich seitdem besonders viel Zuwachs an Kundschaft zu verzeichnen hatte – offen gestanden war sogar eher das Gegenteil der Fall –, aber immerhin hatte ich es geschafft, mich so von den anderen Detekteien der Stadt abzuheben.

Als ich in dieser Nacht in meinem Büro saß und meine vierundfünfzigste Zigarette rauchte, hatte ich gerade einen besonders schweren Fall gelöst und verfiel in meine übliche Depression. Das war immer so. Plötzlich fühlte ich mich jeglicher Aufgabe enthoben, alle Rätsel waren gelöst, die Akte wurde geschlossen und in den obersten Korb mit der Aufschrift »erledigt« gelegt. Ein paar Tage später hängte ich sie dann ordentlich zu den anderen Akten in den dafür vorgesehenen Metallschrank, schob die schwere Schublade zu, brachte das Sicherheitsschloß an und goß mir einen großen Schluck Whiskey ein. So saß ich dann in meinem Büro, stundenlang, nächtelang, und wartete, daß etwas geschah.

»Beaaate! Hallo, aufwachen!« Verwirrt hob ich den Kopf und blickte in das Gesicht meiner Freundin und leider auch Vorgesetzten Anja. »Sag mal, spinnst du eigentlich? Wir haben seit einer halben Stunde Publikumsverkehr, und du sitzt hier rum und träumst vor dich hin!«

Mit einem Schlag war ich nicht mehr in meinem dunklen, kühlen Detektivbüro, sondern im Bezirksamt Eimsbüttel, Einwohnermeldeamt, Buchstabe S bis Z. Die Wirklichkeit hatte mich wieder eingeholt, ich war nichts weiter als eine kleine, brave Sachbearbeiterin. Beate Kessler, Personalnummer 35 668, verheiratet mit Robert Kessler seit 1993, bisher kinderlos. Ich seufzte tief.

»Ist ja schon gut«, beruhigte ich Anja und drückte auf den grünen Knopf an der linken Seite meines Schreibtisches. »Bling«, hörte ich den metallischen Gong draußen im Flur erklingen, und Bürger Nummer 12 trat in mein Büro.

»Weißt du«, sagte Anja, bevor sie durch die Verbindungstür in ihr Zimmer verschwand, »das Leben ist kein Film!«

Ich schätzte den jungen Mann, der mein Büro betrat, auf Mitte Dreißig. Er war groß, mit Sicherheit fast 1,90 Meter, hatte dunkle Locken und unsichere, unstete Augen.

»Was kann ich für Sie tun?« fragte ich ihn mit professioneller Langeweile in der Stimme. Der junge Mann zögerte.

»Sie sind ja eine Frau«, stellte er leicht enttäuscht fest.

»Hervorragend kombiniert«, erwiderte ich sarkastisch.

»Aber ich dachte, Varney …«

»Mein Künstlername. Aber wenn Ihnen eine Detektivin nicht recht ist …«

»Nein, nein«, beeilte er sich zu versichern, »vielleicht ist eine Frau in dieser Angelegenheit sogar besser, von wegen Feingefühl, Diskretion und so.«

»Wenn Sie mir dann noch verraten wollen, worum es sich handelt«, meinte ich leicht ungeduldig.

»Es geht um meine Frau«, platzte er nun ohne große Umschweife heraus. »Sie betrügt mich.«

»So, so«, erwiderte ich lahm. »Wenn Sie das schon wissen, wozu brauchen Sie dann mich?«

»Ich habe keine Beweise.« Jetzt schloß er endlich die Tür hinter sich, steuerte zielstrebig auf den Stuhl vor meinem Schreibtisch zu und setzte sich. »Und ich brauche Beweise.«

»An was hatten Sie denn gedacht? Fotos, Tonbandaufnahmen, Videofilme?«

Mein Gegenüber überlegte einen Augenblick. »Fotos reichen, denke ich.« Dann begann er, an seiner Jackentasche herumzunesteln, und zog schließlich ein verknittertes, unscharfes Bild heraus.

»Das hier ist sie. Meine Adresse habe ich auf der Rückseite notiert. Meine Frau denkt, ich wäre für eine Woche auf Geschäftsreise, so daß sie das Haus für sich allein hat. Ich bin mir sicher, daß sie die Zeit nutzen wird, unser Heim in ihr Liebesnest umzuwandeln.« Ich konnte eine tiefe Verbitterung in seiner Stimme hören, doch mitleidige Worte waren hier nicht ange-

bracht, dafür war ich zu sehr Profi. Ich warf einen flüchtigen Blick auf das Bild, drehte es um und studierte die Adresse.

»Ein schwieriger Fall«, sagte ich mehr zu mir selbst als zu meinem Klienten, »aber ich werde ihn übernehmen.« Erleichtert atmete der junge Mann auf.

»Wie hoch ist Ihr Honorar?« Gut, ein Mann, der gleich zur Sache kam, wenn es um die Bezahlung ging, so etwas schätzte ich.

»Fünfhundert Mark, Cash, in kleinen Scheinen.«

»Fünfhundert Mark?!?« Der junge Mann starrte mich fassungslos an. »Fünfhundert«, wiederholte er dann noch einmal, »für einen simplen Reisepaß?«

Das Bezirksamt hatte mich wieder. Von nebenan steckte Anja ihren Kopf durch die Tür und musterte mich mit vorwurfsvollen Blicken.

»Beate!« zischte sie durch geschlossene Zähne, »reiß dich zusammen!« Dann verschwand sie wieder und ließ mich mit dem entsetzten Bürger allein.

»Reisepaß?« fragte ich ihn unsicher.

Er nickte.

»Das kostet fünfzig Mark, verzeihen Sie bitte. Ich gebe Ihnen einen Zahlschein, mit dem gehen Sie zur Kasse und entrichten die fünfzig Mark. In ungefähr sechs Wochen können Sie Ihren Paß dann abholen.« Mit zittrigen Händen riß ich einen Zahlschein vom Block, kritzelte den Namen des Bürgers darauf und überreichte dem jungen Mann den Zettel. Der erhob sich ohne Umschweife und verließ das Büro. Anja hatte recht, das Leben war kein Film, eher eine schlechte Komödie.

In der nächsten Nacht machte ich mich auf den Weg zu der angegebenen Adresse. Ich mußte bis ans andere Ende der Stadt, in eine noble Villengegend. Als ich lautlos die regennasse Straße entlangglitt und der Lichtkegel der Scheinwerfer die teuren Häuser links und rechts von mir streifte, überlegte ich, ob ich mit fünfhundert Mark Honorar nicht doch etwas zu wenig verlangt hatte. Der Wohngegend nach zu urteilen, stammte der Mann aus gutem Hause, vermutlich hatte er über meine Honorarforderung gelacht. Aber meine Berufsehre verbot mir, im nachhinein noch mehr zu verlangen. Ich würde den Auftrag ordnungsgemäß erledigen.

Das Haus lag in tiefer Dunkelheit, als ich es gegen Mitternacht erreichte. Kurz überprüfte ich die Adresse, sie stimmte mit der auf der Rückseite des Fotos überein. Ich parkte meinen Wagen einige Meter entfernt und schlich auf leisen Sohlen durch den Garten zur Hintertür. Sie war noch nicht einmal richtig verschlossen, offensichtlich rechnete hier niemand mit Einbrechern, und auch im Innern des Hauses wies nichts auf eine Alarmanlage hin.

Mein treffsicherer Instinkt führte mich direkt ins Obergeschoß. Die Schlafzimmer lagen immer im Obergeschoß, nur selten im Keller. Aber hier, da war ich mir absolut sicher, würde ich im oberen Stockwerk fündig werden. Ich zog den Kragen meines Trenchcoats ein wenig höher, im Zweifelsfall wollte ich nicht erkannt werden. Mit meiner rechten Hand umklammerte ich die Kamera mit dem besonders lichtempfindlichen Film, einen Blitz würde ich nur im Notfall gebrauchen müssen. Als ich den obersten Treppenabsatz erreicht hatte, hörte ich bereits verräterische Geräusche an mein Ohr dringen: Ich würde die beiden tasächlich in flagranti erwischen.

Meine Spezial-Kreppsohlen verursachten kein Geräusch, als ich den langen Gang entlanghuschte. Durch die untere Ritze der letzten Tür auf der rechten Seite konnte ich einen schwachen Lichtschein ausmachen, das mußte das Schlafzimmer sein. Ich blieb direkt davor stehen und lauschte einige Sekunden. »O ja, Liebling!« vernahm ich das eindeutige Liebesgeflüster. Meine Nerven waren zum Zerreißen gespannt, als ich die Kamera in Position brachte und mit einem Ruck die Tür aufriß.

»Beate!« Vor mir auf dem Bett kniete Robert in zerwühlten Kissen, seine Hände in die Brüste einer Blondine gekrallt. Mit einem Aufschrei machte sich die Frau von ihm los, griff nach einem Kissen und versuchte, damit ihre Blöße zu bedecken. Ich starrte die beiden einfach nur an, zu mehr war ich nicht fähig.

»Was, was machst du denn schon hier?« stotterte Robert. »Du mußt doch noch im Amt sein.«

»Anja hat mich nach Hause geschickt«, erklärte ich unnötigerweise, »ich war heute irgendwie nicht so ganz bei der Sache.« Mein Blick schweifte durch das kleine Zimmer, wanderte über die schäbige Tapete zurück zu den beiden Ehebrechern. Ich war tatsächlich zu Hause, in unserer kleinen, miefigen Drei-Zimmer-Wohnung. Und vor mir, das war tatsächlich mein Robert, mein treusorgender Ehemann, der mich gerade mit irgendeiner Blondine betrog, deren Name ich noch nicht einmal kannte.

»Bitte«, setzte Robert an, »ich, ich ...«

»Sag jetzt bitte nicht ›Ich kann dir das erklären‹«, unterbrach ich ihn mit einer mir ungewohnten Schärfe in der Stimme. Robert schwieg verlegen. »Wir sind hier nicht im Film!«

Ohne ein weiteres Wort ließ ich die beiden zurück. Im Wohnzimmer machte ich kurz halt, öffnete die Glastür des Barschranks und suchte nach einer Whiskeyflasche. Keine da, aber ein Pernod tat es auch.

Mein Auftraggeber war äußerst zufrieden mit mir, als ich ihm bereits am nächsten Tag die Fotos übergab.

»Wirklich gute Arbeit«, lobte er mich. »Ich muß zugeben – von einer Frau hätte ich das nicht erwartet. Aber Sie haben mich überzeugt, daß Frauen die besseren Detektive sind.« Er reichte mir ein Bündel Banknoten. Schon ein kurzer Blick sagte mir, daß es sich um mehr als die vereinbarten fünfhundert Mark handelte.

»Ich habe mir erlaubt, Ihr Honorar zu verdoppeln«, erklärte er auf meinen verwunderten Blick hin. »Und ich würde Sie gern, wenn Sie für heute keine anderweitigen Verpflichtungen haben, zum Essen einladen.« Seine dunkelgrünen Augen sahen mich durchdringend an.

Mit einem »Aber gern« nahm ich seine Einladung an. »Ich habe überhaupt keine anderweitigen Verpflichtungen mehr.«

Meine Kündigung beim Bezirksamt war nur noch reine Formsache. In den letzten Jahren hatte ich so viel Urlaub und Überstunden angespart, daß man mich von heute auf morgen aus meinem Vertrag entlassen mußte. Anja war nicht da, als ich meine Sachen zusammenräumte, doch ich legte ihr einen Zettel mit der Nummer hin, unter der sie mich ab nächster Woche erreichen konnte.

Kaum war der Anschluß freigeschaltet, klingelte auch schon das Telefon.

»Sag mal, spinnst du jetzt total?« Wie zu erwarten, war es Anja. Ohne Luft zu holen, redete sie auf mich ein: Was mir denn einfalle, ob ich den Verstand verloren hätte und so weiter und so fort. Ich hörte gar nicht richtig hin, sondern betrachtete lächelnd mein neues Büro: ein großer Schreibtisch, ein alter Deckenventilator und an den Fenstern Jalousien. Durch die milchige Glasscheibe in meiner Bürotür konnte ich die spiegelverkehrte Schrift lesen: »Detektei Varney Kessler – Operationen bei Nacht und Nebel – Spezialgebiet: Ehebruch.«

»Du«, unterbrach ich Anja schließlich in ihrem Redefluß, zündete mir eine Zigarette an und goß mir ein großes Glas Whiskey ein, »das Leben ist eben doch ein Film.«

Christiane Maria Mühlfeld
und Jutta Siekmann

Der Rechenfehler

Friederike Wassermann trat nervös von einem Fuß auf den anderen. Wo steckte Richard denn nur? Sie hier unter all dem Münchner Schicki-Micki-Party-Volk allein stehenzulassen! Frustriert schaufelte sie sich am Büfett den Teller voll und setzte sich an den einzigen freien Tisch. Sie hatte sich gerade eine Gabel fettigen Kartoffelsalat in den Mund geschoben, als sich ein rotnasiger Typ direkt auf den Stuhl neben ihr fallen ließ. Dreistjovialen Blicks wandte er ihr sein vollbärtiges Gesicht zu. Na, der hatte ihr gerade noch gefehlt. Der Kerl nahm wohl an, sie sei eine Mieze auf der Suche nach Gesellschaft, jedenfalls warf er Katerblicke auf ihre Rundungen. Fehlt nur noch, daß er mit dem Schwanz wedelt, dachte Friederike. Mit der den Männern eigenen Unverfrorenheit rückte er noch näher. »Bist am End' ganz alloa do? Hast vielleicht gar koan Mo net.« Gütiger Gott! Wo war Richard, wenn man ihn brauchte? Friederike rollte entnervt mit den Augen. »Was bist 'n glei so arrogant. Da brauchst di fei gar net wundern, daß 'd koan abkriegt hast. Un i hätt fei scho allerhand zu bieten, verstehst mi scho.« Er grinste feist über seinem Weißbierglas. Im Hintergrund grölte Tic Tac Toe »Verpiß dich«. Friederikes Stichwort. Sie schob ihren Stuhl zurück, ließ Kartoffelsalat samt Bajuwaren stehen und flüchtete aufs Klo.

Schreckliches Rot, stellte Friederike fest, als sie in den Spiegel blickte und sich die Lippen nachzog. Aber ansonsten: nicht schlecht. Sie schüttelte den dunklen Schopf zurecht. Na also, es ging doch schon wieder. Hinter ihr rauschte die Klospülung. Kleidungsstücke raschelten.

»Scheiße«, fluchte eine Frauenstimme. Die Tür flog auf, und eine zierliche Blondine auf hohen Absätzen stöckelte heraus. In ihrer teuren Strumpfhose prangte eine dicke Laufmasche. »So was passiert mir immer«, stöhnte sie. »Hast du vielleicht 'ne neue dabei?« Sie klimperte hilflos mit ihren langen Wimpern.

»Nee, leider nicht«, sagte Friederike.

»Heute geht aber auch alles schief.« Die andere öffnete die Handtasche und kramte eine Pillenpackung hervor. »Valium«, sagte sie lakonisch. Friederike sah sie verblüfft an. »Ich hab vor zwei Wochen meinen Job verloren«, gestand die Blonde.

»Na, wenn das so ist, dann gib mir gleich zwei. Ich bin meinen schon seit drei Monaten los«, entgegnete Friederike trocken.

»Willkommen im Club, Schwester.« Judith Stöckl grinste.

Inzwischen war es zwei Uhr nachts, vom Kartoffelsalat war nur noch die Fettsoße übrig, der bajuwarische Frauenkenner hielt eine stramme Maid im Arm, Richard hatte sich schon vor zwei Stunden verabschiedet. Judith und Friederike waren inzwischen bei ihrem dritten Mai-Thai, hatten ihre Männergeschichten durchgehechelt, die neuesten Diäten ausgetauscht und sich über den Erfolgsroman *Das Tupperweib* schlapp gelacht.

Jetzt saß Friederike mit weit aufgerissenen Augen da. »Nein, das gibt's doch nicht«, sie nahm einen kräftigen Schluck von ihrem Mai-Thai. »Der Dreckskerl hat dir zur gleichen Zeit denselben Job angeboten wie mir?«

Judith nickte heftig mit dem Kopf. »Ja«, bestätigte sie, »er hat gesagt, wenn wir in Hamburg ein Büro eröffnen, dann könnten wir Heidi Kabel gleich dort inverviewen. Und ich soll dann das Büro leiten.«

Friederike holte tief Luft: »Also, mal langsam. Du hast dich bei Hein Schlüter als freie Journalistin beworben genau wie ich. Dann hat er dir angeboten, mit dir gemeinsam eine Zweigstelle in Hamburg zu eröffnen. Richtig?«

»Ja, genauso war's.« Judith wurde etwas ruhiger.

»Und nicht nur bei dir«, Friederike redete sich in Rage. »Bei mir war's genauso, nur mit dem Unterschied, daß ich schon in Hamburg nach geeigneten Räumen gesucht habe. Der Schlüter müßte nur noch den Mietvertrag unterzeichnen. Das wollte er nächste Woche bei einem netten Abendessen tun. Ha, ha ha, daß ich nicht lache, der wollte mich wohl als Schreibunterlage benutzen.«

Judith zupfte betreten an der Deko-Kirsche ihres Cocktails. »Ich war schon zweimal mit Hein essen.«

Friederike verschluckte sich fast: »Ihr seid per du?«

»Ja«, Judith sah sie kläglich an, »er wollte mich ja auch fotografieren ... Wer soll die Agentur in Hamburg denn jetzt eigentlich übernehmen? Du oder ich?«

Friederike zog die rechte Augenbraue hoch. »Keine von uns beiden, du Schäfchen. Der wollte uns mit der Sache doch nur ködern, damit wir ihm hie und do a bisserl zur Hand gengan, verstehst mi fei scho?«

»Du meinst, die Sache mit dem Büro ist damit geplatzt?«

»*Die* Sache schon«, Friederike lächelte süffisant, »aber ich glaube, es wird Zeit, daß Herr Schlüter Mandy kennenlernt ...«

Die Uhr vom Rathaus gegenüber zeigte auf halb sechs. Friederike und Judith saßen im hintersten Winkel des *Glockenspiels*. Vor ihnen stand eine Portion Salade Nicoise, die sie sich schwesterlich teilten. Ein Chateaubriand würde ihr derzeitiges Budget überschreiten. Judith blickte zur Tür und ließ die Gabel fallen. Eine rothaarige Göttin rauschte herein und sah sich suchend um. Judith stupste Friederike in die Seite: »Guck mal, die da – wer die wohl bestellt hat?« Doch da hatte Friederike schon die Hand erhoben und winkte der Hünin zu. »Du *kennst* die?«

»Das ist Mandy«, sagte Friederike lässig.

»Und du bist wirklich Buchhalterin?« Judith sah Mandy, die genüßlich eine Lammkeule zerlegte, immer noch mit großen Augen an.

»Nicht nur das, ich habe auch Philosophie studiert.« Mandy leckte sich einen Rest Soße vom Finger. Judith schluckte.

»Ich habe dir unseren Plan ja schon in groben Zügen am Telefon erklärt«, schaltete Friederike sich ein. »Jetzt zu den Details: Der Name des Herrn, um den es geht, ist Hein Schlüter, seine

Firma heißt *Hein & Kain*. Besagter Herr sucht zur Zeit dringend eine Buchhalterin. Und damit kommst du ins Spiel.«

Mandy sah Friederike entschlossen an: »Wie lauten die Regeln?«

»Du stellst dich bei dem Kerl vor, und so wie ich ihn einschätze, hast du den Job schon in der Tasche. Und dann geht's ans Eingemachte. Ich bin mir sicher, daß bei dem irgendwas faul ist. Und wenn es eine gibt, die ihm dahinterkommt, dann bist du das.« Gespannt sahen Friederike und Judith Mandy an.

Das Prachtweib lächelte reizend mit zwei Grübchen und hielt Friederike die ausgestreckte Hand hin. »Schlag ein, Schwester!«

Das Telefon klingelte aufdringlich. Friederike drehte eilig den Wasserhahn zu, hangelte vergeblich nach einem Badetuch und rannte schließlich splitterfasernackt über den Flur. »Friederike Wassermann«, keuchte sie in den Hörer.

»Hier ist Mandy Malzahn«, klang es durch die Leitung. »Köder ausgeworfen, Job an der Angel, Hering zappelt schon im Netz.«

Mandy schlich auf Zehenspitzen zur Tür und sah auf den Flur. Gott sei Dank, kein Kollege mehr zu sehen. Die saßen jetzt beim Italiener um die Ecke und kämpften mit ihren Spaghettis. Im Nebenzimmer unterhielt sich Hein Schlüter angeregt mit einer attraktiven Neu-Bewerberin.

»... und Sie hätten wirklich Lust, in Hamburg zu arbeiten«, seine Stimme klang honigsüß.

Mandy schüttelte den Kopf. Na gut, der war wenigsten versorgt und würde sie nicht stören. Der richtige Augenblick war gekommen. Schlüter hatte wie gewohnt sein Jackett an die Garderobe in Mandys Zimmer gehängt, aber heute hatte er endlich vergessen, seinen Schlüsselbund herauszunehmen. Und an dem hing auch der Schlüssel zum Tresorschrank, dessen Inhalt allein Schlüter kannte. Aber nicht mehr lange, dachte Mandy, als sie hastig das aufschlußreiche Metallstück vom Ring löste. Sie schnappte sich ihre Handtasche und verschwand eilig aus dem

Büro, die Straße hinunter. Gott sei Dank, Mister Minit hatte noch geöffnet.

»Fräulein, würd ik Sie gerne hälfen, aber darf ik Schlüssel nik nackmachen, ist verbotten.« Mister Minit machte Schwierigkeiten.

Idiot, dachte Mandy und lächelte engelhaft. »Bitte, bitte, Mister Minit, Sie sind der einzige Mann, der mich retten kann«, flehte sie. »Wissen Sie, wenn mein Chef erfährt, daß ich den zweiten Schlüssel nicht mehr habe, dann schmeißt er mich raus. Und wo soll ich denn dann hin, wo es heute doch so schwer ist, eine gute Arbeit zu finden. Bitte, helfen Sie mir – es erfährt doch keiner davon.«

Angesichts solcher Verzweiflung konnte Mister Minit eine gewisse Rührung nicht verbergen. Mandys bebendes Dekolleté ließ seinen restlichen Widerstand endgültig dahinschmelzen. »Wenn ik Sie helfe, vielleikt ik verliere meine Job, aber ist egal, werd ik eben Fahrer bei Harald Schmidt.« Mister Minit machte seinem Namen alle Ehre, und innerhalb weniger Minuten hielt Mandy das Duplikat in der Hand.

Endlich Feierabend. Mandy war allein. Nur die Schreibtischlampe neben dem Computer brannte noch. Schnell inspizierte sie die übrigen Büros, um sich zu vergewissern, daß kein Kollege ausgerechnet heute abend Überstunden schob. Glück gehabt, keiner mehr da.

»Habt Dank, ihr Dietriche, ihr seid der Trost der Welt. Durch euch erlang ich ihn – den großen Dietrich: Geld«, murmelte Mandy Goethe rezitierend vor sich hin, als sie den Schlüssel in das Schloß des Tresorschranks schob. Vorsichtig versuchte sie, ihn herumzudrehen – das Ding bewegte sich nicht, blieb starr stecken. Mist. Mandy schloß die Augen und atmete tief durch. Ruhig bleiben, sagte sie sich. Das Ganze noch mal von vorn. Wieder nichts. Verdammt, das Ding mußte doch zu knacken sein! Denk nach, denk nach, Mandy. Vielleicht gibt es ja einen Trick dabei. Sie schob den Schlüssel erneut ins Schloß, zog die

Tür ganz leicht an und drehte in die entgegengesetzte Richtung. Es klickte. Weiter, weiter. Erneutes Klicken, ein winziger Ruck, und die Tür sprang einen Spalt auf. Mandy hörte ihr Herz schlagen, ihr Gesicht glühte. Die feuchten Hände hinterließen Abdrücke auf ihrem Rock. Nervös öffnete sie die schwere Tür. Nichts. Mandy starrte in dunkle Leere. Das konnte doch nicht wahr sein! Die ganze Mühe umsonst! Hatte Schlüter etwas geahnt und war schneller gewesen? Wütend wollte Mandy den Schrank schließen, als sie mit ihrer Uhr an der Oberkante des Türrahmens hängenblieb. Der Knall war ohrenbetäubend. Ihr eigener Aufschrei ließ sie abermals erstarren. Die Tür des Tresors stand immer noch offen, und ihr Blick fiel auf einen großen schwarzen Ordner im Inneren des Schranks. Verwirrt griff Mandy danach und entdeckte, daß die Größe des Tresorfachs sich verdoppelt hatte. Das war also die Lösung, kombinierte sie blitzschnell. Sie mußte zuletzt an einen versteckten Hebel gekommen sein und hatte dadurch die Wand vor einem Geheimfach gelöst. Der Knall war also nichts anderes gewesen, als das Aufschlagen von Metall auf Metall. Erleichtert griff Mandy nach dem Ordner und ging zurück zu ihrem Schreibtisch.

Die Mappe enthielt sauber abgeheftete Abrechnungen. Allerdings nicht auf den Firmennamen *Hein & Kain*. Vielmehr ging es da auf jedem Blatt um ein Unternehmen *Pin Apple* auf der Insel Curaçao. Konzentriert machte Mandy weiter. Nichts als Rechnungen dieser seltsamen Firma. Die Summen waren immens hoch. Was hatte *Pin Apple* mit Schlüter zu tun? Mandy war irritiert. Als sie die Seiten hastig weiter durchblätterte, fiel ein Schutzumschlag zu Boden. Sie bückte sich, doch ein Geräusch auf dem Flur ließ sie innehalten. Klack, klack, klack, hörte sie. Schritte! Und sie kamen immer näher. Ihr stockte der Atem. O Gott! Schlüter kam zurück! Der Tresor stand noch immer offen. Was nun? Fieberhaft packte sie den Ordner. Die Schritte verstummten direkt vor ihrer Tür. Langsam wurde die Klinke nach unten gedrückt. Mandy ließ die Akte fallen, knipste die Lampe aus, zerrte ihren Mantel vom Garderobenhaken und versteckte sich hinter der Tür. Jemand trat ein. Mit angehaltenem

Atem hielt sie ihren Mantel hoch und schmiß das Kleidungsstück mit einem gezielten Wurf über die Person. Das Bündel versuchte sich heftig zu wehren, doch Mandys Klammergriff war eisenhart. Da erblickte sie im Halbdunkel die Schuhe ihres Opfers: hochhackige Pumps. Schwarzes Wildleder. Irgendwie kamen die ihr merkwürdig bekannt vor. Mandy ließ locker, da wurde der Trenchcoat auch schon weggeschleudert.

»Sag mal, bist du wahnsinnig geworden. Du hast mich zu Tode erschreckt.« Friederike funkelte sie wütend an.

»Tut mir leid, tut mir leid«, Mandys Stimme überschlug sich vor Aufregung. »Mensch, ich dachte, Schlüter kommt zurück, und ich bin doch gerade hinter sein Geheimnis gekommen. Das Corpus delicti liegt noch hier auf dem Schreibtisch.«

»Corpus delicti, was für ein Corpus delicti? Sag bloß, du hast also doch etwas gefunden.« Friederike wurde etwas ruhiger. »Zeig doch mal her.«

Friederike klappte den Ordner zu. Im Aschenbecher häuften sich inzwischen die Kippen. Mandy hatte ihren Rotschopf in die Hände gestützt und sah aus wie eine Katze, die gerade an der Sahne genascht hatte. Friederike zündete sich eine weitere Zigarette an. »Hab ich's doch gewußt, daß der Kerl Dreck am Stecken hat. Daß es allerdings so ein dicker Batzen ist, hätte ich nicht vermutet.«

»Wie willst du jetzt weiter vorgehen?« Mandy rekelte sich genüßlich in ihrem Stuhl.

»Immer langsam, jetzt muß Judith erst mal ran.« Friederike kicherte hämisch.

Judith drehte und wendete sich vor dem großen Spiegel in ihrem Schlafzimmer. Im Hintergrund behauptete Liza Minelli: »Money makes the world go around.« Und mich macht dieses Kostüm rund, dachte Judith ärgerlich. Ihr Bett sah mittlerweile aus wie ein Wühltisch bei Hertie im Sommerschlußverkauf. Aber da war doch noch das schwarze Jersey-Kleid mit dem spanischen Ausschnitt. Schnell war sie hineingeschlüpft. Umwerfend. Ihre blonden Haare, kombiniert mit dem glänzenden Stoff des Kleides, würden Schlüter bestimmt becircen. Sie warf sich selbst einen aufreizenden Blick im Spiegel zu, nahm ihr Abendtäschchen an sich und bestellte das Taxi.

»Ein Gläschen Champagner, meine Liebe?« Schlüters schmeichelnde Stimme machte den süßen Tönen, die ein schmalzlockiger Zigeuner seiner Geige entlockte, eindeutig Konkurrenz.

»Gern, vielleicht gibt es heute ja noch was zu feiern«, hauchte Judith, sah ihn verhangenen Blicks an und vertiefte sich in die Menükarte. »Ich nehme das Lachs-Mousse auf Cognac-Rahm, danach das Zitronensorbet, hinterher Filet Wellington an Sauce Cumberland, dazu die Herzogin-Kartöffelchen und dann die Maronencreme mit heißer Mokka-Sauce«, teilte sie dem teilnahmslosen Kellner mit.

Schlüter staunte mit offenem Mund. »Für mich das gleiche, allerdings ohne das Sorbet und die Maronencreme.« Er beugte sich zu Judith vor. »Die Linie, weißt du«, sagte er.

»Ach, da weiß ich eine fabelhafte Diät«, sie lächelte bezaubernd, »eine Weile Wasser und Brot, und du bist schnell ein paar Pfunde leichter.«

Schlüter schluckte. »Ich habe mich wirklich sehr über deinen Anruf gefreut«, nahm er den Flirt wieder auf. »Ich dachte schon, du läßt gar nichts mehr von dir hören.«

»Warum sollte ich nicht? Gäbe es da einen Grund? Schließlich wolltest du mich doch fotografieren. Hast du das schon vergessen, Hein?« Ihre Stimme erinnerte an rosa Zuckerwatte.

»Judith, wie könnte ich«, er griff nach ihrer Hand, »und die Sache mit Hamburg ist natürlich immer noch nicht verge...« Er stockte irritiert. Soeben hatte Friederike das Restaurant betreten. Was wollte die denn hier?

»Hein, was ist denn? Warum sprichst du denn nicht weiter?«

»Äh, wie bitte?« Er starrte immer noch auf Friederike.

»Hein«, Judith zupfte ihn am Ärmel, »du siehst ja aus, als hättest du einen Geist gesehen.« Sie blickte um sich. »Oh, was für ein Zufall! Dort ist ja meine Freundin. Friederike! Huhu! Hierher!« Sie winkte heftig. Festen Schritts kam Friederike an Judiths Tisch. Schlüter griff nervös nach dem Weinglas. »Friederike, wie schön, dich hier zu treffen. Bist du verabredet oder möchtest du dich gern zu uns setzen? Darf ich übrigens vorstellen, das ist ...«

»Hein Schlüter«, unterbrach Friederike, »ich kenne den Herrn gut, nicht wahr, Herr Schlüter, wir sind uns schon begegnet.«

»Ach, wie schön«, freute sich Judith herzlich, »wo seid ihr euch denn schon begegnet?«

Der Agenturchef rutschte nervös auf seinem Stuhl herum. Sein Unbehagen war nicht mehr zu übersehen. »Äh, ich glaube, ich kann mich nicht mehr so genau erinnern.«

»Aber das macht doch nichts, Herr Schlüter«, beruhigte Friederike ihn, »ich glaube, es war auf Curaçao.« Sie lächelte zuckersüß. »Wissen Sie noch, ich war damals immer auf Ananas allergisch.«

»Ananas?« fragte er verwirrt.

»Ja, Ananas. Sie wissen doch, was das ist. Oder soll ich lieber Pin Apple sagen?«

Schlüter starrte Friederike an. Was konnte die von Pin Apple wissen? »Sie müssen mich mit jemandem verwechseln«, wagte er einen Versuch.

»Aber nein, Hein. Friederike ist auf Ananas allergisch. Oder soll ich lieber auch Pin Apple sagen?« Judiths Stimme klang mit einemmal gar nicht mehr lieblich.

»Aber bitte! Meine Damen! Ich habe wirklich keine Ahnung, wovon Sie da überhaupt sprechen!« Er hielt plötzlich inne. Eine Hünin kam geradewegs auf seinen Tisch zu. Ihre roten Haare flammten um ihren Kopf und ließen sie wie eine Rachegöttin erscheinen. Mandy Malzahn. Na, Mahlzeit!

»Schwestern, komme ich zur rechten Zeit?«

Die drei blickten sich an wie Verbündete. Hein Schlüter spürte ein seltsam schwaches Ziehen in seinen Knien.

Die aufgeschnittene Ananas vor Schlüter sah gelb und saftig aus. »Wollen Sie nicht mal ein Stück probieren. Die hab ich Ihnen aus Curaçao mitgebracht.« Mandy hielt ihm einen Fruchtring direkt unter die Nase.

Schlüter schob ihre Hand apathisch zur Seite. Seine Strahlemann-Erscheinung hatte inzwischen erheblich gelitten. Die Krawatte hing schlaff und müde an seinem Hemdkragen, unter seinen Achseln hatten sich tellergroße Schweißflecken gebildet. Mit der damastenen Serviette tupfte er sich die Schweißperlen von Stirn und Hals. »Meine Damen, sagen Sie endlich, was Sie wollen«, das Schmalztimbre seiner Stimme wollte sich nicht mehr einstellen, sie klang brüchig und gepreßt.

»Zuerst, Herr Schlüter, werden wir Sie über die Fakten aufklären.« Friederike wirkte in ihrem schwarzen Kostüm wie die Richterin zwischen zwei Klägerinnen. »Mandy, würdest du bitte anfangen?«

Die Rothaarige öffnete den Reißverschluß ihrer großen Hermes-Tasche und zog den verhängnisvollen Ordner heraus. »Sehen Sie diese Rechnungen? Alles Rechnungen, die an eine Firma *Pin Apple* auf Curaçao bezahlt wurden. Und die Beträge können sich wahrlich sehen lassen. Eine hübsche Einnahmequelle, die Sie da haben. Mindestens genauso hübsch wie die Mädchen auf diesen Fotos hier.« Mandy holte den Schutzumschlag aus ihrer Tasche und breitete ein Sammelsurium der fatalen Negative vor Schlüter aus. »Viel Fleisch und wenig Bikini, finden Sie nicht?« Schlüter streckte die Hand aus und wollte nach den Bildern greifen. »Bitte, Herr Schlüter, Sie können das ruhig einstecken, die Kopien sind an einem sicheren Ort aufbewahrt.« Mandy war ganz kühle Überlegenheit. »Solche Fotos zu machen ist ja noch nicht weiter tragisch. Aber was, glauben Sie, würde Theo Waigel sagen, wenn er erführe, daß die Gelder dafür nach Curaçao transferiert werden? Ich glaube, er würde eine eindeutige Steuerhinterziehung diagnostizieren.«

Schlüter nahm wieder eine aufrechte Position ein. »Na gut, meine Damen. Ihr Drei-Engel-für-Charlie-Spiel war ja bisher ganz hübsch, aber was wollen Sie eigentlich von mir?«

Judith und Friederike sahen sich an.

»Ich bin sicher, es gäbe da etwas, das uns helfen könnte, Ihre dunklen Machenschaften wieder zu vergessen.« Friederike sah Schlüter direkt in die wäßrigblauen Augen.

»Und das wäre?« Er blickte Friederike lauernd an.

»Immer noch die kleine Agentur«, antwortete Friederike. »Allerdings nicht mit Ihnen. Darauf können wir aufgrund unserer Erfahrungen mit Ihnen gern verzichten. Eine kleine Starthilfe Ihrerseits würden wir aber schon annehmen.« Sie lächelte gewinnend. »Mandy, den Scheck bitte.«

Die zog das vorbereitete Formular aus ihrer Tasche. Großer Gott, ich bin gespannt, was die da noch alles zutage fördert, dachte Schlüter. Als er die sechsstellige Summe sah, wurde ihm jedoch eng um die Kehle. »Meinen Sie nicht, daß das ein bißchen hoch gegriffen ist?« versuchte er hilflos zu widersprechen.

»Entweder das, mein lieber Hein, oder Wasser und Brot.« Judiths Augen glitzerten gefährlich.

Schlüter sah sich schon in einem gestreiften Anzug beim Tütenkleben. Aufseufzend holte er seinen Cartier-Federhalter aus der durchgeschwitzten Brusttasche und unterschrieb schließlich. »Okay, meine Damen, ich habe mich verrechnet – Sie haben gewonnen.«

Die drei Heldinnen blickten sich triumphierend an. »Herr Ober«, Friederike hob die Hand, »dreimal Blue Curaçao mit ganz viel Eis.« Sie blickte strahlend in die Runde. »Ihr wißt doch: Kalt schmeckt die Rache am besten …«

Elke Müller
Rosarot und Himmelblau

O Gott, nein. War etwa schon wieder ein Monat um? Ellen Wiedemann, sechsunddreißig Jahre alt und Innenarchitektin, hockte sich seufzend vor ihren Badeschrank und begann zu kramen. Hinter einer Tüte Waschmittel (Superweiß, selbst im Schonwaschgang) und dem Rohrreiniger fand sie endlich eine zerknautschte Tamponschachtel.

Warum hatte Gott nicht endlich ein Einsehen und befreite sie von dieser Last? Allein dafür lohnte es sich schon, neun Monate wie eine eingeschnürte Ameise herumzulaufen. Aber nein, nein, so hatte es Ellen doch gar nicht gemeint – das war auf keinen Fall der Grund (oder jedenfalls nicht der einzige), sich sehnlichst ein Baby zu wünschen. In Wahrheit hatte sie das Gefühl, daß trotz ihres unaufhaltsamen beruflichen Aufstiegs das eigentliche Leben schneller denn je an ihr vorbeiglitt, ganz im Einklang mit ihrer biologischen Uhr, die seit einiger Zeit ein nervtötend lautes und eindringliches Ticken vernehmen ließ. Kurz: Ellen Wiedemann, vermögend, unabhängig und recht gutaussehend, stand unmittelbar vor einer Torschlußpanik – sie wollte ein Baby, mit allen Schikanen: Verantwortung, Liebe, Fläschchengeben, bekleckerte Lätzchen, volle Stinkewindeln, Kinderkrankheiten und Nervenzusammenbrüche. Der Auslöser war nicht etwa ihre beste Freundin Karen, die vor drei Monaten einen kleinen, rosaroten, zerknautschten Pfundskerl zur Welt gebracht hatte, und auch nicht ihre Mutter (liebe, liebe, ewig nervende Mama), die ihr bei sich ständig bietenden Gelegenheiten Babykleidung und Kuscheltiere mitbrachte und diese mit einem stillen, leidenden Dackelblick vor Ellen ausbreitete. O nein, kling hatte es erst bei einem potentiellen Kunden gemacht, dem Ellen wortreich eine Duffy-Duck-Tapete für sein Arbeitszimmer aufschwatzen wollte. Ohne Erfolg.

Ellen Wiedemann wollte so wahnsinnig, wahnsinnig, wahnsinnig gern ein Kind – und war Single, überzeugter Single obendrein. »Trau keinem Mann«, »Kein Mann ist Gold wert« – das waren ihre obersten Devisen. Doch wie nehmen, wenn nicht stehlen? Windbestäubung war nicht drin (obwohl ihr Vater sie oft als seltene Pflanze bezeichnete), und Jungfernzeugung gab es nur bei Fröschen.

Hastig bürstete sich Ellen ihr blondes Haar (schau ja nicht in den Spiegel – heute ist einer von diesen miesen Tagen, und du willst doch nicht, daß er noch mieser wird) und warf einen Blick in die Morgenzeitung. Aha, da war sie ja, die Anzeige, ihre Anzeige – groß, fett und nicht zu übersehen, nun ja, hatte ja auch genug gekostet.

»Was willst du eigentlich, einen Jungen oder ein Mädchen?« hatte Karen bei ihrem letzten Besuch gefragt.

»Keine Ahnung, Hauptsache gesund«, hatte Ellen geantwortet. »Das Kinderzimmer ist schon längst komplett eingerichtet, dank Mama (das klang müde), noch kompletter geht es wirklich nicht. In Rosarot und Himmelblau – also ist es doch ziemlich egal, was es ist.«

»Versuch's doch mal mit einer Samenbank.«

»Das ist mir zu unpersönlich. Ich will es auf dem ganz normalen Weg.«

»Dann bestell dir doch endlich mal einen Callboy.« Das war Mutter.

»Mama! Außerdem passen die auf. Nein, mir fällt schon was ein.«

»Ach, und das ist dir nicht zu unpersönlich?« Das war Karen einen Tag später, beim Anblick der von Ellen verfaßten Anzeige:

»Suche potenten, intelligenten, gesunden
Mann zwecks Kindszeugung – spätere
Bindung völlig ausgeschlossen.«

»Ich muß deinem Vater recht geben, Ellen, du bist wirklich eine selten dämliche Pflanze. Ganz Frankfurts Männerwelt wird dir das Haus einrennen, um einen Schuß loszuwerden, und das ist doch bestimmt nicht der Sinn der Sache. Du mußt die Anzeige völlig anders formulieren – nicht entfremden, sondern romantisch verschleiern.«

Die romantische Verschleierung war schließlich doppelt so lang, doppelt so schön und doppelt so teuer.

>»Junge, gutaussehende Frau (du hast heut deinen witzigen Tag, Karen) mit vielseitigen Interessen sucht angenehmen, intelligenten Zeitgenossen zwecks gemeinsamer Treffen mit Interessenaustausch.«

Die Resonanz war enorm. Ellens Briefkasten platzte förmlich aus den Nähten – gut, das war ja nicht weiter ungewöhnlich, aber diesmal war nicht ein einziger Geschäftsbrief darunter, sämtliche Briefe wiesen eine harte Männerhandschrift auf, und einige dufteten verräterisch nach Tabac und Gammon.

Die Selektion konnte beginnen, begierig stürzte sich Ellen darauf, sich immer vor Augen haltend, daß ihr Kind vom Besten sein sollte, sprich, der Vater mußte mindestens Superman sein. Am Ende blieben unter Ellens strengen Blicken nur drei Briefe übrig.

Der erste war von einem Heribert von, zu und auf der Lasse – ein waschechter Adliger also, vermutlich noch mit eigenem Wappen. Liebte das Theater, lebte und ernährte sich sehr gesund (nun, das tat ja heutzutage jeder – spar dir das Mittagessen und rauche lieber eine Zigarette), aber das erschien Ellen unwichtig. Wichtig war nur, das Wiedemann junior blaues Blut bekommen könnte, würde, sollte. Von, zu und auf der Lasse schien der beste Kandidat zu sein.

Er hatte Ellen mit einem Taxi abgeholt (vielleicht will er mir seinen Rolls-Royce erst bei näherer Bekanntschaft zeigen), das sie dann bezahlen durfte, was nicht weiter schlimm war, denn schließlich lebte man ja im Zeitalter der Emanzipation. Er führte sie in ein neues, ziemlich spärlich eingerichtetes Restaurant mit jeder Menge Topfpflanzen und Strohstühlen – aber Ellen bekam von all dem nichts mit, denn sie war viel zu sehr mit der Bewunderung ihres Begleiters beschäftigt. Er sah wirklich wie ein »von und zu« aus, wirkte sehr gebildet, und alles an ihm war lang: seine Beine und Arme, der Hals, die Ohren und vor allem die Nase.

Ihre Bewunderung bekam dann aber schnell einen Knacks. »Ich liebe scharfes Essen, am liebsten Steaks auf mexikanische Art. Sie auch, Heribert?«

Er schaute Ellen entsetzt an, seine Nase wirkte länger denn je: »Ich bin kein Mörder, Verehrteste – seit ich denken kann, ernähre ich mich fleischlos.«

Das Essen (falls man das wirklich so nennen konnte) wurde serviert, und Ellen starrte auf die gräulichweiße, mit grünen Flecken durchsetzte Masse und versuchte irgendwelche Formen zu erkennen (selbst eine tote Fliege wäre ihr recht gewesen). Alles wirkte und schmeckte so farblos, wie es ihr Gegenüber war. Spinnst du, Ellen Wiedemann – denk doch nur an sein blaues Blut, aber nicht einmal das half mehr. Das Gespräch schleppte sich dahin. Als Ellen von ihrem neuen Mercedes Roadster erzählen wollte, unterbrach Heribert von, zu und auf der Lasse sie distinguiert, fast, als ob er persönlich verletzt worden wäre, und gab ihr zu verstehen, daß er seit Jahren ein begeisterter Fahrradfahrer war und sie nur nicht mit diesem Gefährt abgeholt hatte, weil sie sich noch nicht näher kannten (meinte er das etwa wirklich ernst?). Dann fing er an, sämtliche Heribert-Krankheiten darzulegen (da hatte das vegetarische Futter wohl doch nicht geholfen, dachte Ellen gallig), kaute dazwischen mit ernstem Gesicht auf seiner Körnernahrung herum und trank sein selbstverständlich stilles Wasser in kleinen, wohldosierten Schlucken.

Wie er so selbstvergessen mahlte, wirkte er wie ein alter, extrem langohriger Hase. Entsetzt schaute sich Ellen um, sie hatte das Gefühl, nur von solchen Mümmelmännern umgeben zu sein. Das war zuviel, auf einmal sah sie alles ganz klar und deutlich. »Stecken Sie sich Ihre Körner, Ihr Fahrrad und Ihre Krankheiten sonstwohin, Langnase!« zischte sie, stand auf und ging.

Das war der erste, und der zweite folgte alsbald.

»Gestatten Sie, Edgar Davenpoort.« Wow – war Ellens einziger Gedanke. Nummer zwei war das genaue Gegenteil von Nummer eins: nichtadlig, aber dafür so gutaussehend, daß es gen Himmel schrie. Vergiß sämtliche Heriberts der Welt – das ist der ideale Papa, pardon, Samenspender –, ein Mann, der so gut aussieht, darf einfach keine Fehler haben.

»Ich bin Künstler«, erläuterte er ihr, als sie sich im italienischen Restaurant in einer verschwiegenen Nische gegenübersaßen. »Das heißt, noch nicht ganz, denn bis jetzt habe ich noch keines meiner Bilder verkaufen können.« Er nahm wie ganz zufällig ihre Hand. Das Essen war wirklich eine wahre Wonne nach der vegetarischen Gaumenattacke à la Heribert. Ellen unterhielt sich köstlich. Der Schock kam später, als Edgar Davenpoort sie zu seinem Atelier brachte, um ihr seine Gemälde zu zeigen (waren das sonst nicht immer Briefmarken, zu deren Besichtigung mann einlud?).

»Gefallen sie Ihnen?«

Sie kam sich vor wie in einem Edgar-Allen-Poe-Alptraum: Schwarzweiße, verzerrte Fratzen grinsten sie höhnisch an, aufgequollene, sich in Todesqualen windende Gliedmaßen vervollständigten die Szenerie. »Nein ... äh, ja ... also, ich meine ...«, stotterte Ellen hilflos.

Edgar lachte: »Das geht allen so beim Anblick meiner Bilder. Da sind Sie nicht die einzige, Ellen«, murmelte er in ihr Haar – er stand hinter ihr, die Hände auf ihren Schultern (Panik auf der Titanic).

»Was ... Was sollen die denn darstellen?« (Ellen hatte das ziemlich ungute Gefühl, sich in diesem Schönling geirrt zu haben, und zwar gewaltig.)

»Ah ...«, Edgar schnalzte mit der Zunge, »das ist wahre Kunst. Ich bin ein begeisterter Anhänger des Expressionismus, ganz besonders des Poeten Gottfried Benn. Ah – ich liebe ihn.« Dabei drückte er ihre Schultern zusammen, daß Ellen die Knochen knacken hörte. Sie wollte etwas erwidern, irgend etwas, das sie vor diesem Verrückten rettete, aber er ließ sie gar nicht zu Wort kommen. »Morgue von 1912, Schöne Jugend«, begann er zu deklamieren. »Der Mund eines Mädchens, das lange im Schilf gelegen hatte, sah so angeknabbert aus ...«, er küßte sie mit kalten Lippen. »Als man die Brust aufbrach ...«, er packte mit beiden Händen ihren Busen und drückte zu (war das wirklich sie, die da das hohe C herausschrie?), »... war die Speiseröhre so löchrig. Schließlich ... fand man ein Nest von jungen Ratten ... Die tranken das kalte Blut ...« Er preßte seinen Mund auf ihren Hals, und Ellen spürte seine Zähne.

Da hatte sie plötzlich eine Vision: Wiedemann junior mit weit aufgerissenem Mund, herausquellenden Augen und sabbernden Lefzen als neuzeitlicher Jack the Ripper auf der Jagd nach Frischfleisch in Frankfurts nächtlichen Straßen – und zu Hause das leere rosarote und himmelblaue Zimmer. Das holte Ellen schlagartig in die Realität zurück.

Sie trat mit aller Kraft zu, packte Edgar Davenpoort und warf ihn in seine Bilder. »Begraben unter Schmutz und Dreck, das dürfte noch die beste Kritik sein, Sie widerlicher Perversling«, fauchte sie und verließ die Kampfstätte.

Herrgott, dachte Ellen Wiedemann, es ist nur noch einer übrig, und mein Eisprung rückt immer näher. Sie las den letzten Brief – Nicolas Hofmeister –, na, wenn das keine erneute Überraschung wird; das hier mußte einfach klappen!

Das klappt niemals, dachte Ellen beim Anblick ihrer buchstäblich letzten Hoffnung im verabredeten Straßencáfe. Der Junge war allerhöchstens achtzehn, seine speckige abgetragene Kleidung unter Garantie älter.

»Tach, ich bin der Benny. Nics Bruder. Nic hat's hinweggerafft.«

»Bitte?« O Gott, dachte Ellen, einen Toten kann ich jetzt am allerwenigsten gebrauchen.

»War 'ne Biene, kann 'se nich vertragen. Hat mich geschickt, weil er liegt nu im Krankenhaus. Hat 'ne Allergie.« Bienenstichallergie – ist die nicht vererbbar?! Benny nahm einen kräftigen Schluck aus der vor ihm stehenden Bierflasche, das saubere Glas daneben blieb unbeachtet. Ellen konnte den Weg der schäumenden Flüssigkeit durch seine Innereien deutlich mithören.

»Ey, Mann, ey, woll 'n Se och 'n Bier?«
»Äh ... nein danke.«
Er lachte keckernd und wischte sich mit dem Handrücken (konnte man so etwas Schwarzes überhaupt als das bezeichnen?) über den Mund, was einen breiten Schmutzfilm hinterließ.
»Wird bestimmt lustig mit uns beiden, hä? Nic sammelt Flattermänner ... äh, Schmetterlinge. Steh ich nich drauf. Brauch jeden Abn'd 'n Bier und 'n Dutzend krachige Ninja-Filme, dann bin ich glücklich. Mann, ey, die Dinger sind echt scharf, aber Sie sin' och 'ne scharfe Alte.«
Ellen sah es vor ihrem geistigen Auge, wie ihr kleiner Wiedemann greinend das Babyfläschchen umstieß und nach seinem allabendlichen Bier verlangte. Wie von der Tarantel gestochen sprang sie auf. »Ey, Mann, ey, verpiß dich!«
Nie hätte Ellen geglaubt, daß ihr dieser Jargon in diesem Moment soviel Freude bereiten könnte: »Die scharfe Alte kann dich nicht mehr sehen.« Sie schnappte sich die Bierflasche und goß den Rest über seinen Schädel. »Das hilft gegen fettiges Haar«, rief sie noch im Weggehen.
Das war der letzte mögliche Erzeuger gewesen, und Ellen Wiedemann war um einige Illusionen ärmer, aber in ihrer Überzeugung, Single zu bleiben, noch bestärkt worden. Ein Baby wollte sie trotzdem nach wie vor.
»Ich gehe zur Samenbank – aus, Schluß und basta!«

»Ich möchte zu Dr. Moosbach. Wir hatten eine telefonische Vereinbarung getroffen«, sagte sie Tage später zu dem netten Mann an der Rezeption.
Er lächelte sie an: »Gell, Sie wollen eine Samenspende, Frau Wiedemann.«
»Was? Woher? ...«
Er grinste sie an, es war ein herrlich erfrischendes, gesundes Grinsen: »Ich linse manchmal in die Notizen vom Doktor. Uwe Briest ist mein Name.« Sein Händedruck war warm und fest.
Er gefiel Ellen. In ihrem Kopf begann es zu arbeiten. »Sie sind nicht zufällig Vegetarier, fanatischer Gottfried-Benn-Anhänger und Fan von Ninja-Filmen?« wollte sie begierig wissen.

Er lachte schallend: »Nein, ich liebe Griechisch, lese am liebsten Stephen King und mag Humphrey Bogart.«

»Ganz normal also?«

»Ganz normal, viel zu normal, meiner Meinung nach.«

O nein, dachte Ellen, absolut perfekt. »Sagen Sie, Uwe Briest, Sie haben heute abend nicht zufällig Zeit und Lust mit mir essen zu gehen?«

Er strahlte sie an: »Wahnsinnig gern!«

Beim Hinausgehen warf Ellen Wiedemann den Terminzettel für Dr. Moosbach in den nächsten Papierkorb. Das war nun nicht mehr nötig.

Carmen Münch

Ein Traum in Rot

Plötzlich trat eine ungewöhnliche Ruhe in der großen Schalterhalle ein. Alle Augenpaare sahen in eine Richtung. Dort am Eingang stand sie! Sie, das war eine schlanke, wohlgeformte Gestalt in einem roten Kostüm mit langen, blonden Haaren. Ihre grünen Augen verbarg sie hinter einer dunklen Sonnenbrille, und ihr Parfüm umgab sie wie ein unsichtbarer Schleier.

Langsam bewegte sie sich durch den Raum, direkt auf ihn zu. Der Kloß in seinem Hals schien es unmöglich zu machen, auch nur ein einziges Wort hervorzubringen. Langsam setzte sie sich auf den Stuhl, der ihm gegenüberstand, und schlug ihre langen Beine übereinander.

»Guten Tag. Mein Name ist Caroline Hohenburg.« Sie nahm ihre Sonnenbrille ab und sah ihn direkt an. »Sind Sie hier für Kredite zuständig?«

Sein Ja klang heiser, doch nach einem kräftigen Räuspern hatte er seine Stimme wieder unter Kontrolle.

»Wissen Sie, von finanziellen Dingen habe ich so gut wie keine Ahnung; das regelte bisher alles mein verstorbener Vater. Ich weiß nur, daß er das ganze Vermögen fest angelegt hat. Und jetzt brauche ich für eine größere Anschaffung Bargeld.«

»An welche Summe dachten Sie dabei?« Er bemühte sich, seine Gedanken in eine sachliche Richtung zu lenken.

»Also, ich brauche 500000. Und das so schnell wie möglich, am besten sofort. Ich biete Ihnen mein Haus als Sicherheit an.« Sie holte einige Fotos aus der Tasche, auf denen eine Villa in einem großen Park zu sehen war. Sie hatte vorsorglich auch einen Grundbuchauszug dabei, in dem ihr Name als alleinige Eigentümerin eingetragen war.

»Nun, so schnell wird das nicht möglich sein. Ich muß das erst alles überprüfen und ...« Seine Stimme geriet ins Stocken, als er sah, wie sie unsichtbare Falten an ihrem roten Mini glättete.

»Aber wir können den Vertrag ja schon einmal ausfüllen.« Er kramte umständlich die Formulare hervor und begann zu schreiben.

»Ich muß die ganze Sache aber noch von dem Filialleiter, Herrn Erik, gegenzeichnen lassen.«

Sie öffnete wieder ihre Handtasche und holte ein goldenes Zigarettenetui mit ihren Initialen heraus. Sie öffnete es und griff nach einer Zigarette. Schnell stand er auf und reichte ihr Feuer. Sie nutzte die Gelegenheit, ganz nahe bei seinem Gesicht zu sein.

»Würden Sie dann bitte den Vertrag heute abend bei mir vorbeibringen? So um zwanzig Uhr wäre mir recht.« Sie hauchte es so leise in sein Ohr, daß er es kaum verstehen konnte. Eine Gänsehaut lief ihm über den Rücken. Er setzte sich wieder und füllte den Vertrag zu Ende aus.

»Kann ich 100 000 schon gleich jetzt mitnehmen?« fragte sie, während sie unterschrieb. »Oder meinen Sie, ich nehme mein Haus auf den Rücken und trage es davon?!«

Ihr Lachen wirkte ansteckend, und er konnte nicht widerstehen. »Meine Menschenkenntnis sagt mir, daß ich bei Ihnen eine Ausnahme machen kann.« Er griff nach einer Anweisung und füllte sie aus.

»Gehen Sie damit zur Kasse.«

Sie nahm das Papier und stand auf. »Wir sehen uns heute abend. Dann kann ich mich vielleicht für Ihr Entgegenkommen revanchieren.« Er sah ihr nach, wie sie zur Kasse schwebte. Sie warf ihm einen letzten Blick zu, ehe sich die Tür hinter ihr schloß.

Punkt zwanzig Uhr stand er am Tor. Er konnte von dort das hell erleuchtete Haus sehen. Er lächelte. Alle Überprüfungen der Sicherheiten waren zu seiner vollsten Zufriedenheit ausgefallen, und er war stolz auf seine guten Menschenkenntnisse. Auch sein Chef war mit ihm zufrieden. Alles in bester Ordnung. Und nun stand er hier mit einer Flasche guten Weines und war bereit, die

Frau seiner Träume wiederzusehen. Langsam ging er auf das Haus zu. Er läutete an der Tür. Ein junger Mann öffnete ihm und sah ihn fragend an.

»Mein Name ist Meng. Ich möchte zu Frau Hohenburg. Sie erwartet mich.« Der junge Mann hob irritiert die Augenbraue, ließ ihn aber ein.

»Ich werde Bescheid sagen, bitte warten Sie hier.« Damit verschwand er hinter einer der vielen Türen. Er sah sich um. Alles roch nach frischer Farbe. Die Tür öffnete sich wieder, und der junge Mann ließ ihn eintreten. Er kam in einen Raum, in dem alle Möbel mit weißen Tüchern abgedeckt waren. Auch hier roch es nach Farbe. Eine ältere Frau saß in einem Rollstuhl und kam ihm nun entgegen.

»Ja, Sie wünschen?«

»Ich möchte zu Frau Hohenburg.«

»Ich bin Frau Hohenburg«, sagte die ältere Dame.

»Ich denke, da liegt eine Verwechslung vor. Ich meine die junge blonde Frau in dem roten Kostüm; vielleicht Ihre Tochter?«

»Ich bin alleinstehend und heute morgen erst aus Amerika zurückgekommen, um hier nach dem Rechten zu sehen. Morgen fliege ich schon weiter nach Tunis.«

Er sah sie ratlos an.

»Ich kann Ihnen nicht weiterhelfen, junger Mann.«

Langsam ging er die Hofeinfahrt hinunter, ohne sich noch ein einziges Mal umzudrehen. Hätte er es getan, dann hätte er die junge dunkelhaarige Frau am Fenster des zweiten Stockes gesehen, die ihm nachsah. Auf ihrem Frisiertisch lagen eine blonde Perücke und ein Gefäß mit grünen Kontaktlinsen. Und auf ihrem Bett lag ein rotes Kostüm. Lächelnd nahm sie es und hängte es zurück in den Schrank. Dann zog sie die weiße Schwesterntracht an und steckte das Zigarettenetui in die Schürzentasche. Die Dokumente hatte sie schon gleich nach ihrer Rückkehr in den Safe gelegt. Nun öffnete sie einen kleinen Kosmetikkoffer, in dem Geldbündel lagen. Ganz oben lagen Dollar. Sie legte die 100 000 dazu.

»Männer«, murmelte sie.

»Liesa, haben Sie mein Zigarettenetui gesehen«, rief eine Stimme von unten. »Ich suche es schon seit heute morgen.«

Liesa seufzte und schloß den Koffer. »Ich komme schon«, rief sie zurück. Ihre Hand umfaßte das Etui, und sie lächelte wieder; in Tunis würde man mit dem Geld viel anfangen können. Und als erstes würde sie dort kündigen.

Gabi Schaller
Annas Mauser

Es gibt in jedem Hausfrauenalltag Abenteuer zu bestehen, die einem Indiana Jones die Haare zu Berge stehen ließen. Ich beispielsweise hatte heute den Angriff eines aufgelösten Tempotaschentuchs auf eine Ladung Wäsche abgewehrt und die Zerstörung meines Ceranfeldes durch ein paar hergelaufene Tropfen übergekochter Milch verhindert. Soviel zu meiner Verfassung, die sich auch dadurch nicht verbessert, daß ich es endlich geschafft hatte, meine drei Söhne frischgewaschen und gestriegelt ins Bett zu befördern. Ein entsetzter Blick auf die Uhr sagte mir, daß der wunderbar kitschige Liebesfilm, auf den ich mich die ganze Woche gefreut hatte, gerade seinem Höhepunkt oder dem seiner Darsteller entgegenstrebte. Das einzige, was mich jetzt noch am Leben erhielt, war die Aussicht auf den morgigen Tag. Ich hatte mir zum Geburtstag nur eines gewünscht: Einmal verwöhnt zu werden und mit Leo, meinem Angetrauten, zwei müßige Tage in einem guten Hotel in der Stadt zu verbringen. Einmal wollte ich das Geburtstagskind sein, das keinen Bratenduft in den Haaren und Bratenfett auf der Seidenbluse trägt. Einmal keine Torte für mich selbst backen müssen, die schließlich die fröhliche Gratulantenschar verschlungen hatte, noch bevor ich mit dem Kaffee aus der Küche erschien. Einmal nicht.

Saft- und kraftlos ließ ich mich auf die Couch fallen, nur um gleich darauf mit einem Schmerzensschrei wieder aufzuspringen.

»Verdammt noch mal! Wer hat...?« Eine bis an die Zähne bewaffnete Actionfigur aalte sich auf meinen mir heiligen Polstern. Wütend knallte ich Rambo auf den Wohnzimmertisch und rieb mir meinen Allerwertesten. Ein selten blödes Wort! Soviel war er mir gar nicht wert. Wäre er etwas kleiner und fester, wäre ich bereit gewesen, darüber zu verhandeln. Aber seit der Geburt meiner Kinder gab es – ich gestehe es – nichts mehr an mir, was klein *und* fest war.

Ich ließ mich erneut und diesmal etwas vorsichtiger nieder. Hoffnungsvoll ergriff ich die Fernbedienung und schaltete den Fernseher ein. Die Schlußmelodie klang aus den Lautsprechern und erinnerte mich daran, was mir entgangen war. Wie romantisch hätte der Abend sein können, hätte mich nicht mal wieder das wahre Leben eingeholt. Ich seufzte.

»Düdeldü, düdeldü ...«, meinte das Telefon. Das konnte nur Leo sein. Er würde erst morgen früh von seiner Geschäftsreise zurückkommen. Ich hatte ihm ausdrücklich Anweisung gegeben, mich keinesfalls vor Ende des Films anzurufen. Nicht, daß er solchen Respekt vor mir und meinen Instruktionen hatte. Aber um nichts in der Welt hätte er mit einer vor Herzschmerz zerflossenen und in Tränen aufgelösten Ehefrau telefonieren wollen.

»Mauser?« meldete ich mich korrekt. Schließlich hätte es ja doch jemand anderes sein können.

»Hier auch!« erwiderte der Baß meines Göttergatten. Sonst nichts. Kein: *Hallo, Schatz! Wie geht's dir? Sind die Kinder brav im Bett? Wie war dein Tag? Wie steht's mit dem Blutdruck? Bist du einem Nervenzusammenbruch nahe?* Und schon gar kein: *Na, meine kleine Zuckerschnute? Wie schön, deine Stimme zu hören! Ich vermisse dich unendlich!* Und erst recht kein: *Oh, wie ich dich liebe! Ich verzehre mich nach dir! Ich begehre deinen wunderbaren Körper!* Aber das Thema hatten wir ja schon. Und mein Mann lügt nicht. Er schweigt lieber!

»Na, wie steht's?« fragte ich seufzend. »Was machen die Geschäfte?«

»Es geht. Marbach ist noch nicht so überzeugt von unserem Angebot. Aber Dulberg scheint nicht abgeneigt zu sein ...« Er zögerte. Mir schwante Böses.

»Heißt das etwa, du kommst morgen nicht nach Hause?«

»Schatz, wir holen das nach. Ich verspreche es dir ...«

»Mein Geburtstag ist morgen! Wie willst du das nachholen? Die Kinder sind untergebracht, und du hast mir hoch und heilig ...« Ich hörte meine Stimme versagen und fühlte die Tränen hochsteigen.

»Mein Gott, ob wir deinen Geburtstag nun heute oder morgen feiern, das macht doch wirklich keinen Unterschied! Nun werde doch nicht gleich hysterisch!«

Wenn ich etwas hasse, dann die männliche Argumentation, daß jegliches weibliche Aufbegehren mit Hysterie gleichzusetzen ist. Erwähnte ich es schon? Mein Mann hat's nicht so mit Romantik und Feingefühl. Letzteres kam mir nun auch abhanden. Plötzlich war ich ganz cool. »Weißt du was? Du kannst mich mal! Bleib du bei deinen Kumpels mit den wichtigen Geschäften. Ich werde meinen Geburtstag auch allein feiern können ...«

»Na siehst du ...«, unterbrach er mich voll des Stolzes auf seine vernünftige Frau. »Ich wußte doch, daß du Verständnis ...«

»Rede nicht mit mir, als wäre ich deine Tochter!« Ich kochte. »Ich werde fünfunddreißig. Zu spät für die Pubertät.« Und dann überkam mich die Bosheit. »Und, Schatz?«

»Ja?« schmeichelte er hoffnungsvoll.

»Glaube mir, auch mit fünfunddreißig sind die Möglichkeiten nicht begrenzt!«

Ich knallte den Hörer auf. Sofort überkam mich das schlechte Gewissen.

Ich habe keine Ahnung, ob dieses Phänomen zum Hausfrauensyndrom im allgemeinen gehört, bei mir stellt es sich jedenfalls stets pünktlichst ein: Sobald ich meine Wut an meinem Mann ausgelassen habe, ohne daß die Chance besteht, mich in den nächsten dreißig Minuten zu entschuldigen, ist es da. – Jetzt fährt er zur Arbeit, und wir sind im Bösen geschieden. Was, wenn er nun verunglückt? Welch schreckliches Ende einer an sich guten Ehe? Jetzt sitzt er in den Staaten. Was, wenn sein Flieger abstürzt, und was waren meine letzten Worte? – Wissen Sie, was ich meine?

Nun gut. Ich hätte zum Telefon greifen können, um die Sache zum Guten zu wenden – und ich war nicht weit davon entfernt, es zu tun, aber ich hatte meinen Stolz. Erhobenen Hauptes schritt ich zum Kühlschrank, um eine Flasche Prosecco zu entkorken. Sie hatte eigentlich zur Feier des morgigen Tages gehört, doch dessen Ablauf würde nun sowieso von meinen Plänen abweichen. »Improvisation ist alles!« sagte ich zu mir selbst oder zu meinem Glas und kippte es runter. Dann griff ich mir das Telefon, um meine Freundin Marlene von eben dieser Lebensweisheit zu überzeugen. Schließlich konnte doch eine beste Freundin mal mit einer besten Freundin Geburtstag feiern, wenn der Mann der besten Freundin nicht zur Verfügung stand. Oder?!

Marlene stand mir zwar zur Verfügung, jedoch nicht für den morgigen Tag. Nachdem sie ihren Filofax (sie sagte niemals Terminkalender) konsultiert hatte, teilte sie mir mit, daß dieser völlig ausgebucht sei.

»Er ist völlig überlaufen«, stöhnte sie. Ich nahm ihr das nicht ab. Das Stöhnen, meine ich, nicht ihre Antwort. Marlene ist nicht der Typ, der über zuviel Arbeit stöhnt, sonst wäre sie nicht das, was sie ist: EINE KARRIEREFRAU. Warum ich das groß schreibe? Aus reiner Ehrfurcht. Wirklich! Wenn ich eines in meinem elfjährigen Hausfrauendasein gelernt habe, dann das, vor einer arbeitenden Frau den Hut zu ziehen, wenn ich denn einen hätte. Wie, Sie meinen, Hausfrauen arbeiten auch? Lassen Sie das bloß keinen hören! Man schaut auf Sie herab, gibt Ihnen einen aufmunternden Klaps und meint: »Aber natürlich hast du viel zu tun!« Gleichzeitig spiegelt sich in den Augen Ihres Gegenübers das Bild eines gemütlichen Kaffeeklatsches (wahlweise Sektgelages), umgeben von brav vor sich hin spielenden Kinderlein. Die Faulenzeridylle schlechthin. Aber wir kommen vom Thema ab.

»Anna«, bedauerte Marlene, und damit meinte sie mich. »Es tut mir furchtbar leid, aber ich bin so was von ausgebucht. Du weißt ja, wie das ist ...«, setzte sie überflüssigerweise hinzu. »Aber ich kann die Kunden nicht vor den Kopf stoßen. Doch sag mal, Leo ... Wieso hält er sich nicht an eure Abmachungen? Du hast dich doch so auf diesen Tag gefreut. Alles geplant. Ihr wolltet es euch doch mal so richtig schön machen, ohne Kinder, nur ihr beiden, im Hotel ...«

Sie schaffte es mal wieder, drei Fliegen mit einer Klappe zu schlagen: Sie lenkte von sich als Sündenbock ab, zog über Leo her und versuchte ihn mir madig zu machen, indem sie mir alle seine für den morgigen Tag zu erwartenden Sünden vor Augen hielt. Marlene zog gern über Leo her. Nicht, daß sie etwas gegen ihn gehabt hätte. Nein. Marlene hatte überhaupt nichts gegen Ehemänner. Sie hielt sich sogar selbst einen, nur daß sie sich nebenbei auch noch genügend andere hielt. Und immer wieder versuchte sie mich von dieser artgerechten Männerhaltung zu überzeugen. Ich aber habe drei Kinder, und sie ist bloß verheiratet. Ob das einen Unterschied macht? Aber natürlich. Ich habe Verantwortung, Marlene hat einen Mann. Und der ist über achtzehn! Ich bin wirklich nicht prüde! Aber neben Marlene komme ich mir vor wie Mutter Teresa neben Teresa Orlowski.

»Marlene. Du kennst doch das Geschäft«, sagte ich auf einmal ganz geschäftsmäßig und verwundert über mich selbst. Leo und Marlene kannten »das Geschäft«, sie waren beide in der Werbung tätig. Ich war allerhöchstens mit jemandem verheiratet, der mit »dem Geschäft« verheiratet war. Trotzdem sagte ich entschuldigend: »Er kann nun mal nicht weg!«

»Anna, ich hab da eine Idee ...« Ich drehte meine Augen gen Himmel. Wenn Marlene mir gegenüber von Ideen sprach, würde sie mich zum Fremdgehen überreden wollen. Seit Jahren behauptete sie, daß dies die einzige Rettung in meinem jetzigen Leben sein würde. Im nächsten Leben, das hatte ich ihr schon offenbart, würde ich selbst die Karriereleiter erklimmen.

»Du machst dir einen richtig tollen Tag. Deine Kinder sind doch untergebracht, hast du gesagt. Na also! Dann gönn dir doch mal was.«

»Marlene, das letzte, was ich mir gegönnt habe, ist quietschgrün, zehn Zentimeter zu kurz und mindestens eine Nummer zu klein.« Ich geb's zu: Frustkäufe sind meine Spezialität. Immer wenn ich meine, mir etwas Gutes tun zu müssen, endet es mit einem absoluten Fehlkauf. Das Teil verschwindet im Kleiderschrank, treibt mir jedesmal die Schamesröte ins Gesicht, wenn ich es erblicke, und landet in einem hartherzigen Moment im Altkleidersack. Nur, um Platz für den nächsten Fehlgriff zu machen.

Marlene unterbrach meine dunklen Gedanken. »Ach Quatsch! Laß dich beim Friseur und der Kosmetikerin verwöhnen. Zieh dir was Tolles an. So richtig sexy, hörst du? Und ich schicke dir einen netten Bekannten vorbei. So um acht? O. k.? Das wär doch gelacht, wenn du dich nicht mal so richtig gut amüsieren könntest!« Marlene war nicht zu bremsen. Sie hatte in Null Komma nichts einen kompletten Tagesplan parat.

»Marlene, hör mal. Ich krieg den Tag schon rum«, versuchte ich abzublocken. Aber Marlene hatte Feuer gefangen, es war zu spät zum Löschen.

»Keine Widerrede! Jahrelang jammerst du mir vor, wie wenig dich dein Mann beachtet, seit ihr verheiratet seid. Und wie unattraktiv du dich fühlst. Und wie genervt du bist. Und wie gern du noch mal dieses Magenkitzeln spüren würdest. Oder war es weiter unten?« Sie kicherte wie eine Dreizehnjährige. »Und ... du hast doch gesagt, du würdest was drum geben, wenn dich einer ... wie war das noch?«

Mir wurde heiß und kalt. Sie war auf das aus, was ich ihr beim letzten ausgiebigen Geplauder nach einigen Gläsern Rotwein offenbart hatte. Ich hatte mir am nächsten Morgen unter unsäglichen Kopfschmerzen eingestanden, daß sie es irgendwann gegen mich verwenden würde. »Schon gut, Marlene!« japste ich. »Du hast mich überzeugt.« Aber Marlene wäre nicht Marlene gewesen, hätte sie nicht ihre Gedanken zu Ende gebracht und ausgesprochen. Vor allem ausgesprochen.

»Nein, ich hab's. Wenn dich einer mit elektrisierenden Blicken fesseln, erregen und dir sagen würde, was für ein Klasseweib du bist. So war's doch, oder?« Sie triumphierte ob ihres ausgezeichneten Gedächtnisses und meines intimen Geständnisses.

»Ja, so war's«, gab ich grinsend zu. Man konnte Marlene nicht böse sein. Es hatte ja auch keiner gehört. Trotzdem lief ich so rot an wie der Feuerlöscher, den ich noch vor zwei Minuten hätte gebrauchen können. Dabei stand ich zu meinen Worten. Ich fand es schon immer faszinierend, wieviel doch Augen sagen können, wie tief Blicke gehen können, wie sich Gefühle zwischen zwei Wimpernschlägen entwickeln können. Unnötig zu sagen, daß Leo für Augenpetting nichts übrig hatte. Und Leo war in Amerika. Und Leo kam nicht zu meinem Geburtstag nach Hause.

»O. k., Marlene. Acht Uhr, sagtest du?« fragte ich.

Alles verlief wie geplant. Am nächsten Morgen brachte ich meine drei Rabauken bei Omi und Opi unter, ließ meinen gestreßten *IchbinMuttervondreiKindern*-Ausdruck im Auto auf dem Parkplatz zurück und begab mich zum TÜV. Friseur wie auch Kosmetikerin rangen mir das Versprechen ab, demnächst öfter vorbeizukommen und nicht zu warten, bis es zu spät sei. Soviel zu meinem ansprechenden Äußeren, obwohl ich doch bei kritischer Inspektion meines Spiegelbildes eher der Meinung war, die Uhren der beiden Schönheitsspezialisten gingen ein bißchen vor. Sooo schlimm fand ich mich nun auch wieder nicht.

In Anbetracht der Tatsache, daß es schließlich mein Geburtstag war, gönnte ich mir in einem hübschen Bistro ein Zigarettenpäuschen und einen Pikkolo. Ich überlegte. Marlene hatte gesagt, ich solle mich sexy anziehen. In Gedanken unterzog ich meinen Kleiderschrank einer ausgiebigen Inspektion. Nichts, was mir in den Sinn kam, verdiente dieses Attribut. Alles, was sich in meinem Schrank befand, verdiente nur ein Attribut: ausgeleiert. Ausgeleierte Leggings, ausgeleierte Jeans und ausgeleierte T-Shirts. Und mit einemmal erkannte ich, genau das war es, was ich auch selbst war: ausgeleiert. Wie der alte Gummi einer Unterhose. Das war ich.

Das einzige, was ich unbedingt tragen würde, war der rote Spitzenbody, den Leo mir unlängst verehrt hatte. Keine Ahnung, zu welchem Zweck. Der sexuelle Appetit meines Göttergatten bedurfte eigentlich keinerlei Anregungen. Meistens war ich diejenige, die zu kaputt für abendliche Verausgabungen war. Vielleicht hätte ich Leo mal mit einem roten Stringtanga ausstaffieren sollen?!

So zog ich also los, mir etwas zu kaufen, das ein bißchen Form hatte und mir ein wenig Format gab. In einer dieser Nobelboutiquen angelte ich mir ein feuerrotes Stretchminikleid vom Ständer, noch bevor die Verkäuferin mich fragen konnte, ob ich vielleicht übergeschnappt sei, mir bei meiner Kleidergröße so was anzutun. Ich huschte in die Kabine, riß mir die Klamotten vom Leib und kniff die Augen zusammen. Dann zog ich die »Lokkende Versuchung« über. Vorsichtig öffnete ich meine Augen. Ich linste hinüber zum Spiegel ... Dann blieb mir die Luft weg. Was hatte ich erwartet? Daß das Kleid zaubern und mir seine formvollendete Form auf den Leib schneidern würde? Das Dekolleté war toll, die Ärmel schnitten nicht ein, und meine Beine konnten sich noch immer sehen lassen. Ansonsten ... Sie kennen die Story von der Wurstpelle? Dann denken Sie sich den Rest. Mein Selbstbewußtsein war angeschlagen genug. Dennoch, wenn ich eine tolle Weste auftreiben konnte, die die Mängel verbarg und die ansehnlichen Punkte hervorhob, konnte es gehen.

Mutig schritt ich zur Kasse. »Ich nehme das Kleid.«

Die Verkäuferin ließ ihre frechen Blicke vom Mini zu mir und zurück zum Mini huschen. »Soll ich es als Geschenk einpacken?« Sie wagte es, zu fragen, dieses klapperdürre Gestell. Zweifelsohne wußte sie nichts vom wirklichen Leben, in dem Kinder nach Pommes mit Ketchup schreien, immer ein gutgefüllter Kühlschrank in der Nähe ist und man alle Reste des mühsam zubereiteten Essens lieber in sich selbst als in den Mülleimer stopfte.

»Danke, nein. Ich werde es heute abend beim Date mit meinem Lover tragen. Er liebt weibliche Formen, wissen Sie.« Unverschämt ließ ich meinen spöttischen Blick auf ihrem nicht vorhandenen Busen ruhen. Plötzlich hatte sie es sehr eilig.

Nachdem ich sämtliche Boutiquen der Stadt abgeklappert hatte und schon bereit war, den roten Mini unter »Rotes Kreuz« zu verbuchen, hatte das Schicksal ein Einsehen. Im Schaufenster eines Secondhandshops erblickte ich eine lange, gerade geschnittene Weste in Schwarz. Fast hatte ich bei der Anprobe Tränen in den Augen. Dieses Stück komplettierte mein Outfit als »Vamp für einen Abend«.

Zu Hause angekommen, fiel mir ein, daß wir eigentlich für heute und morgen ein Hotelzimmer gebucht hatten. Ich hängte mich ans Telefon. Ja, natürlich sei das Zimmer reserviert, ja, natürlich könne ich es sofort beziehen. Na also.

Marlenes Anrufbeantworter hinterließ ich die Nachricht, daß ich im Hotel zu erreichen sei und ich bitte schön noch gern gewußt hätte, welchen Kater sie denn auf die Maus loszulassen gedenke. Dann packte ich meine Siebensachen zusammen und verschwand von der Bildfläche.

Ich tauchte erst wieder auf, als ich am Frisiertisch in meinem Hotelzimmer saß. Die nackte Angst sprach aus meinem toll geschminkten Gesicht. Marlene hatte sich nicht gemeldet. Keiner hatte angerufen. Nicht mal Leo. Aber, so dachte ich, seit wann konnten Männer logisch denken. Nach etwa zehn erfolglosen Versuchen, sein Frauchen an den heimischen Apparat zu bekommen, hatte er es wahrscheinlich wutschnaubend aufgegeben. Vielleicht war er noch auf die Idee gekommen, es bei seinen Eltern zu versuchen. Aber auch die wußten nicht, wo ich abgeblieben war. Nicht *einmal* war mir in den Sinn gekommen, ihnen meinen Aufenthaltsort zu verraten. Zweimal war es mir in den Sinn gekommen, mich nach dem Wohlergehen meiner Kinder zu erkundigen. Aber ich hatte den Gedanken genauso schnell wieder verworfen. Wie sollte es ihnen schon gehen? Sie waren bei Menschen untergebracht, die ihnen alles erlaubten, was sie zu Hause nicht durften. Stundenlang fernsehen, Süßigkeiten bis zum Blähbauch, Verwüsten der gesamten Wohnung ... Und wissen Sie was? Es war mir egal.

Mittlerweile zeigte die Uhr auf Viertel vor acht. Wieder und wieder drehte ich mich vor dem Spiegelschrank. Ich nahm alle erdenklichen Positionen ein, um alle eventuell dadurch zum Vorschein kommenden Speckringe zu entdecken. Mein Outfit war o. k., nichts, was ich nicht hätte verantworten können. Und was das wichtigste war: Ich fühlte mich rundum wohl. Äußerlich. Innerlich war ich die Nervosität in Person. Mir wäre bedeutend wohler gewesen, hätte meine beste Freundin mir ein Mindestmaß an Information zukommen lassen. Etwa: »Er heißt Heinz, ist achtundvierzig, geschieden und hat einen Bierbauch, der seinesgleichen sucht – deshalb dachte ich, er passe ...« Wie auch immer. Jetzt jedenfalls stand ich vor einer unheimlichen Begegnung der schrecklichen Art. Plötzlich kam mir ein noch schrecklicherer Gedanke: Was, wenn Marlene ihren Anrufbeantworter nicht abgehört hatte. Heinz stünde vor meinem trauten Heim und klingelte sich die Finger wund. Ich blickte erneut in den Spiegel. Ein Traum in Rot und Schwarz, alles für die Katz.

Es klopfte an der Tür. Auf dem Weg dorthin drohten meine Beine zu versagen. Das mochte allerdings auch an den ungewohnt hohen Pumps liegen ... Ich zwang meine zitternden Hände, die Klinke zu nehmen und die Tür zu öffnen. Und da stand er. Der Blumenjunge. Mit einem Strauß roter Rosen. Ich fragte mich, von wem die wohl waren.

»Oh, von wem sind die?«

Der Blumenbote wippte auf seinen Füßen vor und zurück. »Anna Mauser?«

»Ja, die bin ich.« Ich nickte wohlwollend. Nun gib schon her. Ich die Blumen, du dein Trinkgeld, ich das beiliegende Kärtchen ...

»Marlene schickt mich.« Wieso schickte Marlene mir einen solchen Strauß Baccara-Rosen? War das die vorweggenommene Entschuldigung für Heinz? Ein erstauntes »Ach« war meine Antwort.

»Darf ich reinkommen? Die Blumen müssen ins Wasser!« Das Blumenkind machte Anstalten, über die Schwelle zu treten.

Ich griff nach den Blumen und schob meine Ellenbogen dabei in Richtung Blumenkindbrust, um es in seine Schranken zu weisen. »Halt, junger Mann. Das schaff ich schon allein. Warten Sie hier ...« Ich deutete genau auf die Türschwelle. Und keinen Meter weiter. »Ich hole Ihnen Ihr Trinkgeld.« Beschwingt lief ich zum Frisiertisch, um meine Handtasche zu holen.

»Trinkgeld?« Schon stand er hinter mir. Wo gab's denn so was? Ich war stocksauer. Der hörte ja noch schlechter als meine drei zu Hause. »Ich sagte doch, Marlene schickt mich«, fuhr er fort. »Ich dachte, Sie wüßten Bescheid. Tut mir leid, wenn ...«

Mir schwante Böses. Gedanken wirbelten durch meinen Kopf, und meine Knie gaben nach. Ich ließ mich auf die nächstbeste Sitzgelegenheit fallen. Das Bett.

Das Blumenkind grinste anzüglich. Sofort sprang ich wieder auf. Ich starrte meinen Besucher an wie das achte Weltwunder.

Er war das achte Weltwunder. Er war Heinz. Besser gesagt: Er war Heinz' Sohn. Und er war höchstens fünfzehn.

Ich schluckte. »Wie alt sind Sie?«

»Spielt das eine Rolle?« fragte er sichtlich amüsiert. Selbstsicher, wie Teenies heute sind, schritt er zur Sitzgruppe. »Setzen wir uns. Es redet sich leichter.« Er legte all seine Lebenserfahrung in seinen Blick. Er hatte *einiges* erlebt.

Nachdem ich mich gesetzt hatte, ließ auch er sich nieder. Lässig und ganz Mann legte er die Beine übereinander. Ich hatte das Gefühl, die Kontrolle über die Situation zu verlieren. Ich räusperte mich. »Also«, ging ich es einen Ton härter an. »Ich fragte, wie alt Sie sind!« Sollte er ruhig spüren, wie der Hase lang lief. Zur Unterstützung meiner Autorität zündete ich mir eine Zigarette an. Ohne zu fragen, tat er es mir gleich.

»Mein Name ist Roman. Ich bin vierundzwanzig. Und ...«, er blies genüßlich einen Rauchkringel in die Luft, »ich würde Sie gern zum Essen einladen. Und danach ... was immer Sie wollen.«

Was wollte ich noch immer? Mir war es gerade entfallen. Vierundzwanzig. Mein Atem stockte. Doch so jung; er war sage und schreibe elf Jahre jünger als ich. Und er wollte mich zum Essen einladen. Das mußte ich erst einmal verkraften. Wo war die Minibar?

»Trinken Sie einen Cognac?« Ich machte Anstalten aufzustehen. Er war schneller. Kein Wunder in dem Alter. Wie ein Wiesel glitt er zur Minibar, um meinen Wunsch zu erfüllen. Ein gut gebautes Wiesel, dachte ich. Während er fachmännisch den Cognac in zwei Gläser goß, versuchte ich ihn ganz objektiv zu betrachten. Groß, schlank, muskulös – ich suchte nach dem Haken. Was brachte einen vierundzwanzigjährigen Adonis dazu, mit einer fremden Fünfunddreißigjährigen essen zu gehen, fragte ich mich. Die Antwort war einfach: Marlene.

Entspannt lehnte ich mich in die Polster. Ich würde keinen Fuß vor den andern setzen, bevor ich nicht des Rätsels Lösung wüßte. Ich zauberte ein unverbindliches Lächeln auf meine Lippen. In nettem Plauderton fragte ich: »Nun, Roman, wie kommen Sie darauf, mit mir essen gehen zu wollen?« Dabei schwenkte ich locker meinen Cognacschwenker und betrachtete die wogende braune Flüssigkeit. Würde er jetzt sagen: »Ach, ich steh einfach auf ältere Frauen«, dann konnte er gehen. Es kam schlimmer.

»Marlene hat mich gebucht«, erklärte er leichthin. Munter griff er zur nächsten Zigarette. Mein Cognacschwenker hörte augenblicklich auf zu schwenken.

»Sie hat was?« Ich war so fassungslos, daß ich die Antwort überhaupt nicht begriff oder, besser, nicht begreifen wollte.

»Sie hat mich gebucht. Ich arbeite für einen Begleitservice. Hier ist meine Karte.«

Als wäre es eine ganz alltägliche Sache, für einen Begleitservice zu arbeiten, zückte er sein Visitenkärtchen und reichte es mir herüber. Stolz wie Oskar. Ich glotzte auf das Schriftstück, das perfekt zu meinem neuen Ich paßte. Auf schwarzem Grund in roten Lettern stand dort: RENT A DREAMBOY – Begleitservice für Damen – Wir erfüllen Ihre Träume – Telefon ... Mir wurde übel. Marlene hatte mir einen Callboy geleast. Extraknackig, extrajung, extraordinär. Ich konnte ja froh sein, daß er sich die Mühe gemacht hatte, mich vorher noch zum Essen einzuladen. Über das Nachher wollte ich gar nicht erst nachdenken. Im Moment hatte ich genug damit zu tun, mir eine Lösung einfallen zu lassen, mich möglichst galant und weltweibisch aus der Affäre zu ziehen.

So bemühte ich mich, mit klarer Stimme zu sagen: »Mein lieber Roman, unter diesen Umständen muß ich Ihnen leider einen Korb geben.« Wie weiter? Mein Gehirn lief auf Hochtouren. Mein Gegenüber blickte etwas konsterniert. »Sehen Sie, Marlene hat da sicher etwas mißverstanden. Ich bin nur heute abend in der Stadt und hatte sie gebeten, mir einen netten Begleiter zu ...« Zu was? Zu besorgen? Das Wort hatte einen schlechten Beigeschmack. Ja, ich besorg's dir, Baby. Ich kam ins Stottern. »Ich ... meine ... einen Bekannten vorbeizuschicken, Heinz. Wissen Sie?« Du meine Güte, was redete ich für einen Blödsinn.

»Bei uns arbeitet kein Heinz«, gab Roman schulterzuckend zum besten. Er raffte es nicht. Wie sollte er auch ahnen, daß ich mich in der wohl peinlichsten Situation meines Lebens befand?

Er hatte es normalerweise mit Marlenes zu tun, nicht mit mausigen Annas. Doch auf einmal kam mein Blumenjunge in Schwung. Eifrig wechselte er seinen Platz von gegenüber zu neben mir bis fast auf meinen Schoß. Noch eifriger legte er seinen Arm um meine Schulter. Praxis und Routine (so er sie denn hatte) bemächtigten sich seines Gehirnes (so er denn ...).

»Anna, schau mich an.« Er griff mit der Hand unter mein Kinn und drückte mein Gesicht in seine Richtung. Und als ich ihn ansah, fragte ich mich, wieviel Kalorien meines Tagesbedarfs mich dieser Blick wohl kosten würde. Soviel Schmalz hatte er hineingelegt. »Du brauchst keine Angst vor mir zu haben. Laß uns später essen gehen. Zuerst möchte ich dich verwöhnen ...« Eine leicht zuckende Kopfbewegung in Richtung Lotterbett. »Laß mich dir zeigen, was für eine tolle Frau du bist.« Er ging daran, mein Ohrläppchen mit seinen Zähnen zu bearbeiten. Ich konnte mich nicht mehr beherrschen.

Lauthals prustend schob ich ihn von mir und sprang auf. Völlig verdutzt saß das Blumenkind, mit dem Anna nicht spielen wollte, da. In seinen Augen stand ein großes Fragezeichen.

»Tut mir leid, Roman!« Er tat mir ehrlich leid. Sicher war er noch in der Anlernphase. Eine Niederlage wie diese konnte seine zarte Seele verletzen, ja seine ganze Karriere vernichten. Was konnte ich zu seiner Ehrenrettung sagen? »Weißt du, mir ist da leider etwas dazwischengekommen.« Wieder kämpfte ich mit einem Lachkoller. Schließlich war er gar nicht dazu gekommen, dazwischen zu kommen. Roman starrte mich an, als wolle ich ihm die Relativitätstheorie erklären. Nichts lag mir ferner. Ich erinnerte mich daran, daß wir in den Neunzigern lebten, und sagte: »Ich habe meine Periode bekommen. Weißt du?«

Er starrte noch immer. Du liebe Zeit, ich würde doch meinem Blumenkind nicht noch die Geschichte von Blümchen und Bienchen erzählen müssen? Noch dazu, wo es als Dreamboy arbeitete?!

Da erwachte er plötzlich zum Leben, lief feuerrot an und stammelte: »Oh, tut mir leid. Ich weiß nicht, was ich mir dabei ...« Nervös nestelte er in seinen Hosentaschen. Anscheinend war er schon in Fahrt gekommen.

»Macht ja nichts«, tröstete ich großzügig. »Ich werde dich auf jeden Fall weiterempfehlen.« Ich fragte mich nur, an wen – aber das mußte ich ihm ja nicht auf die Nase binden. Ich öffnete die Tür.

»Was ist mit meinem Geld?« begehrte er noch einmal auf.

Ich reagierte leicht sauer. »Oh, dafür ist wohl Marlene zuständig. Wer die Musik bestellt, bezahlt sie auch!«

Dann war der Traumjunge weg, vorbei der Alptraum.

»So«, sagte ich zu meinem Schrankspiegelbild. »Und wozu die ganze sexy Verkleidung?«

»Für dich«, antwortete es. Und da gab ich ihm recht. Dann stellte ich endlich die Rosen ins Wasser und ging in die Hotelbar.

Ein eifriger Hotelangestellter fragte, ob die Dame noch zu speisen wünsche. Ein Tisch sei reserviert. Ans Essen hatte die Dame aber schon gar nicht mehr gedacht; sie brauchte erst mal ein Verdauungspäuschen vom eben Erlebten. Ich winkte ab und winkte dem Barkeeper, mir ein Glas Champagner zu bringen. Schließlich hatte ich immer noch Geburtstag. Mühevoll bestieg ich den Barhocker, ohne daß mein Mini die Farbe meines Bodys preisgab. Obwohl es eh die gleiche war. Aber das mußte ja keiner wissen.

Ich sah mich in der Bar um. Allzuviel war hier nicht los. Eigentlich gar nichts. An den Tischen saßen hübsch verteilt: zwei Pärchen, ein gemischtes Quartett und zwei schnieke Geschäftsmänner, die offensichtlich die Früchte ihres Erfolgs begossen. Am anderen Ende der Theke ein weiteres Pärchen, bestehend aus zwei Flaschen. Einer männlichen und einer hochprozentigen. Insofern war die Aussicht auf etwas Unterhaltung für mich nicht eben rosig. »Sei's drum«, dachte ich trotzig. Dann feiere ich eben allein. Ich seufzte. Echte Kitschfilmkenner würden nun erwarten, daß ich für den Barkeeper einen hübschen Seelenstriptease aufs Parkett legen würde, doch der Mann hinter der Theke sah nicht nach echtem Kitschfilm aus. Er machte einen reserviertkorrekten Eindruck wie die Hoteluniform, in der er steckte. Kein Gedanke daran, ihn in ein intimes Gespräch zu verwickeln. Ach, Heinz Bierbauch, so unattraktiv bist du eigentlich gar nicht, dachte ich frustriert und nahm einen Schluck Schampus.

»Darf ich mich setzen?« fragte plötzlich eine eindeutig männliche Stimme. Sie klang nett. Ich schaute auf einen flachen Bauch, der in einem taubenblauen Schlabberhemd steckte. Dies wiederum steckte in einer hellen Leinenhose. Keine Frage, Heinz Bierbauch war das nicht. Mein Blick wanderte nach oben und brauchte ziemlich lange, bis er dort angekommen war, wo er hingehörte. Aus einem durchaus sympathischen Gesicht blitzten mir zwei katzengrüne Augen freundlich entgegen. Sein kurzes dunkelblondes Haar über den zu großen Ohren schien kaum zu bändigen. Ich fragte mich, ob sein Besitzer ebenso widerspenstig war. Das Blumenkinderlebnis hatte mich vorsichtig gemacht. Ich kannte Marlene. Sie war imstande, mir eine zweite Besetzung auf den Hals zu hetzen.

»Kommen Sie von Marlene?« Meine Frage verblüffte ihn offensichtlich. Aber das konnte auch bedeuten, daß ich ihm auf die Schliche gekommen war.

»Sehe ich so aus?« Er versuchte erfolglos seine widerspenstigen Haare mit den Fingern zu glätten. Dann beugte er sich zu mir herunter: »Eigentlich geht es Sie ja nichts an.« Er grinste spitzbübisch. »Aber sie hieß Natascha und war erste Sahne.« Er hielt seinen Daumen ausgestreckt nach oben, um seine Aussage zu bekräftigen. Dann setzte er sich – ohne meine Erlaubnis. Mir behagte das Ganze nicht. Entweder kam er ebenfalls vom Begleitservice und damit von einer Kundin, oder er kam von einer Freundin, oder er kam von einer Dame eines Begleitservices. Ich konnte meine Gedanken gar nicht so schnell sortieren.

Da rutschte es mir einfach heraus: »Sind Sie ein Callboy?«

Als hätte er meine unverschämte Frage nicht gehört, bestellte er zwei Gläser Champagner. Dann neigte er seinen Kopf zu mir herüber und meinte verschwörerisch: »Wieso, suchen Sie einen?« Er grinste. Offenbar glaubte er, es handele sich um einen Scherz.

Ich nahm Haltung an. »Danke, nein. Ich bin gerade einen losgeworden.«

»Dann wäre die Stelle also zu vergeben?« fragte er und stieß leicht mit seinem Glas an das meine. Langsam wurde mir die Sache zu dumm. Ich kippte den Schampus in einem Zug herunter.

Dann griff ich meine Handtasche und machte Anstalten zu gehen. Doch er hielt meinen Arm fest.

»Was ist denn los? Langweile ich Sie?« Der Kerl war echt frech. Er zog mich sachte, aber bestimmt wieder zurück auf meinen Barhocker.

»Hören Sie mal«, machte ich meiner Wut Luft. »Wenn Sie mich verarschen wollen, dann gehen Sie lieber. Ich bin wirklich nicht in der Stimmung, unverschämte Spielchen mit Ihnen zu spielen!« So, nun wußte er, woran er war.

Seine Augen blitzten belustigt. »Jetzt hören Sie aber mal! Ich komme hierher, frage ganz anständig, ob ich mich zu Ihnen setzen darf, und Sie setzen mir die Pistole auf die Brust. Bin ich Ihnen in irgendeiner Weise nahe getreten?«

Ich lief rot an. Ich spürte es, die Hitze stieg in meinem Körper hoch und staute sich in meinem Kopf. »Äääh...«, wollte ich antworten. Aber er antwortete selbst: »Nein, bin ich nicht. Ich bin gutmütig auf Ihre merkwürdige Fragerei eingegangen, ohne zu wissen, wovon zum Teufel Sie überhaupt sprechen!« Er warf sich stolz in die Brust. »Ich bin nämlich ein herzensguter Mensch.«

Auf einmal mußte ich lachen. Er hatte recht, er war wirklich ein herzensguter Mensch. Jeder andere hätte mir sicher eine Zwangseinweisung besorgt. Ich streckte ihm meine Hand entgegen: »Hallo. Ich bin Anna.«

»Hallo, Anna. Mein Name ist Jonathan, und wenn Sie sich weiter so gut benehmen, dürfen sie mich Jo nennen. So, und jetzt gehen wir essen!«

An das Essen selbst kann ich mich kaum noch erinnern. Ich meine, an das, was wir zu uns nahmen. Was wir von uns gaben allerdings, weiß ich noch genau.

»Also«, sagte Jo, nachdem wir die Speisekarte studiert hatten. »Wer ist Marlene? Und wo ist der Callboy? Ich bin verrückt nach verruchten Geschichten.«

Ich mußte lachen. Er machte ein echtes Kaffeeklatschgesicht. Ganz nach dem Motto: Deine Neuigkeiten gegen meine. Ich erzählte ihm meine Geschichte und wunderte mich über mich selbst, daß mir alles so leicht über die Lippen kam. Aber Jo war so erfrischend ehrlich. Er lachte sich kaputt über meine Verwechslungsgeschichte und steckte mich an mit seinem hemmungslosen Gelächter.

»Wer den Schaden hat«, sagte ich unter Lachtränen, »spottet jeder Beschreibung. Aber jetzt bist du an der Reihe. Wer ist Natascha?«

»Natascha ist ein Model«, erklärte Jo ganz locker mit gezückter Gabel.

Mir blieb mein Salatblatt im Hals stecken. Also doch! Er kam von einem Topmodell, Telefonnummer ... und so weiter. Die Zeitungen waren voll davon. Hektisch griff ich nach meinem Glas Wein und versuchte meinen Hustenanfall unter Kontrolle zu kriegen. Das war doch wohl die Höhe. Gab es auf dieser Welt denn keinen mehr, der nicht *dafür* bezahlte. Oder sich wenigstens dafür gründlich schämte. Nein, mein lieber Jonathan, mit mir würdest du nicht fortsetzen, was du mit deiner Natascha begonnen hattest.

»Sie ist ein Model?« fragte ich zurück, um es noch einmal bestätigt zu bekommen.

Jonathan stocherte munter auf seinem Teller herum. »Ja, und ein ziemlich teures. Ich bin übrigens Fotograf.«

Ich weiß heute noch, daß es ein ziemlicher Felsbrocken war, der mir in diesem Moment vom Herzen rutschte. Dieser Mann war grundanständig. Der Abend war gerettet. Wir quasselten ohne Pause, was ich erstaunlich fand. Ich meine, wenn ich mit Leo im Restaurant saß, suchte ich des öfteren verzweifelt nach einem Gesprächsthema, das ihn nicht langweilte. Meistens mißlang es. So erzählte dann Leo vom Geschäft, von Geschäftspartnern, von Geschäftsabschlüssen. Und ich langweilte mich. Aber ich gab es nicht zu. Meine Mutter hatte mir mal den Floh ins Ohr gesetzt, dieses immer für die geschäftlichen geistigen Ergüsse meines Mannes offenzuhalten. Sonst käme eines Tages eine attraktive, interessierte Branchenkennerin und würde ihn mir mit Hilfe ihrer offenen Ohren wegschnappen. Dieser Floh zwickte mich heute noch. Also langweilte ich mich, wie es sich für eine gute Ehefrau gehörte.

Bei Jo dagegen war es ganz anders. Er ging auf mich ein, fragte nach und gab seinen Kommentar ab. Er vermittelte mir das Gefühl, interessant zu sein. Seine Augen waren so mitteilsam wie er. Er sprach mit seinen Augen, und sie erzählten mir Dinge, die ich nicht zu hoffen gewagt hatte. Ich gebe es zu. Ich hatte mich ein bißchen in diesen sympathischen Lausbuben im besten Mannesalter verliebt.

»Erzähl mal, wie gefällt dir dein Leben als Hausfrau und Mutter?« Wir waren beim Dessert und der zweiten Flasche Wein angelangt. Mein Gott, was gab es da zu erzählen?

»Ach, es ist halt immer dasselbe. Du stehst morgens auf, machst den Dreck anderer Leute weg. Wäschst, kochst, bügelst, beseitigst die Unordnung anderer Leute. Schlichtest Streit, machst Abendbrot, bringst die Kinder zu Bett und ...«

»Laß mich raten ... beseitigst den Dreck anderer Leute.«

Ich mußte grinsen. Er verstand mich. »Genau. Und wenn du am nächsten Morgen aufstehst, tust du genau das, was du am Tag vorher getan hast.«

Jo runzelte die Stirn. »Klingt wirklich aufregend. – Und wo bleibst du?«

Ich war erstaunt. Wen interessierte schon, wo ich blieb? Papa geht Geld verdienen, und Mama bleibt daheim bei den Kindern. C'est la vie!

»Einmal habe ich es fast geschafft, wieder arbeiten zu gehen«, befriedigte ich seine Neugier. »Die Kinder waren morgens untergebracht, ich hatte eine Halbtagsstelle gefunden. Alles prima ...«

»Und?«

»Dann kam Nummer drei. Ich war wieder schwanger.«

»Nein«, meinte Jo sichtlich bestürzt über meine Fruchtbarkeit. »Und hast du es noch mal versucht? Ich meine, eine Arbeit zu finden?«

»Mit drei Kindern und dem Haushalt, bin ich verrückt?«

»Es gibt Putzfrauen, Kindermädchen ...« Jo begann, Finger für Finger aufzuzählen, was berufstätigen Frauen an menschlichen Hilfsmitteln zur Verfügung stand.

»Jo, das ist doch alles nur rosarote Theorie. Lohnt es sich, arbeiten zu gehen, wenn mein Verdienst für Ersatzannas wieder draufgeht?« Ich schüttelte den Kopf.

»Ist es besser, wenn Anna draufgeht?« fragte Jo leise. Ich hätte ihn auf der Stelle küssen können. »Was würdest du denn gern beruflich machen?«

»Oh, ich liebe Blumen, weißt du. Am allerliebsten wäre mir eine eigene Gärtnerei.« Ich geriet ein wenig ins Schwärmen und schilderte Jo meinen Traum in den leuchtendsten Farben.

»Sei wie das Veilchen im Moose...«, unterbrach er mich. Ich wußte nicht, worauf er hinaus wollte, aber mir mißfielen sein todernster Blick und die melancholische Wendung, die unser Gespräch offenbar nahm. Ich wollte mich amüsieren. Die Probleme meines Daseins mußte ich nicht ausgerechnet heute lösen.

»Hattest du ein Poesiealbum?« grinste ich.

»Nein, aber eine weise Oma«, erwiderte er ernst. »Ich meine, du bist wie das Veilchen, viel zu bescheiden. Sei doch mal wie die Rose, zeig deine Dornen. Sei stolz, laß dich bewundern.« Er ergriff meine Hände und streichelte sie sanft. Viele kleine Schauer rannen über meinen Körper. Angenehme Schauer. Bis in alle Ewigkeit hätte ich so sitzen können. Plötzlich kam Leben in Jonathan. »Los, laß uns was Verrücktes tun. Was wolltest du schon immer mal machen? Wer wolltest du schon immer mal sein?«

Ich wußte die Antwort sofort. »Pretty woman«, rief ich wie aus der Pistole geschossen. Jo schaute leicht verwirrt. »Du kennst den Film nicht? Julia Roberts und Richard Gere? Einmal im Penthouse im Whirlpool sitzen, Champagner und Erdbeeren...« Meine Augen schauten sehnsüchtig in die Ferne.

Jo nahm meine Hand und zog mich hoch. »Ja, Dornröschen, ich kenne den Film. Aber muß es unbedingt Richard Gere sein?« Er wartete meine Antwort erst gar nicht ab. »Komm mit«, sagte er.

Hand in Hand gingen wir in Richtung Fahrstuhl. Jo machte ein nachdenkliches Gesicht. »Weißt du was? Fahr du schon mal nach oben. Ich muß noch was besorgen... Welche Zimmernummer hast du?«

»214. Aber ich habe gar keinen Whirlpool, Signore!« imitierte ich grinsend den Kaffee-Italiener aus der Fernsehwerbung.

»Null problemo«, meinte Signore und verschwand in Richtung Ausgang.

Im Zimmer angekommen, schmiß ich Handtasche und Schuhe weit von mir und ließ mich aufs Bett fallen. Ich war glücklich. Und dieses Gefühl hatte ich schon lange nicht mehr gehabt. Dann überlegte ich. Was hatte Jo zu besorgen? Wollte er auf die Schnelle einen Whirlpool einbauen lassen? Nein, ich schlug mir an die Stirn. Natürlich. Was hatte ein Mann schon zu besorgen, wenn er mit einer Frau im Hotelzimmer verschwinden wollte? Meine Güte, ich war wirklich von gestern. Aber wollte ich überhaupt, daß er so was besorgte? Mein Weichspülergewissen sprach zu mir: »Anna, jetzt ist aber Schluß! Du hast deinen Spaß gehabt. Du bist verheiratet und Mutter von drei Kindern. Bist du übergeschnappt?«

»Ja«, antwortete ich ehrlich und wünschte mir eine Fee herbei, die mir nur den einen Wunsch erfüllen sollte: heute nacht alles tun und lassen zu dürfen. Ohne Konsequenzen. Und morgen würde sich keiner mehr daran erinnern. Diese Nacht würde nie gewesen sein. »Weißt du was?« fragte ich mein Weichspülergewissen. »Laß uns doch einfach so tun, als wäre diese Fee soeben dagewesen.« Es antwortete nicht.

Leise klopfte es an der Tür. »Anna?! Ich bin's, Jo. Machst du auf?« Klar machte ich auf, und ich machte noch dazu große Augen, als ich sah, was da vor meiner Tür stand. Jo war über und über mit fotografischem Zubehör behängt wie ein futuristischer Christbaum. Ächzend stellte er den ganzen Krimskrams in einer Ecke ab.

Ich grinste. »Was hast du vor? Willst du unanständige Fotos von mir machen, um mich anschließend ins Bett zu zerren?« Zärtlich schmiegte ich mich an ihn.

»Nein, meine Dame ...« Er drückte mich sanft an die Wand und küßte mich. »In Ihrem Fall werde ich genau umgekehrt verfahren.« Dann nahm er meine Hand und zog mich hinüber zum Bett.

Was soll ich sagen? Es war eine rauschende Ballnacht. Lange hatte ich kein so zärtliches und dennoch wildes Liebesspiel mehr erlebt. Aber es war nicht unbedingt der Sex, der mich so aus dem Häuschen brachte. Auch Leo war ein guter Liebhaber. Jo hatte jedoch etwas geschafft, womit ich mit meinen stolzen fünfunddreißig Jahren nicht mehr gerechnet hatte: Er hatte die Schmetterlinge in meinem Bauch zum Leben erweckt. Ich hatte geglaubt, sie seien längst tot, doch nun flatterten sie aufgeregter denn je umher. Ich genoß jeden Flügelschlag.

Plötzlich verschwand Jo im Bad. Ich hörte ihn emsig herumwuseln. Dann rief er mich zu sich. Neugierig betrachtete ich das Schaumbad in der Wanne.

»Und?« fragte ich etwas enttäuscht, denn es waren keine Blubberblasen zu sehen.

»Wart's ab«, grinste Jo. Er entkorkte den Champagner und goß ihn in zwei Gläser, während ich mich im weichen Schaum entspannte. Dann stieg er zu mir in die Wanne. Übermütig wedelte er mit zwei dicken Strohhalmen vor meinem Gesicht. Einen davon drückte er mir in die Hand und rief: »Mach's mir nach! Auf los geht's los.« Und noch ehe ich mich's versah, steckte der verrückte Kerl den Strohhalm ins Wasser und blies hinein, was das Zeug hielt. Zugegeben, das war kein Whirlpool im herkömmlichen Sinne. Aber er paßte perfekt zu dieser Nacht, und wir blubberten um die Wette und lachten uns schief.

Irgendwann – nach ich weiß nicht wie vielen Stunden und Steicheleinheiten – mußte ich eingeschlafen sein. Eine langsam an Lautstärke zunehmende Musik weckte mich. Verwirrt blickte ich mich um, bis mir wieder einfiel, wo ich war und woher dieses Glücksgefühl in meinem Bauch kam. Auf den Nachttischen standen ein paar Kerzen und warfen gedämpftes, sanftes Licht auf mich und mein Bett. Verschlafen tastete ich suchend nach Jo, aber er lag nicht neben mir. Statt dessen griff ich etwas Kleines, Rundes mit einem Stiel und ... »Autsch«, entfuhr es mir. Der Schreck weckte mich endgültig auf. Rosen, überall Rosen. Mein ganzes Bett war voll davon. Jetzt erkannte ich auch die Musik. Bon Jovi. »I wanna lay down in a bed of roses ...« Meine Augen wurden feucht.

»Das ist es«, hörte ich auf einmal Jos Flüstern. »Das ist genau der richtige Ausdruck. Bleib so!« Ich wollte fragen, was er vorhatte, aber er legte seinen Zeigefinger auf den Mund und bedeutete mir, still zu sein. Ich konnte ihn mit Leuchten und Schirmen hantieren sehen. Er prüfte seine Kamera. Plötzlich war er sehr professionell. »Setz dich hin! Nimm eine Rose...« Er gab Hunderte von Anweisungen, drapierte weiße und farbige Laken zu verschiedenen Hintergründen, setzte mich in Pose. Es machte richtig Spaß, so zu tun, als ob.

Endlich hatte er vom Fotografieren genug, und wir stillten erneut unseren Hunger aufeinander.

»Kannst du mir sagen, was es mit diesen Fotos auf sich hat?« fragte ich.

Er nahm mein Gesicht behutsam in seine Hände. »Ich wollte diese tolle Frau fotografieren, die ich letzte Nacht kennengelernt habe. Ich würde sie dir nämlich gern mal vorstellen.«

Ich schaute verlegen weg. »Hör doch auf, Jo. Wie viele wirklich tolle Frauen fotografierst du jeden Tag ...?

»Ich sprach von einer Frau, nicht von Puppen ... Du wirst schon sehen.«

»Woher kommt die Musik?« wollte ich wissen. »Hast du einen Radiosender bestochen?«

Jo schüttelte grinsend den Kopf. »Vom Nachtportier.«

»Wow. Er sollte unbedingt seinen Beruf wechseln«, erwiderte ich mit todernstem Gesicht.

»Na, warte!« rief Jo, als er begriffen hatte, daß ich mich über ihn lustig machte. Wir lieferten uns eine ausgiebige Kissenschlacht.

Irgendwann nahmen wir wehmütig Abschied. Wir wußten beide, daß wir uns nie wiedersehen würden. Im Morgengrauen packte er seine Sachen zusammen und verschwand. Völlig entspannt schlief ich ein.

Als ich gegen Mittag an der Rezeption stand, reichte mir der Portier einen dicken Umschlag. Ich öffnete ihn erst zu Hause. Leo war noch nicht zurück, und ich hatte noch ein paar Stunden für mich allein. Neugierig schüttete ich den Inhalt des Umschlags auf unser trautes Ehebett. Fotos und Negative purzelten wild durcheinander. Jo mußte den Rest der Nacht gearbeitet haben. Ich betrachtete die Bilder mit einer gewissen Scheu. Es war seltsam, sich selbst in solch offenherzigen Posen zu betrachten. Aber Jo hatte recht gehabt: Das war eine andere Frau. Und sie war schön. Ich würde Leo eines dieser Fotos vergrößern lassen und es ihm zum Geburtstag schenken. Über seine Entstehung müßte ich mir eine kleine Notlüge einfallen lassen. Soviel stand fest.

An eines der Fotos war mit einer Büroklammer eine Notiz geheftet. Da stand: »*Rosen, Tulpen, Nelken. Unsre Nacht wird nie verwelken ... Liebes Dornröschen, erkennst Du die wunderschöne Frau, die ich an die tausendmal küßte? Mach's gut und danke. Jo.*«

Auf dem Foto lag ich in Jos Armen. Wir küßten uns in einem Meer von Rosen. Bis heute weiß ich nicht, wie er es mitten in der Nacht geschafft hatte, diese unzähligen Blumen aufzutreiben. Die vom Blumenkind hatten dafür nicht ausgereicht. Das Foto war mit Selbstauslöser gemacht. In doppeltem Sinne. Auch mein Selbst war in dieser Nacht ausgelöst worden. Anna hatte sich gemausert. Ich müßte lügen, wenn ich sagte, meine kleine Affäre hätte mein Leben schlagartig verändert. Das erfolgte eher schrittweise. Ich hatte mich wiedergefunden. Nie habe ich versucht, Jo wiederzusehen, geschweige denn einen andern zu finden. Ich liebe meinen Mann und meine Kinder. Aber durch Jo hatte ich erfahren, daß die alte Anna noch da war. Sie war bloß eingesperrt gewesen wie die Schmetterlinge in ihrem Bauch. Eingesperrt in einen Käfig mit der Aufschrift: »Für Ehefrauen und Mütter tabu!«

Die Fee hatte mir meinen Wunsch erfüllt. Nur ein kleiner Fehler war ihr unterlaufen: Ich erinnere mich an alles. Gerne.

Julica Schreiber

»Kaffee bitte, Schätzchen!«

Im Grunde genommen ist man (oder frau) als Sekretärin doch die Privilegierteste in diesem Büro, dachte ich mir so, während ich aus dem Fenster des geräumigen Vorzimmers der Kanzlei »Dr. Hardtmann & Partner« schaute. Man hat die beste Aussicht und sitzt direkt neben der Kaffeemaschine. Eben diese arbeitete gerade unter gurgelndem Röcheln an meinem Mittagsfrischmacher und zeigte mir so auf einfühlsame Weise, daß ich mich seelisch auf das Ende meiner Mittagspause vorzubereiten hatte.

Doch wie viele schöne Dinge im Leben früher enden als erwünscht, so wurde auch ich plötzlich durch ein energisches Klopfen aus meinen Gedanken aufgeschreckt. Gleich darauf öffnete sich die Tür, und vor mir stand ein Mann um die Vierzig, mit dunklem schütteren Haar und in einen dunkelblauen Anzug gekleidet. Sein Mantel hing gefaltet über dem rechten Arm, in der Linken trug er einen Aktenkoffer, am selben Handgelenk eine dicke goldene Uhr. Ich konnte nicht gerade sagen, daß ich besonders erfreut war, ihn um diese Zeit hier zu sehen. Termine standen jedenfalls nicht im Kalender. Er dagegen machte ein betont fröhliches Gesicht.

»Guten Tag, schöne Frau, mein Name ist Kahler. Ich hätte gern Herrn Dr. Hardtmann gesprochen.«

Ich überlegte, ob ich das als Respektlosigkeit auffassen sollte, entschied mich dann aber für eine friedliche Lösung. Immerhin war ich ja auch eine schöne Frau.

»Um welche Angelegenheit handelt es sich denn bitte?«

»Ich habe geschäftliche Dinge mit ihm zu regeln.«

Soso, geschäftliche Dinge also, wahrscheinlich ein Vertreter, dachte ich mir.

»Und welche Geschäfte, wenn ich fragen darf?«

»Das lassen Sie mal meine und Dr. Hardtmanns Sorge sein. Sagen Sie Ihrem Chef einfach, daß ich da bin.«

Meine letzte Bemerkung schien ihn wohl etwas verärgert zu haben. Nun, da hatte ich doch gleich etwas zur Aufmunterung für ihn:

»Leider haben wir gerade Mittagspause. Sie müssen sich wohl noch einen Moment gedulden.«

Herrn Kahler schien das nicht weiter zu stören, er lächelte sogar wieder ein bißchen. »Nun, dann haben wir ja noch Zeit für ein Täßchen Kaffee. Meinen bitte schwarz mit Zucker, und darf ich Ihnen meinen Mantel anvertrauen?« Er reichte mir den Mantel hin und schaute mich auffordernd an.

Langsam ging mir der Kerl auf die Nerven. Ich zeigte auf den Garderobenständer an der Eingangstür: »Ihren Mantel können Sie dort aufhängen.«

Er schaute mich etwas erstaunt an und war sich anscheinend nicht sicher, wie er auf meine Weigerung reagieren sollte. Dann entschied er sich einfach dafür, weiter zu lächeln.

»Nun, dann eben nicht. Aber einen Kaffee werden Sie mir doch wohl noch machen können, Schätzchen. Haben Sie doch etwas Mitleid mit einem gestreßten Geschäftsmann!« Damit nicht genug, gab er mir im Vorbeigehen auch noch mit der extra dafür freigemachten Hand einen aufmunternden Klaps auf den Hintern.

Meine Geduld war erschöpft. So etwas durfte frau nicht durchgehen lassen. Diesen Vorzimmercasanovas mußte klargemacht werden, daß Sekretärinnen kein Freiwild sind.

Ich wollte meinem Ärger gerade Luft machen, als er mir schon zuvorkam: »Nun regen Sie sich doch nicht so auf, das war ein Versehen, glauben Sie mir. Kann ich Sie zur Versöhnung heute abend zum Essen einladen? Na, wie hört sich das an?«

Wahrscheinlich kam er sich jetzt auch noch charmant vor. Sein Grinsen ließ jedenfalls darauf schließen.

Ich war endgültig sauer. »Ich glaube, Ihnen ist die Situation hier nicht ganz klar. Wie kommen Sie eigentlich darauf, daß ich mit Ihnen essen gehe? Das würde ich nicht mal tun, wenn Sie Manieren hätten, was ja offensichtlich nicht der Fall ist.«

Herrn Kahler schien das nicht sonderlich zu beeindrucken. »Na ja, die höfliche und zuvorkommende Vorzimmerdame sind Sie auch nicht gerade, aber ich will mich ja nicht streiten. In meiner Firma kämen Sie mit dieser Art jedenfalls nicht weiter. Da haben Frauen neben Tippen und Telefonieren auch noch andere Aufgaben. Was tun Sie eigentlich für Dr. Hardtmann, außer seine Geschäftspartner zu vergraulen?«

Letzteres sollte mich offensichtlich einschüchtern.

»Ich tue so ziemlich alles für Dr. Hardtmann, und was den ›Geschäftspartner‹ angeht, so bin ich mir da noch nicht so ganz sicher, ob Sie ein solcher sind.«

In diesem Moment betrat mein Mann Herbert, beladen mit zwei großen Einkaufstüten, den Raum.

Er schaute uns etwas erstaunt an und begrüßte mich: »Hallo, Schatz, tut mir leid, daß es etwas länger gedauert hat. Die ganze Stadt scheint mittags einkaufen zu gehen.« Dann reichte er Herrn Kahler die Hand: »Guten Tag, Hardtmann mein Name.«

Herr Kahler schien fast ein bißchen blaß um die Nase zu werden, als er das hörte. Er faßte sich jedoch schnell wieder: »Schönen guten Tag, Herr Dr. Hardtmann, mein Name ist Kahler. Haben Sie einen Moment Zeit, ich würde gern mit Ihnen über Geldanlagemöglichkeiten in der Schweiz reden.«

»Das freut mich, daß Sie das wollen, aber ich muß Sie leider enttäuschen. Den Doktortitel hat bei uns die Frau in der Familie, wenn ich Sie also an meine bessere Hälfte verweisen dürfte...«

Kein Zweifel, diesmal wurde Kahler richtig blaß, und ich war es, die grinsen mußte, während ich nach nebenan ging.

Christine Schwall

28 Tage, 672 Stunden oder 40320 Minuten

Entspannt lehnte ich mich im Sitz zurück. Ich konnte es kaum fassen, daß ich meinen Traum endlich in die Tat umgesetzt hatte. In nur 45 Minuten würde mein Flugzeug in Paris landen, und dann hatte ich genau 28 Tage, 672 Stunden oder 40320 Minuten Zeit, um Paris und all seine attraktiven Franzosen zu erobern.

Mit fünfunddreißig Jahren wurde es endgültig Zeit, daß ich mein Leben auch im privaten Bereich selbst in die Hand nahm. Beruflich war bisher alles glattgegangen, doch seit ich die Kredite für meinen Friseur- und Kosmetiksalon abbezahlt hatte und der Laden perfekt lief, war mir aufgefallen, daß mein Privatleben dringend einer Renovierung bedurfte.

Die letzten zehn Jahre meines Lebens hatte ich an Ralf, einen Börsenmakler, der fünfzehn Jahre älter als ich war, verschwendet. Ich kann nicht behaupten, daß alles in diesen zehn Jahren schlecht gewesen war, doch um ehrlich zu sein, hatten wir mindestens neunzig Prozent unserer gemeinsamen Zeit damit verbracht, über die Börse zu plaudern oder über die Finanzierung des Salons zu sprechen. Als dann das Thema Salonfinanzierung ad acta gelegt werden konnte und mein Laden so gut lief, daß ich nicht mehr jede freie Minute hineinstecken mußte, war mir schlagartig klargeworden, daß ich von Börsenkursen noch immer keine Ahnung hatte und mir die verbleibenden zehn Prozent unserer etwas erquickenderen Freizeitgestaltung schlichtweg zu wenig waren. Also hatte ich mich vor etwa zwei Monaten Ralfs und unserer gemeinsamen Wohnung in der Frankfurter Innenstadt entledigt, war zwei Häuser weiter in eine eigene Wohnung gezogen und hatte den Entschluß gefaßt, mich privat mindestens genauso wie beruflich zu verwirklichen.

In etlichen durchzechten Nächten mit meinen Single-Freundinnen war ich zu der Erkenntnis gekommen, daß mir zu meiner wahren Emanzipation als allererstes eines fehlte, nämlich Männer! Da ich mit achtzehn Jahren meinen ersten Freund gehabt hatte, den ich erst verließ, als ich bei Ralf einzog, und zudem auch immer treu gewesen war, lag mein Männerverschleiß tatsächlich ganz unten in der gemeinsamen Statistik von uns Freundinnen.

Unglaubliche sexuelle Abenteuer und daraus resultierendes weibliches Selbstbewußtsein waren Inhalt unserer nächtlichen Diskussionen gewesen. Die gesammelten Erfahrungen von Nicole, Daniela und Annette waren von unterschiedlichster Natur, und doch hatten sie alle drei ein ähnlich berauschendes Erlebnis gehabt: ein Verhältnis mit einem Franzosen. Überraschend deutlich konnte sich jede von ihnen an das französische Exemplar ihrer Sammlung erinnern, weshalb sie zu dem gemeinsamen Schluß gelangt waren: »Karin, was du brauchst, ist ein Franzose.« Obwohl ich anfangs noch so meine Zweifel gehabt hatte, beschloß ich, den Salon im Sommer für vier Wochen zu schließen, und buchte, unterstützt von meinen »Lebensberaterinnen«, eine vierwöchige Reise nach Paris für mich.

Nun war es endlich soweit, in fünf Minuten würde ich landen und hatte dann vier Wochen Zeit, meine Statistik etwas aufzubessern. Kaum war ich mit dem Taxi am Hotel angelangt und hatte mein Zimmer bezogen, rief ich wie versprochen Nicole an, um ihr mitzuteilen, daß die Reise glatt verlaufen war. Telefonisch gab sie mir die letzten Instruktionen durch und wies mich nochmals darauf hin, daß ich nicht gleich wieder einen Mann fürs Leben suchen sollte, sondern »nur« ein oder mehrere Abenteuer. In Anbetracht dessen, daß ich außer ein paar kleinen Floskeln, die mir die drei vor meiner Abreise beigebracht hatten, kein Wort Französisch sprach, erschien mir dieser Rat mehr als überflüssig.

In den ersten beiden Wochen meines Aufenthaltes war ich dermaßen begeistert von Paris, daß ich mein eigentliches Vorhaben sehr vernachlässigte. Täglich unternahm ich lange Sightseeing-Touren bei wunderbarem Wetter und war abends so geschafft, daß es meistens nur noch für ein kleines Abendessen in den Restaurants rund ums Hotel langte.

Am zweiten Sonntag in Paris stellte ich überrascht fest, daß nunmehr nur noch 14 Tage, 336 Stunden oder 20 160 Minuten vor mir lagen, und ich beschloß, das Sightseeing zugunsten langer Nächte in schummrigen Bars einzuschränken. Gleich am Montag steckte ich den offiziellen Paris-Führer weg und holte den selbst zusammengestellten meiner Freundinnen hervor, der sich nur auf Bars, Cafés und Diskotheken bezog.

Um zwanzig Uhr schlüpfte ich in ein gewagt kurzes schwarzes Kleid, löste den praktischen Pferdeschwanz, damit mein schwarzes Haar sich lockig über meinen Rücken ergoß, tauschte die bequemen Turnschuhe gegen wacklige Pumps aus und legte knallroten Lippenstift auf. Hochzufrieden mit meinem äußeren Erscheinungsbild und strotzend vor weiblichem Selbstbewußtsein stöckelte ich auf die erste Bar zu, für die mein persönlicher Fremdenführer Abendgarderobe empfohlen hatte.

Da es noch relativ früh am Abend war, ließ sich das Geschehen in dem etwas gehobeneren Etablissement noch gut überblicken. Einige wenige gutgekleidete Herren und einige gutgekleidete Damen verteilten sich rund um den Bartresen, der sich durch den ganzen Raum zog, und in den tiefen Polstern der abgetrennten Sitznischen. Kaum betrat ich den Raum, setzte ich ein Lächeln auf, das ich für sehr rätselhaft und überaus mondän hielt. Während ich mit geradem Rücken auf die erste freie Sitzecke zusteuerte, bemerkte ich mit Genugtuung, daß mir etliche Blicke der einigen wenigen Herren folgten. Lässig ließ ich mich auf dem Polster nieder, schlug meine langen Beine graziös übereinander und behielt das verführerische Lächeln während meines Studiums der Getränkekarte durchgehend bei. Als der Kellner kam, hauchte ich ihm überaus charmant zu: »Schö wö bua ün Pernoh«, und als er sich nickend wegdrehte, ich also davon ausgehen konnte, daß er meine Bestellung verstanden hatte, kannte mein Selbstbewußtsein keine Grenzen mehr. Siegessicher sah ich mich mit laszivem Augenaufschlag im Raume um.

Genauer betrachtet befanden sich nicht mehr als drei wirklich attraktive Männer in der Bar, doch ich war sicher, daß ich nach zwei bis drei Pernods einige Abstriche, was die äußere Attraktivität der Auserwählten anging, machen könnte. Nachdem der Garçon mir meinen Pernod gebracht hatte, zückte ich sofort meine Geldbörse, um zu bezahlen, damit ich später nicht in die Verlegenheit kommen würde, ihn an meinen Tisch rufen zu müssen. Lächelnd schüttelte der Kellner den Kopf und erklärte mir in unglaublich schnellem Französisch irgend etwas, das ich nicht verstand. Es dauerte bestimmt fünf peinliche Minuten, bis er mir wild gestikulierend verdeutlicht hatte, daß einer der Anwesenden die Rechnung für mich schon beglichen hatte. Enttäuscht stellte ich fest, daß der Betreffende nicht gerade ein Adonis war. Mit seinen dünnen, etwas schütteren blonden Haaren und dem roten Gesicht mit dem hellen Vollbart wirkte er auf mich eher wie ein schwammiger Holländer als wie ein feuriger Franzose. Trotzdem freute ich mich, daß ich hundert Francs gespart hatte.

Kaum war der Kellner von dannen gezogen, näherte sich mein Gönner auch schon. Ich redete mir ein, daß er bestimmt eine Menge innerer Werte habe und daß ich an ihm zumindest meine Französischkenntnisse erproben könne. Ich lächelte freudig, als er sich neben mich setzte, und als er fragte: »Parleh wu frosee?«, erwiderte ich strahlend: »Öh pöh.« Leider verstand ich schon seinen zweiten Satz nicht mehr, obwohl er mir merkwürdig bekannt vorkam. Bestimmt hatten meine Freundinnen mir diesen beibringen wollen, ich konnte mich aber beim besten Willen nicht mehr an seine Bedeutung erinnern. Trotzdem nickte ich lächelnd und wissend zugleich und war gespannt, ob ich den nächsten Satz wieder verstehen würde. Zu meiner Überraschung stand der Gönner jedoch auf und sagte: »Alleh, alleh, witt, witt.« Ich bedauerte etwas, daß er schon gehen wollte, und reichte ihm zum Abschied meine Hand. Staunend stellte ich fest, daß er sie gar nicht mehr losließ, sondern im Gegenteil versuchte, mich daran hochzuziehen, wobei er immer lauter »alleh, alleh, witt, witt« rief.

Ich versuchte freundlich, ihm deutlich zu machen, daß ich

noch nicht gehen wolle, doch er riß völlig rücksichtslos an meiner Hand herum und schrie, mittlerweile dunkelrot im Gesicht: »Alleh, alleh, witt, witt.« Als ich bemerkte, daß sich die Blicke sämtlicher Anwesenden auf uns konzentrierten und daß in meiner etwas ungeschickten Position kein Loskommen von ihm möglich war, beschloß ich, ihm zu folgen und mich seiner draußen zu entledigen.

Widerstrebend ließ ich mich hinter ihm her auf die Straße ziehen. Als wir draußen waren und er bei meinen Verabschiedungsversuchen immer grober wurde, rammte ich ihm ohne größere Umstände meine spitzen Absätze zwischen die Beine, entriß ihm empört meine Hand und machte mich so schnell wie möglich aus dem Staub. Nachdem die unzähligen übel klingenden französischen Laute hinter mir verstummt waren, stellte ich aufatmend fest, daß er mich nicht verfolgte, und ging in etwas gemäßigterem Tempo weiter.

Auf dem Rückweg ins Hotel zermarterte ich mir den Kopf darüber, was der Fremde, mit dem ich nur zwei Sätze gewechselt hatte, wohl von mir gewollt hatte. Die erste Version, in der er ein Krimineller war, der mich entführen wollte, verwarf ich gleich wieder, da er mir in diesem Fall wohl eine Pistole oder zumindest ein Messer an die Brust gehalten hätte. Viel wahrscheinlicher erschien mir, daß es sich bei meinem Pseudoverehrer um einen Polizisten handelte, der mich mit einer Kriminellen verwechselt hatte. Diese Erkenntnis traf mich wie ein Blitzschlag, und fluchtartig rannte ich die letzten paar Meter ins Hotel zurück, immer in der Erwartung, von heulenden Martinshörnern eingeholt zu werden.

Kaum war ich in meinem Hotelzimmer angelangt, brach ich vollkommen hysterisch in Tränen aus und griff unverzüglich zum Telefonhörer, um Daniela anzurufen. Als sie sich nach dem dritten Läuten noch nicht gemeldet hatte, wählte ich erneut, diesmal die Nummer von Annette. Kaum hatte sie den Hörer abgenommen, schrie ich in die Muschel: »Annette, du mußt mir helfen. Man hat mich mit einer Schwerverbrecherin, Terroristin oder ähnlichem verwechselt, und die Polizei ist mir dicht auf den Fersen!«

Annette, die seltsamerweise sofort wußte, daß es sich bei der Anruferin um mich handelte, versuchte mich zu beruhigen und bat mich, ihr die ganze Geschichte von Anfang an zu erzählen.

Nach einigen Fehlversuchen gelang es mir, das Geschehene ziemlich detailgetreu zu schildern, und ich war entrüstet, als Annette daraufhin nichts Besseres zu tun hatte, als lauthals in den Hörer zu lachen. Mehr als deprimiert gab ich ihr zu verstehen, daß ich die ganze Sache kein bißchen komisch finden könne, woraufhin sie sich einigermaßen beherrschte und mich fragte, ob ich mich an den Klang des zweiten Satzes des Fremden erinnern könne. Dies erschien mir in meiner momentanen Verfassung völlig unmöglich, und daher war ich überrascht, als sie mich fragte, ob er so ähnlich wie: »Wulleh wu kuscheh awek mua?« geklungen habe. Tatsächlich hatte der Satz des Fremden mit an Sicherheit grenzender Wahrscheinlichkeit genauso geklungen!

Ich fragte Annette, was das zu bedeuten habe. Sie konnte sich wieder kaum halten vor Lachen und prustete nach einer Ewigkeit hervor, daß der Fremde »nur« mit mir habe schlafen wollen. Nicole, Daniela und sie hätten vergessen, mir aufzuschreiben, daß in der betreffenden Bar ab und zu käufliche Damen verkehrten und ich wohl für eine solche gehalten worden sei. Falls sie gedacht hatte, daß mich das beruhigen würde, hatte sie sich gewaltig getäuscht. Ganz im Gegenteil: Ich wurde nur von noch schlimmeren Heulkrämpfen geschüttelt. Wortlos legte ich den Hörer auf, stöpselte das Telefon aus und nahm mir vor, bei meiner Ankunft in Frankfurt zuallererst Ralf anzurufen. Noch nie zuvor war ich mir so dumm und so gedemütigt vorgekommen! Ich beschloß, mich nie wieder um die Aufbesserung meiner Statistik zu bemühen.

Die restliche Woche verbrachte ich zutiefst deprimiert fast ausschließlich auf meinem Zimmer. Erst am Sonntag abend, als nur noch 7 Tage, 168 Stunden oder 10 080 Minuten in Paris vor mir lagen, nahm ich mir vor, die verbleibende Zeit mit weiteren umfangreichen Besichtigungstouren zu verbringen, wobei ich mich ausschließlich an den offiziellen Paris-Führer halten wollte.

Einigermaßen wiederhergestellt stiefelte ich am Montag mit Pferdeschwanz und bequemen Turnschuhen zum Sightseeing los. Am Abend schleppte ich mich vollkommen geschafft in mein Lieblingsrestaurant in der Nähe des Hotels, um noch ein kleines Abendessen zu mir zu nehmen. Meine Bestellung gab ich diesmal in englisch auf, damit es ja keiner der herumsitzenden Franzosen wagen würde, mich anzusprechen. Als ich mich entspannt zurücklehnte und auf meine Quiche Lorraine und einen gemischten Salat wartete, glaubte ich meinen Augen nicht zu trauen, als ich ein paar Tische weiter den Prototypen des feurigen Franzosen erblickte. Kaum hatten meine Blicke ihn gestreift, wurde mir schlagartig bewußt, daß dies der Mann meiner Träume war, mit dem ich kein »kleines Abenteuer« erleben, sondern den Rest meines Lebens verbringen wollte. Knallrot senkte ich meinen Kopf, studierte ausgiebig die Tischdecke und betete, daß mein Essen doch endlich kommen solle, damit ich das Lokal so schnell wie möglich verlassen konnte.

Als mein Wunsch nach einer halben Ewigkeit endlich in Erfüllung ging, zahlte ich sofort und begann unverzüglich das Essen in mich hineinzuschlingen. Obwohl ich nicht mehr ein einziges Mal wagte, den Kopf zu heben, war ich mir vollkommen sicher, daß mein schwarzgelockter, blauäugiger Traummann mich unverwandt anstarrte. Da ich mich unter keinen Umständen noch einmal irgendwelchen sprachlichen Mißverständnissen aussetzen wollte, stopfte ich das Essen immer schneller in mich hinein, wodurch mir Salatsoße aus dem Mund auf die Knie tropfte und die halbe Quiche bei dem energischen Versuch, sie durchzuschneiden, quer über den Tisch flog. Eiskalter Schweiß perlte mir von der Stirn, und ich registrierte, daß sich meine Schamesröte mittlerweile bis zu den Fußzehen ausgebreitet hatte.

Hunger hin oder her, ich beschloß, diesen Ort der Blamage unverzüglich zu verlassen, und warf, als ich hektisch aufstand, auch noch meinen Stuhl um. Bevor ich ihn daran hindern konnte, war der Schwarzhaarige zu mir hergeeilt und fragte mich, als er meinen Stuhl aufhob, in einwandfreiem Frankfurterisch: »Entschuldigung, sprechen Sie Deutsch?« Ich konnte es kaum fassen und fühlte mich, als mir bewußt wurde, daß noch 6 Tage, 144 Stunden oder 8640 Minuten Paris vor uns lagen, auf Wolke sieben versetzt.

Dilek Yogurtcu

Wer sich nicht wehrt ...

»Hallo, ist jemand zu Hause?«

»Ich bin in der Küche«, sagte die Mutter. »Na, wie war die Ausgabe der Abiturzeugnisse?«

»Gut, ich habe sogar eine Belobigung erhalten. Mensch, Mama, das ist ein richtig gutes Gefühl, das Abitur in der Tasche zu haben und sich vorzustellen, was für Türen sich einem öffnen.«

»Gibst du mir bitte mal die Milch aus dem Kühlschrank«, erwiderte die Mutter.

Sie gab der Mutter die Milch und sagte: »Jetzt werde ich studieren.«

Die Mutter drehte sich mit Hast um, man hörte die Milchtüte auf den Boden klatschen. »Habe ich gerade richtig gehört? Du willst studieren? Ich dachte, das hätten wir geklärt.«

»Du meinst, Papa und du habt das geklärt, mich hat ja keiner gefragt.«

»Ich verstehe dich nicht, willst du bei uns neue Sitten einführen? Es war schon schlimm genug, daß du die Schule weitermachen wolltest. Deinem Vater reißt bald die Geduld. Er will, daß du heiratest.«

»Mein Vater will ... Fragt mich jemand, was ich will?«

»Er will doch nur das Beste für dich. Schließlich wird schon über dich geredet, und du willst doch nicht auch noch unserem Ruf schaden? In deinem Alter war deine Schwester schon längst verheiratet. Sie hat uns nicht solch einen Kummer gemacht wie du.«

»Und was hat sie jetzt von ihrem Leben? Hat sie etwas daraus gemacht? Mich würde eine Ehe nur einer Heirat wegen nicht glücklich machen. Ich will nicht heiraten, könnt ihr das nicht verstehen?«

»Mein Kind, die Ehe ist heilig, das kannst du noch nicht verstehen.«

»Ich verstehe schon, ihr versteht mich aber nicht. Ich werde nicht heiraten und damit basta!«

»Yasmin, hör mir verdammt noch mal zu!«

Aber Yasmin hatte sich schon umgedreht und rannte in ihr Zimmer. Mit voller Wucht wurde die Tür zugeworfen, Bücher wurden aus dem Regal gerissen und krachten mit einem lauten Schlag auf den Boden.

Der Vater kam nach Hause und schrie herum, er wolle seine Tochter endlich verheiratet sehen.

Yasmin blickte aus dem Fenster und hörte, wie ihr Vater schimpfte, daß sie unvernünftig und egoistisch sei. Tränen kullerten über ihr Gesicht, die sie immer wieder mit ihrer Hand wegwischte.

Die Tür ging auf. Yasmin drehte sich um, sah ihre Schwester in der Tür stehen und blickte sie unverwandt an.

»Ist ziemlich dicke Luft da draußen.«

»Ist mir egal«, sagte Yasmin, drehte sich wieder zum Fenster und spürte einen kalten Zug in ihrem Rücken.

»Ich weiß nicht, warum du so einen Ärger machst, wir sind nun mal keine Deutschen, unsere Sitten sind anders, unsere Religion ist anders. Du aber versuchst so zu leben wie die Deutschen.«

»Für euch ist alles entweder schwarz oder weiß, habt ihr jemals darüber nachgedacht, ob es auch etwas dazwischen gibt?«

»Es gibt nichts dazwischen, entweder man ist Türkin oder Deutsche.«

»Oje, ich kann es schon nicht mehr hören. Macht doch mal die Augen auf und seht in die Welt hinaus. Ihr seid schon so verbissen aus Angst, daß ihr eure Kultur verliert, daß ihr nichts anderes mehr seht. Alles, was ich will, ist studieren. Dadurch werde ich keine Deutsche und bekomme auch keinen anderen Glauben.«

»Jetzt überleg doch mal, ein Studium ist nicht das, was man von einer Frau erwartet. Du mischst dich ja jetzt schon in die

Gespräche der Männer ein und vertrittst deine Meinung so ausgiebig, daß du unsere Besucher verärgerst.«

»Ja, natürlich, ich habe mich mal wieder nicht richtig benommen wie meistens. Es ist mir egal, was ihr denkt, was die anderen denken, ich werde studieren, komme, was mag. Ich habe endgültig die Nase voll davon, aus dem Fenster in die Freiheit zu sehen, ich werde mir die Freiheit nehmen und euch zeigen, daß es etwas dazwischen gibt.«

»Ich hoffe, du weißt, was du tust.«

»O ja, diesmal weiß ich sehr genau, was ich tue.« Sie schaute sich nochmals um und rannte entschlossen durch die offene Tür davon.

In der Folgezeit explodierte die US-Raumfähre Challenger, im Atomkraftwerk Tschernobyl kam es zur Katastrophe, Barschel wurde in einem Genfer Hotelzimmer tot aufgefunden, der kalte Krieg wurde beendet, und die Berliner Mauer fiel, Saddam Hussein marschierte in Kuweit ein, in Jugoslawien begann ein erbitterter Krieg, die Sowjetunion schloß sich der GUS an, eine Frau wurde erstmals Bischöfin, Bill Clinton wurde 42. Präsident der USA, in Mölln wurden Häuser in Brand gesteckt, in denen Türken wohnten, ein Anschlag wurde auf das World Trade Center verübt, in Solingen wurde erneut eine Wohnung, in der Türken lebten, niedergebrannt, Boris Jelzin wurde russischer Präsident, Helmut Kohl ließ sich wieder als Kanzlerkandidat für die Neuwahlen aufstellen, ein türkischer Vater steckte seine eigene Wohnung mitsamt seiner Frau und seinen Kindern in Brand, und die Gastarbeiter arbeiteten weiter in den Fabriken und redeten hinter einem Mädchen her, das von zu Hause ausgezogen war.

Bis eines Tages eine neue Kulturministerin gewählt wurde und die Presse wenig später über sie – eine großartige junge Türkin – schrieb, daß sie sich nun auch für die Türken in Deutschland einsetze. Die stolzen Eltern dieser Frau, die es geschafft hatte, als Deutsche türkischer Herkunft für bessere interkulturelle Beziehungen zu sorgen, zeigten allen Bekannten das Bild ihrer Tochter in der Zeitung.

Die Autorinnen und Autoren

SOPHIE ANDRESKY, geboren 1973, ist freie Schriftstellerin. Ihr letztes Buch »Das Lächeln der Pauline. Erotische Geschichten« erschien 1996. Im Herbst 1998 erscheint »In der Höhle der Löwin. Erotische Geschichten«. Für eine Geschichte aus diesem Buch erreichte sie 1997 den ersten Platz beim Wettbewerb um den »Joy Key Award«, einen Preis für erotische Kurzprosa der Zeitschrift Penthouse. Seit vier Jahren ist sie schwer verliebt in einen Mann, der auch immer das Licht hinter ihr ausmacht.

GUDRUN BREUTZMANN, geboren 1964 in Köln, ist Krankenschwester auf Sylt. 1995 schrieb sie sich an der Axel Anderson Akademie ein, um die »Schule des Schreibens« zu durchlaufen. »Die Verwandlung« ist ihre erste Veröffentlichung; an weiteren Texten arbeitet sie. Ihre Freizeit verbringt sie mit Lesen, Reisen, mit Freunden, in der Oper und im Kino. Sport meidet sie, so gut es geht.

KARIN ESTERS, geboren 1971, verheiratet, Studentin der Pharmazie an der Universität Düsseldorf, begann 1994 zu schreiben. »Die Verschwörung« ist ihre erste Veröffentlichung und entstammt einem geplanten Band mit dem Titel »Geplagte Götter«, in dem griechische Mythen neu erzählt werden. Darüber hinaus schrieb sie einen Fantasy-Roman für Jugendliche, einen Gedichtband und einen historischen Roman, der im 6. Jahrhundert im Reich der Merowinger spielt.

RAINER FREESE, geboren 1949 in Stade, absolvierte nach einem abgebrochenem Lehrerstudium eine Lehre als Groß- und Außenhandelskaufmann und arbeitet als Geschäftsführer in der Erwachsenenbildung. Er ist außerdem Amateur-Kabarettist und

Autor eines Märchenausmalbuchs. Nach 14jähriger Bedenkzeit spontane Heirat seines Superweibs Irene.

DIETER HENTZSCHEL, geboren 1939 in Dachau, ist seit 1960 verheiratet und hat eine Tochter. Nach einer Ausbildung als Kaufmann nun in der Unterhaltungselektronik tätig. Er schreibt Science-fiction-Kuzgeschichten und macht Filmporträts von Städten, regionalen Ereignissen und Künstlern.

SANDRA ICKE, geboren 1980 in Prenzlau, bereitet sich am dortigen Gymnasium auf das Abitur vor mit dem Ziel, Psychologie zu studieren. »Familientreffen« ist ihre erste Geschichte. Gelegentlich schreibt sie Gedichte zu ihrem eigenen Vergnügen. 1998 gewann sie den 1. Preis beim 3. Jugendliteraturwettbewerb der Uckermark.

GÜNTER JAGODZINSKA, geboren 1951 in einem Dorf bei Köln. Wohnt mit seiner (Super-)Frau, seinen beiden Kindern und zwei Hunden auf dem Land. Sein Studium der Kunst brach er aus Geldmangel ab und arbeitet seit fast 25 Jahren als leitender Angestellter bei Citroën. »Der Kuß im Dunkeln« ist seine erste Veröffentlichung. Am liebsten schreibt er geheimnisvolle Science-fiction-Storys und komische Geschichten. Zur Zeit plant er einen Roman, der im Mittelalter spielt und die Grenzen zur Gegenwart überschreitet.

REGINA KLENNER, geboren 1963 in Hamm, ausgebildet zur Fremdsprachenkorrespondentin, Angestellte im Staatlichen Bauamt Soest, zur Zeit im Erziehungsurlaub, verheiratet, drei Kinder. »Ein neues Leben« ist ihre erste Veröffentlichung. Abends schreibt sie, was ihr tagsüber an Gedanken durch den Kopf geht. Ihr Vorbild ist Alice Hoffmann, deren Bücher sie wegen ihrer genauen Beobachtungsgabe und ihres Verständnisses für Außenseiter besonders schätzt.

TATJANA KOOP, geboren 1969 in Berlin. Ohne Vater, aber mit Mutter in Ostberlin aufgewachsen. Als Sekretärin und Facharbeiterin für Nachrichtentechnik ausgebildet. Arbeitete als Cutterin und ist seit 1991 als pädagogische Mitarbeiterin in einer Kinder- und Jugendfreizeiteinrichtung tätig. Sie lebt mit einem Sohn und einem Freund, der ihren Haushalt schmeißt.

MARIANNE LECHNER, geboren 1962, hat als Nachrichten-Redakteurin fast täglich mit Mord und Totschlag zu tun. Studierte englische und französische Literatur. In ihrer Freizeit verschlingt sie Krimis und italienisches Essen, das sie am liebsten mit ihrem Ehemann kocht, der als Küchenhilfe unschlagbar ist.

HERA LIND ist Sängerin, Bestsellerautorin und Fernsehmoderatorin. Sie lebt mit ihrem Lebensgefährten und ihren vier Kindern in Köln. Neben den Romanen »Ein Mann für jede Tonart« (Fischer Taschenbuch Bd. 4750), »Frau zu sein bedarf es wenig« (Bd. 11057), »Das Superweib« (Bd. 12227), »Die Zauberfrau« (Bd. 12938) und »Das Weibernest« (Bd. 13770) schrieb sie ein Kinderbuch: »Der Tag, an dem ich Papa war« (Bd. 85020).

RUTH W. LINGENFELSER, geboren 1952, lebt und arbeitet in Karlsruhe und ist Mutter dreier Töchter. Sie veröffentlichte mehrere Gedichtbände im Selbstverlag und Beiträge zu Anthologien. Außerdem schrieb sie Texte für den Burda-Frauenkalender. Ihre Triebfeder: »Das Schreiben ist die Faszination, Erlebtes und Erkenntnisse als bewahrte Erinnerungen festzuhalten; der Gedanke allein ist flüchtig.«

WIEBKE LORENZ, geboren 1972, verbrachte ihre Kindheit in einem kleinen Ort bei Düsseldorf. Mit 16 wollte sie Musikerin werden und als Konzertcembalistin die Welt bereisen, studierte dann aber Anglistik, Germanistik und Medienkommunikation und ist nun Redakteurin bei einem Hamburger Zeitschriften-Verlag. Ihr erster Roman mit dem Titel »Männer bevorzugt« erschien im März 1998.

CHRISTIANE MARIA MÜHLFELD, geboren 1968, volontierte bei einer Tageszeitung, arbeitete als Redakteurin beim Fernsehen und als Regie-Assistentin an der Oper. Sie lebt heute als freie Journalistin in München.

ELKE MÜLLER, geboren 1978 in Gera, machte 1996 in Eisenberg Abitur. Zur Zeit Studium der Pharmazie in Jena.

CARMEN MÜNCH, geboren 1963 in einem kleinen hessischen Dorf, arbeitet als Erzieherin in einem Kindergarten. Sie ist verheiratet und hat zwei Kinder. Obwohl sie schon immer gern schrieb, ist »Ein Traum in Rot« die erste Geschichte, die sie an einen Verlag schickte.

GABI SCHALLER, geboren 1964, von Beruf Bauzeichnerin, lebt im hessischen Dorf Ulm. Sie ist verheiratet und seit der Geburt ihrer beiden Söhne Hausfrau. »Annas Mauser« ist ihre erste Veröffentlichung.

JULICA SCHREIBER, geboren 1976 in Berlin, wo sie auch ihr Abitur machte. Nach einem Semester Studium der Politikwissenschaft entschloß sie sich zu einer Ausbildung als Physiotherapeutin. »Kaffe bitte, Schätzchen!« ist ihre erste freiwillig geschriebene Geschichte.

CHRISTINE SCHWALL, geboren 1972 in Pforzheim, arbeitete bis 1997 als Erzieherin und besuchte nebenher das Abendgymnasium. Jetzt studiert sie Germanistik und Biologie in Karlsruhe. Seit ihrem 16. Lebensjahr schreibt sie Kurzgeschichten und Gedichte. »28 Tage, 672 Stunden oder 40320 Minuten« ist ihre erste Veröffentlichung.

JUTTA SIEKMANN, geboren 1958 in Bad Oeynhausen, wuchs im Ruhrgebiet auf. Nach ihrem Studium der Theaterwissenschaften arbeitete sie viele Jahre als Lokalredakteurin bei einer Tageszeitung in ihrer Heimat. Heute lebt sie als freie Journalistin in München.

DILEK YOGURTCU, geboren 1974, ist türkischer Herkunft und studiert Geschichtswissenschaft und Literatur. Sie liest nicht nur gern, sondern schreibt auch Gedichte und Erzählungen. Bislang wurde ein Gedicht gedruckt.